m

————————————— 阅读之前 没有真相

午 夜 文 库 ————————

# 虚拟街头漂流记

宠物先生 著

新 星 出 版 社　NEW STAR PRESS

科技始终来自于人性。

——某手机广告词

科技如何改造人性？

——爱德华·特纳（Edward Tenner）

# 序章 脐带

"我是你妈妈。"

眼前的女人敛起笑容,思考片刻,突然冒出这么一句话。

那一瞬间,我想到的竟是电影的片段。

在对电影的所有回忆里,我对一部看过的片子《伴你高飞》(*Fly Away Home*)印象特别深刻——被遗弃的雁鸟蛋,捡回、孵化它们的小女孩,艺术家兼发明痴的父亲,讨厌的野生保育官,引领雁群南下过冬、小女孩驾驶的轻型飞机——虽然剧情在记忆里已成碎片,虽然那时看完电影的感想是"我好想在天上飞",而不是给爸爸一个温暖的鼓励,这部电影却在当下,整个打入我的脑海里。

瞬间闪过的,是雁鸟破壳而出的场景。

在那一幕中,目不转睛的小女孩,眼神充满了惊喜、赞叹与爱怜。

我后来才知道,幼鸟会将破壳而出后,第一眼见到的生物认作是母亲。它去学习其特征的行为,叫作铭印(Imprinting),那部电影的主题就是在说这件事。不过,那是幼鸟自然产生的心理,并不是小女孩对幼鸟发出"我是你妈妈"的信息后成立的。

而且我也不是鸟类。

更重要的一点是，小女孩不仅养育了那些雁鸟，为了让它们学会应有的飞行习性，还特地学习驾驶飞机，完成母鸟应尽的义务。而现在在我眼前的，只是一个非亲非故的女人，我无法期待那样高尚的情操。

女人唐突的话语，瞬间闪过不搭嘎的电影片段，两者瞬间让我有种错乱的荒谬感。

所以我笑了。

"哈哈哈哈哈哈！"

女人皱起眉头："干吗笑？很失礼耶！"

"不好意思。"我掩住嘴，"可是你怎么看都像个大姐。"

"看起来像姐妹的母女，世上多得是。"

"所以你的意思是，你跟那些像姐姐的妈妈一样，已经三十岁后半，快四十了？"

"我刚好三十岁啦！"

她的眼睛睁得像贡丸一样大，似乎快要生气了，我得收回这不庄重的玩笑。

"啊，所以你是想收养我？"

"是这么打算的。"女人神情渐趋缓和，"可是这好像不太合乎法律和社会观点……你知道，年龄差距太小，和一些有的没的。"

她竖起一根根的手指，告诉我正式的"收养"会有哪些限制，以及这种行为背后的社会期待，兜了一大圈后，才叹口气，给出了最后的结论："所以正确来说，我是希望你和我一起生活。"

我抬眼望着她，沉默了许久，而她似乎认为这代表"犹豫不决"。

"你不必马上给我回复，虽然这很突然，但绝对不是随便说说。我下定决心，也做了被你拒绝的心理准备，总之请你好好考虑——"

我想我应该打断她，然而脱口而出的，却是天外飞来的一个想法。

"省略了一大段呢！"

"啊？"

"嗯……生产、养育之类的程序。"

"生产，没有也没关系；养育，现在才要开始。"

有种说法是，人在刚接触一个小生命时，并不会产生真正的亲情，至少要经过怀胎十月的痛苦，或是将小孩含辛茹苦养大的过程，否则在这之前，都只是"幼吾幼以及人之幼"的大爱罢了。生产、养育，二者择一，形成了亲子之间那条线。

我对这说法并没有任何信仰，纯粹只是方才在脑海中闪现。

一定是因为和孵蛋的小女孩联想在一起了。

我指指她的腹部，再划过一条线指向自己的腹部。

"我们之间，有这个吗？"

"脐带？"

"不是。"我对自己的词穷感到困窘，"是妈妈和孩子之间，一定会有的东西。"

"你指的是'羁绊'吗？"

女人按住额头，望着天花板，好像那上面写有问题的解答似的。

"我想有的……不，是确信，但我说不上来为什么。明明就和你非亲非故，认识的时间也不长，却打算以后像母亲一样地对待你，这其中的理由我无法用言语表达。但请相信我，说出'我是你妈妈'这种话，绝不是一时兴起……"

"可是，这条'羁绊'说不定只是你单方面的认定。"

"亲子关系原本就是单方面结成的。以人类社会来看，只有父母选择是否生下儿女，儿女却不能选择自己被何人所生。"

"说得也是呢！"

虽然听起来很像是对方擅自决定"我就是要当你妈妈"，但我却觉得很愉快，语尾有些上扬。

正因为态度是如此无赖，让我觉得她很像电影里，那个擅自带回雁鸟蛋孵化的小女孩。或许日后，她真能带领我飞翔，飞出这片天地。

我花了一秒钟闭上眼睛。

睁开双眼后，我低下头行礼，对眼前的女人说："以后请多指教，妈妈。"


走出店门口时，女人转过头来看我，脸上虽然洋溢着欣喜，神态却显得有些忸怩。

"唉，虽然是我先提的，但是，以后可不可以只在私下相处时叫我妈妈……"

原来是这件事。

"可是，我觉得应该增加叫妈妈的频率，来说服自己'你是妈妈'的事实。"

"你如果在其他人面前这么叫，他们会用奇怪的眼光看我们哦！"

"你认为他们是以'未成年怀孕'的角度看你，还是以'驻颜有术的妈妈'的角度看你？"

"啊，如果是后者，那还挺值得高兴的。"

她轻吹了一声口哨。

尽管有点弄错因果关系，只要她不介意就好。


就这样，在我十八岁的时候，多了一位仅大我十二岁的妈妈。

虽然是误用的词汇，但是当我头抬起时，看到她有些吃惊，又有些喜出望外的表情，真的觉得当下有一条肉红色的绳状物贯穿我们，在空中摆荡着。

仿佛自己是电影里其中一只破壳而出的雁鸟，瞬间开启"铭印"的错觉。

第一部　*Whodunit* —————

# 第一章　而立之年·乡愁

对一个昨晚没睡好的人来说，从昏暗的走廊开门进入采访室，那光线实在太过刺眼。

"哟！"

室内中央有一组面对面放置的沙发，其中一张坐着一位男性。我一进入采访室，他立刻举起手向我打招呼。

"我就知道是你。"他看起来很得意。

"我也觉得应该是你。也好，省略了递名片、自我介绍的程序。"

"你看起来好像不是很高兴。"

"不是你的缘故，因为原本不是我要来的。"

我从冰箱里取出泡好的冰咖啡，给眼前的男人和自己倒至半个玻璃杯的位置。将玻璃杯放在桌上时，我又想起大山那充满歉意的脸庞，虽然他因为系统问题临时抽不开身，虽然是我自愿代他接受采访，但长期作息失调的我，在接到烫手山芋的情况下，会生闷气也是没办法的事。

更何况采访者是小皮，让我压力顿时上升不少。

"《风潮》周刊的陈先生光临敝公司，应该是为了 VirtuaStreet 的事情而来吧！"

“Luva，你讲话何时变那么官腔了。”他轻啜了一口咖啡说道。

“我以为这是很适当的用词。”

我盯着眼前的大学同学兼前男友。陈扬宇，外号小皮，打从我们刚认识时，他讲话就是一派轻松的样子，这对记忆里空着一块，得和别人时时小心应对的我，是缓和，却也让我嫉妒。

尤其是自己对人际关系感到莫大压力，男友却天真地说“这有什么难的”，更是令人生气。

不过现在的他对我而言，只是一个当记者的朋友，我不能随便迁怒对方。

“如果你觉得不自在的话，我可以叫你小皮，但可不可以不要叫我 Luva？我有中文名字，而且你也说过 Luva 是 Lover 的俚语，我们已经不是那种关系了。”

他搔搔后脑勺，一副很困扰的模样：“可是之前叫习惯了……”

“我叫颜露华，你可以叫我露华，但发音请清楚点。”

“好吧！”

他苦笑着，从上衣内袋拿出记事本和录音笔。

“你说对了，我们周刊打算针对市政府‘虚拟实境（Virtual Reality）商圈重建计划’做一系列的报道。第一步当然就是访问那些主事官员，不过其实他们都只是推手，民众也知道计划的首要目的，其实就是为逐渐没落的商圈打造虚拟模型，并将商业行为移到模型里进行，这些我们在过去就有零星的专文了。”

他咳了一下，拿起进入采访室前，柜台人员递给他的资料，指着上面的文案说道：“所以这次的企划，重点放在已近完成、进入测试阶段的西门町模型‘VirtuaStreet’上。从‘虚拟实境’这项科技，到团队的背景与开发过程，以及与政府合作的动机，这些都将成为我们的报道内容。"

小皮开启录音笔，在我面前滔滔不绝地解释着，似乎是想完整录下采访过程，因此自己先做开场。但我在他提到"逐渐没落的商圈"时，就已经开始出神，后面的话再也听不清楚。

逐渐没落……

我虽然面对着他，但其实是在看窗外的景色。

现在是星期六下午两点，虽然是假日的大白天，外面街道的人流量却像是平日里一般，每秒最多只会经过一个人。虽不至于荒凉，却感觉没什么人气，在四周加高的大楼投影加持下，更显得死气沉沉。

这就是二〇二〇年的西门町，那个曾经繁华的闹区。


二〇一四年的桃园县龟山大地震后，北部各地开始重建，最接近震中的万华区，自然成为台北市内灾害最严重之处。

满目疮痍的步行街，以及不得不暂时停业的数家商铺、百货商场、电影院，虽然市内到处可见类似的情形，但是回归的人群就好比闹市区的血小板，人潮一多，结痂的伤口就会慢慢复原。然而自二十世纪末开始，血小板浓度开始由西向东扩散，最后东区的人潮渐渐压过西区，因此在大地震后造成的伤口，相对于东区的快速愈合，西区只能持续流血不止。

最后，当西门町逐渐醒来时，发现自己已不属于"闹市区"的一分子，只是个能勉强维持人潮的商圈罢了。相对于二十世纪八十年代的一度沉寂，如今的西门町并不如当时那般幸运，还有步行街、电影院与青少年文化等"搀扶"的助力，最后就连政府也放弃了这位踽踽独行的老者，将其重划为商住混合区。

现在，政府又要以虚拟模型的方式将它重建。

11

不去打造过往的繁华实景，竟想只靠虚拟的"幻境"重现，说来其实是很讽刺的一件事。

"Will-o'-the-wisp。"我用了一个奇怪的单字。

"鬼火？"

"虚幻的目标——也就是空中楼阁啦，原本我认为那计划是不可能实现的。"

"为什么？"

"因为人们对于'现实性'是很敏感的吧？无论多么沉浸其中，当意识到自己是身处由电子信号创造的世界，多少会有的'理性'就会开始运作，终究不可能完全投入。"

我喝了一口咖啡，大量的咖啡因稍微缓和了我的情绪。

"举例来说，电子宠物和心爱的拉不拉多死亡，哪一个更令人伤心？没有人会选前者。"

"也是有那样子的人吧！"

"那是极少数，况且那种人，通常缺乏自己存在虚拟世界的'意识'，错把虚拟当真实。当他们一回神，发现那些是可以大量复制、高速传送的电子信号后，就会恢复理智了。"

"不过Luva……呃，露华你刚用了'原本'两个字。"

小皮敲打记事本的手停了下来，抬眼看我。

"对，我三个月前之所以自愿加入团队，其实是想知道那个大山在想什么，等着看好戏。应该没人会支持吧？结果发现这是自己的一厢情愿。啊！"

我意识到摆在桌上的录音笔，连忙用手遮住。

小皮摆出一副"败给你了"的表情。

"刚才那段我不会写出来啦！"

"绝对不可以。"我用睡眠不足的双眼瞪了一下，心想这样能有多少效果。

"放心。嗯，你刚说一厢情愿……"

"我原本待在其他的测试部门，之所以自愿参与 VirtuaStreet 的测试工作，就是要看他葫芦里卖什么药。结果当我第一次进入 VR 室，戴上 HMD（头戴式显示器，Head Mounted Display），穿上体感衣（Force Feedback Clothing），启动系统后，整个人都傻了。"

小皮猛然拿起记事本，脸上浮现出浓厚的好奇。

"再多说一点。"

"原本四面都是墙壁的房间，突然在墙上出现几扇门，任选一扇门进入后，就会来到一条四周都是光晕的通道，那情境有点像是科幻电影经常会有的穿越时空。从通道的尽头出去，就会来到……"

我拾起放在小皮面前的资料，翻至某一页，展示上面的平面图（参见图1）。

"喏，这是十几年前的西门町闹市区平面图，还有印象吗？这同时也是 VirtuaStreet 的内部世界，里面的每一栋建筑物、每一条街道，甚至一草一木都是用计算机图形学（Computer Graphics）的技术绘制的，是很逼真的 3D 图像。"

我的手指向图上标示①的位置。

"我是从一号门进去的。怎么说呢……真的很震撼，当年捷运站出口的画面，在我面前完整重现了。伫立在眼前的西门酷客大型公仔、汉中街斜向路段的入口，以及诚品116，这些街景就这样映入眼帘，好像我真的穿越时空来到二〇〇八年的西门町。唯一的差异是，这个世界里没有拥挤的人潮。"

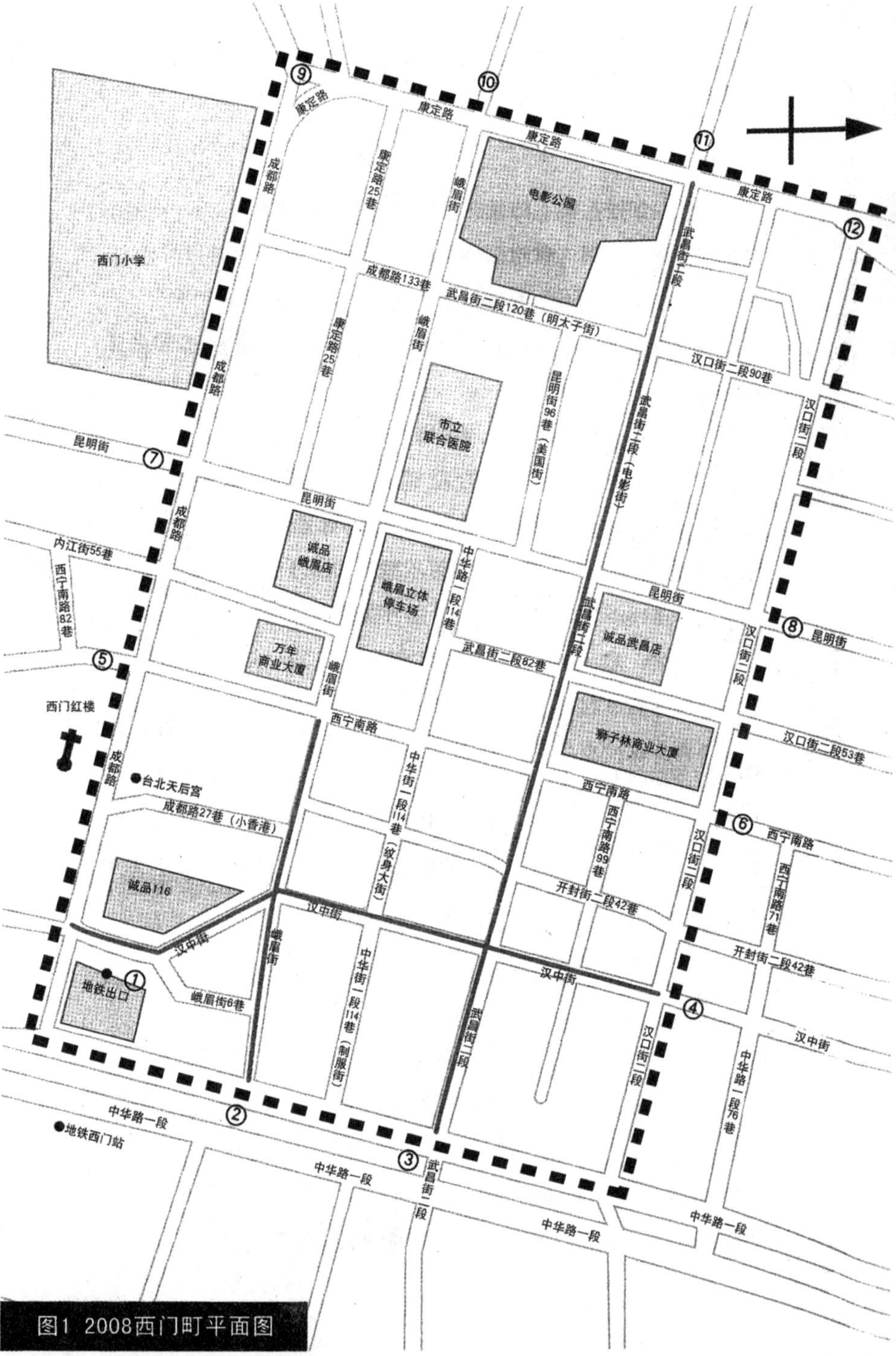

图1 2008西门町平面图

"哇喔！"

"当然，虽然那些景物感觉是那么真实，但其实这些画面，都只是透过 HMD 显示的图像。因为显示屏幕就在眼前，会觉得那些东西似乎真的存在，而且影像会随眼睛位置的移动，产生相对应的改变，例如：你的头往右偏，视野里的景物就会往左移，更增加了真实感。"

我一边说明，一边做个转脖子的动作。

"嗯，'看起来真实'？"小皮盯着资料上的文案，说道。

"不只是这样。"

我站起来，在原地来回踱步几下："还可以在这个世界里步行，任意浏览街道的风光。"

"可是本人一直待在封闭的 VR 室里？"

"对，因为地板就像跑步机的输送带一样，你往前走它就往后移动，还会侦测你行进的方向和速度，所以虽然觉得走了很多路，但其实都在原地踏步。除此之外……"

我摸了采访室的墙壁，并用拳头轻敲一下。

"这个世界里的一切东西，都可以去触摸、感受。把手放在墙壁上摩擦，会有沙沙的感觉，被打到的地方也会觉得痛，这些都是透过穿在身上的体感衣达成的，也就是'触摸起来真实'。还有'听起来真实'，就是把虚拟世界里产生的声响，透过隐藏在 VR 室墙壁、地板里的扬声器播放，并侦测使用者耳朵的位置做调整，让上下四方的声音来源符合使用者的感受……"

"等、等一下。"

小皮伸手示意我停下来："关于虚拟实境的技术层面，我以后会访问你们的研发人员。Lu……露华你是测试人员吧，只要谈谈自己加入团队前后的观感就好。"

这家伙还是一样，以前就喜欢浇我冷水，枉费我特地询问大山那些资料，还事先预习了好几遍。

我按下话被打断的不悦，努力思考他所说的"观感"。

"嗯……那时从 VirtuaStreet 出来后，开始感到迷惘。"

"迷惘？"

"对呀！因为感受太过真实。我刚才不是说了吗？人只要有身处在虚拟世界的'意识'，要完全投入是不可能的，但实际体验后我反问自己：'在这样逼真的环境下，人真的可以意识到吗？'毕竟我自己也产生了回到过去的错觉，一直到离开系统，才惊觉自己方才所处世界的不真实。就像我们公司的名字 MirageSys, Mirage 不就是海市蜃楼吗？"

我回到座位，再度轻啜一口咖啡。

"不仅如此，人类社会的相处模式也会大幅改变。"

"啊，就是社论写的那些东西吧！"

"以假乱真的世界，明明是处在斗室的人，却可以透过橱窗和老板交谈，沉浸在购物的情境里；明明是没有见面的一对情侣，却可以借由系统的连线，两个人手牵手在虚拟的街头散步。买卖、约会，这些人与人之间的交流，快要不用通过实际见面就可以达成，大家对此都很感兴趣，我却有点排斥这种变化。"

"我记得还有人开玩笑说，那援助交际也可以借由虚拟实境达成了。"

"我看了就反感！性交易问题是其次，我一想到在做爱的过程中，连两人确认彼此的拥抱都变成了电子信号时，就觉得很恐怖。"

我按住额头，因为在不知不觉间，我已开始头痛，连带语调也逐渐上扬。

"真抱歉。"我眼角又瞄到桌上的录音笔,察觉自己的失态,"又说了跟采访无关的事,你应该不会想写这种内容吧!"

"没关系。"

"我也不知道自己为什么这么在意这点。"

"可能是因为……"小皮凝视着我,眼神带着哀伤,"那十八年的空白,使 Luva 对于人际关系很敏感,却也很重视的缘故吧?"

这家伙,为什么老喜欢戳我的痛点?

而且又叫我 Luva。

我将桌上的冰咖啡一饮而尽,将玻璃杯放回桌上时,不小心发出"砰"的声响。


挂在墙上的可视电话响起。

我立刻接起来,设定成免提模式,液晶屏幕立刻出现一位娃娃脸的男人。

"露华,情况 OK 吗?"

"还、还好。"其实有点不好。"对了,这位是《风潮》周刊的记者,陈先生。"我将手伸向一旁。

"可以叫我小皮。"

"你好,我是 VirtuaStreet 开发团队的经理,姓何,叫我大山就好,或是 Bigmountain 也可以。"

小皮看了一眼手中的资料:"何彦山……吗?"

"对对,真的很抱歉,临时有事没办法亲自招待你,我们再约时间吧!露华,结束后来找我。"

"好的。"

"那先这样,不打扰你们访谈,很高兴认识你,小皮。"

17

液晶画面立刻缩成一条线，我将听筒挂好。

"原来他就是大山啊，很年轻嘛！"小皮盯着资料上的"团队人员简介"一栏，说道。

"那是因为娃娃脸，他已经三十八岁了，比我们大上八岁。"

"我还以为 MIT 出身的都会走研究路线。"

"他待过研究单位呀！而且领域还不止一种。"

"我看看，计算机图形学、人工智能（AI，Artificial Intelligence）、机器人学（Robotics）、自然语言处理（NLP，Natural Language Processing）、计算机视觉（Computer Vision），最后是虚拟实境，天啊这人……该不会就是所谓的天才吧？"

"是与机器对话的天才。"我挑了挑眉。

"你好像对他有意见。"

"才没有，我很喜欢他。"话一出口，我慌忙补上一句，"……以下属的身份。"

"哦？"

这次挑眉的人换成小皮，他露出一个别具深意的表情，说道："也对，以快四十岁的男性而言，他缺乏那种中年的性格外表，却有股年轻的魅力。"

"什么形容啊！事情不是你想的那样。"

"是是，反正与我无关。还有，不用一直在意那个录音笔啦！我早就关了。"

小皮制止我扑向桌子的手。


接下来几分钟，我们两人都没有说话，气氛一直僵在那里，我盯着窗外闲静的西门町街道，小皮低头翻阅手上的记事本。我是刻意不去看他，但他好像纯粹只是想整理访谈脉络。

一派轻松。

总觉得访谈并没有进展，小皮却在此时站了起来。

"我该离开了，日后再来采访你们的研发人员。"

"对不起，我讲的内容好像没什么帮助。"

"没这回事，我知道了 MirageSys 有个测试人员虽然身在 VirtuaStreet 团队，却对这个计划抱持疑惑。我也听了她自己的想法，其中针对科技与人性的观点非常有趣。最重要的是，我见到了这个团队的领导人，而且还知道他是天才，长得很帅——光是这些就很有卖点了。"他将手上的资料晃了晃，"再加上这些，这期的报道应该没问题。"

什么跟什么啊，所以报道的重点是大山的长相吗？

我揉了揉沉重的眼皮，送小皮到采访室门口。

"改天一起吃饭吧？"

"你都约访谈的对象一起吃饭吗？"我刻意挤出一个微笑。

不知道我这句话他听进了几分，小皮沉默片刻，转身想走出采访室。

我突然想到一个问题，立刻叫住他："小皮。"

"什么事？"

"我从刚才就一直想问，既然用了录音笔，为什么你还需要记事本？"

他转过身来。

"我平时不用记事本的，记事本不是用来写对方的回答，而是整理询问对方的问题。"

"为什么要特别整理？"

"因为访谈的对象有八成是我的前女友，而且她有八成只会把我当一个记者看待，所以我必须因为这六成四的概率把问题列好，以免失了礼数。"

他回过头，打开门时顺便补上一句："不过好像没什么用啊，Luva！"

我将门重重关上，比刚才玻璃杯发出的"砰"声音大上许多。

警报解除，但是沉重的眼皮依旧。

有限公司MirageSys是属于美商系统，地处西门町的这家分部，自然不会遇到董事长、总裁或CEO层级的人物。说穿了，这家分社完全是因为VirtuaStreet成立的，因此只有研发团队和测试部，以及一些政府派来的产品规划人员在这里，对于一栋三层楼的办公室来说，走廊、楼梯等地方经常显得冷清而寂寥。

从汉中街的斜向路段走到底，尽头就是MirageSys的台湾西门分部，这栋被自家人昵称"小白屋"的建筑，不仅外墙漆成白色，就连内部的地板、天花板和墙壁也是一片白，过于平淡的装潢令人联想到雪地里的静谧，但在这个时代的西门町，或许这样才最适合。

大概因为日光灯与白墙合在一起太过刺眼，走廊在白天几乎不开灯，仅借由窗外的光线照明。

当然，没有设置电梯。

离开位于一楼的采访室，从走廊步上阶梯，就可以看到二楼整层的VR室，由于空间不能太小，因此这层楼采用挑高的设计，楼梯台阶数也比其他两层来得多。

我来到三楼的研发办公室。

第一次进入时，因为座位的棋盘格设计，让我联想起显微镜下的洋葱表皮细胞——尽管我已经没有学校生物课的任何回忆。

每个座位都用四四方方的细胞壁围起来，在区域里工作的人，就是细胞的核，一个个的细胞，构成了 VirtuaStreet 团队的研发"组织"。

每个细胞内的细胞质，也就是气氛，都不尽相同。有的人正疯狂敲打键盘，有的人低头沉思，或是翻阅技术手册，有的人百无聊赖地盯着屏幕，甚至还有人头往后仰，当场在座位上午睡。

我想到座位呈六角蜂窝状分布的测试人员办公室。虽然天高皇帝远，但每个人却像工蜂般，机械地重复着每个步骤，那光景和这里呈现鲜明的对比。

我走向其中一个细胞。

"大山。"

"啊，是你呀！"座位上的人抬起头，方才的娃娃脸映入眼帘。"如何，还顺利吗？"

"还好。"我刻意撇嘴。

"我就知道，你的'还好'通常是不太好。果然是那个前男友吧？"

"没错，我很想只把他当成一个记者，可是对方好像不这么想，不仅约我吃饭，还一直叫我 Luva。"

"哈哈哈哈哈哈，有意思。"大山突然笑出声，"难怪，面试的时候我问你有没有外文名字，你就显得扭扭捏捏，难以启齿的样子。Luva 很适合啊！以后我也这么叫你好了。"

"请不要那样，太亲昵了。"

"我开玩笑的。不过啊，一对交往过的男女见面，还得用当下的身份区隔……"他伸出右手食指，然后将左手握成拳状，把右手食指包起来，"越是想视而不见、隐藏起来的心情，它就越会被戳穿哦！"

"我认为当关系改变时，相处的方式应该跟着改变。"

"公私分明，是吗？有点辛苦呢！"大山牵动嘴角，微微一笑。

噢，又开始了，拜托不要。

"举例来说，我和前妻彼此是学姐、学弟的关系。虽然已经好久没见面了，但如果在路上偶遇时，把彼此当成不认识的路人，那不是很奇怪吗？就算打了招呼、交谈几句，但如果说的都是学生时代的往事，完全不提孩子，或是结婚后的种种，那也……"

虽然他的话并不是无法反驳，我还是觉得当下转移话题比较好。

"你结过婚？"而且年纪比你大，还生了小孩？

"也对，我好像从来没提过。"

不知是否提问奏了效，只见大山收起嘴角的笑意，将头转向屏幕，继续刚才的工作。

"为什么……会分开？"

"人会分开的理由有很多。"

大山转过头来，摆出一个和之前截然不同的笑容，眼睛几乎眯成一条线，嘴角也竭尽所能地上扬——那是"话题中止"的信号。

唯有此时，他眼角深邃的鱼尾纹才能凸显他的年龄。

"在做什么？"其实这问题没什么意义，只是我不想就这么离开。

"在修改 UI（用户界面，User Interface）。"

"有 Bug（程序执行的错误）吗？"

"不是，是政府那边的人想换界面。唉！我觉得穿越时空的设计很棒啊，可是他们却坚持，说改成按钮式的传送门比较有现代感。"

他立刻操作鼠标，执行某个程序，内容似乎是VirtuaStreet的模拟画面。

一开始是VR室的四面墙壁，空间中央有个虚拟的模型假人，假人头上套着显示器，身上穿着体感衣，衣服的手、脚、肩膀、头部和其他部位都有金属电缆和墙壁的各部分连接，以传达施力和受力信号。

很熟悉的画面，我当时就是这么进入二〇〇八年的西门町的。

但是，画面上墙壁的颜色逐渐转暗时，情况就变得不一样了，原本四面墙应该会各出现三扇门，合计十二扇门，此时却一扇门都没出现。

取而代之的，是在假人面前浮现一个半透明的视窗，上面有十二个按钮，代表可供选择的十二个入口，此外旁边有个很大的数字"30"，似乎是选择入口的时间倒数。

"为什么要限制时间啊？"我问。

"这个地方叫'大厅'，因为会用一台比较小的服务器（Server）处理，为了避免使用者全挤在这里，我们设定时间一到就会自动传送。之前的那个设计，西门町和'大厅'空间上是相连的，因此没有使用其他的服务器，也不需要读秒。"

假人按下一号按钮，画面突然产生变化，一阵闪动后，出现了假人传送到捷运站出口的影像。

"麻烦又俗气。"大山露出一副苦瓜脸，"搞不懂那些官员脑袋里装什么。"

我点头表示同意。

"对了，叫你过来是想交代一件事。"仿佛突然想起似的，大山猛然抬头，"最近新的数据系统要上线了，想请你做个检查。"

"是那个可以统计线上人数的系统吗？"

23

"对，还加了一些功能，请你明天一整天盯着它看，比较它和旧系统的数据是否一致。"

"数据需要列打出来，当作压力测试（Stress Testing）报告吗？"

"不用。"

我想也是，那样很浪费纸张吧！


约莫一年前，VirtuaStreet 开始进行大规模的压力测试，除了公司本身的部门外，还对外招募许多临时测试人员。

要成为虚拟的购物商圈，VirtuaStreet 自然不可能是只容一人进出，街上杳无人烟的系统，必须具有多人登入的功能。除了 MirageSys 本身的 VR 室，政府也请求公司技术人员协助，帮忙在全省设立 VR 室的据点，这些 VR 室，就是使用者们进入虚拟商圈的通道。如同文案上面的宣传词："在自家附近，也可以逛西门町！"

而处理使用者的各项操作，就是位于西门分部一楼，数台大型服务器的任务。VR 室、服务器，以及连接它们的独立网际网络，构成了整个 VirtuaStreet 系统，就像线上游戏一样。

顺带一提，VirtuaStreet 里当然有许多关于"吃"的店面，但不表示这些食物也是"虚拟"的，事实上，是因为政府与知名的便利商店、速食店、餐厅都有签约，全省的 VR 室都设有这些连锁店的简易厨房，就连 MirageSys 也有。食物来源其实是厨房，却让使用者认为自己是在虚拟商圈里吃到一样。

其他的物品交易，则采用电子商务模式，使用者挑选想买的东西，不久就寄送到府。

至于西门町的招牌——电影院，因为是提供影音的服务，所以也没有任何问题，使用者在售票口付费，进入虚拟的院厅，观赏存放在服务器里的影片，就是这么简单。

当然，要有从业者才行。因此对外招募的测试人员中，包括先前已签订契约，决定在此开店的使用者，他们也借由 VR 室进入虚拟商圈，自己扮演老板，或是利用系统提供的 AI 店员，和顾客进行买卖。

不过，目前虚拟世界大部分的店面，仍只是暂时模仿彼时西门町的模样，徒具外观，并不提供服务。而且有些店面碍于现实技术，也不太可能会有从业者进驻虚拟世界，例如理发店、刺青店。毕竟这些需要灵巧的手艺，虚拟实境是无法精细模拟的。

还有不少临时测试人员，是来进行"体验"的民众。

闹市区一定会有大量涌入的人潮，所以压力测试的目的，是检查系统在使用者人数暴增时是否会产生问题。目前全省的 VR 室仍不向一般民众开放，但获准成为测试人员的人，可以在限定的时段到自家附近的 VR 室登入，体验虚拟商圈的世界。

我回到自己在测试部门的座位，打算收拾桌面，早点下班。

不过墨菲定律在此刻发挥作用，桌上的电话突然响起，我接了起来。

屏幕上出现一位中年女人。"哈啰，小露，好久不见！"边说边挥着手。

"未央姐，好久不见。"

我的情绪稍微放松——至少是和工作无关的电话。

"你附近有人吗？"女人睁大眼睛。

"有时会有人经过。"

"好吧！喔，我是想说好久不见了，所以打电话给你……"

"讲得好像是远距离恋爱的情侣一样。"

25

"的确很远没错啊！"

"你现在在哪？尼泊尔还是南非？"

"都不是，我在台南啦！刚从西藏回来，后天才要去尼泊尔，嘻嘻。"

难怪背景一片凌乱。

"如何，工作还好吗？"她一边整理行李的物件，一边问我。

"很好啊！你知道我们公司的 VirtuaStreet 系统吗？已经开始压力测试了。未央姐要不要申请当测试人员？还有，我的上司人也不错，改天可以介绍你们认识。"

"老娘我现在只想游山玩水，不想理电脑和男人，无论是那个什么测试，还是当别人的侧室，我都没兴趣啦！"

"他现在是单身……"虽然结过婚。

"小露，还是担心你自己吧！女人三十拉警报。"她的视线从行李堆中转过来。"我的警报早就坏了。"

真可恶，又给我放大绝招。

"而且……"又来了又来了。"你要不要考虑换个工作？成天混在电脑堆里，不怎么和人接触，会变成只和机器对话的笨瓜喔！"

"才不会。"

"算了，不打扰你上班。我从尼泊尔回来之后，会北上去找你。"

咔嚓。

这女人，就像风一样。

坐在附近的一位同事靠过来，指着画面刚消失的屏幕，问我："你妈妈？"

"不，是朋友。"

"可是，你们之间的对话好像家人。"他丢下这句，就回到座位上了。

我的确是以朋友的态度在对话啊！八成是她的问题。

我整理好桌面，拎起自己的肩包就走出办公室，步至一楼时，我打开手机，拨了台南的那个号码，刚走出"小白屋"的大门，手机正好接通。

手机屏幕上，又出现刚才整理行李的女人。

"妈！"我劈头就抱怨，"以后不要在上班时间打电话给我啦，演戏很累欸！"

我的人生记忆，开始于十八岁那一年。

像是被开启了生命的"开关"，该年的某一天，我从西门町的联合医院醒来。

当时，眼前站着一位女人。"太好了，你安然无恙。"

很像一般连续剧经常出现的桥段。

我试着理解当下的状况，却发现自己对这个女人一无所知。

不仅如此，我连自己的一切背景，包括姓名、居住地、父母是谁，甚至几岁都不知道，女人当下也只跟我说，她名叫范未央，是最近和我认识的朋友。

听说我遭遇车祸，整个人弹飞十米远，落地时，后脑遭受强烈的撞击。

肇事的车子随即逃逸。我经由急救手术才得以挽回性命，却造成了其他的后遗症。

医生的诊断结果是大脑受损引发的逆行性失忆，换句话说，醒来后的记忆没有问题，车祸前的记忆却有如被侵蚀的山岩，早已被削去一大半。醒来后的十天内，我抓取那些残存的片段，试图拼凑出一个完整的脉络，却仍旧徒劳无功。

值得庆幸的是，在车祸发生时，急救人员在我身上找到身份证，得知我名叫颜露华，我据此查出户籍资料，知道自己父母已亡故，也找到一间像是自己住过的房子。

第一次见到家里的摆设，我却涌上一股想砸烂的冲动，因为它们形式上属于我，精神上却不属于我。

我在杂乱的书架里发现一份文件：某大学的入学通知，意识到自己必须自力更生。今后的房租、学费怎么办？该去打工吗？神啊！我出车祸前有这么软弱吗？若是如此，为何要让我醒来？

天上掉下来的灾难，却也伴随着天上掉下来的礼物。

"我是你妈妈。"

那女人，为何会那么说呢？当我的妈妈，意味着和我一起生活，赚钱供我吃住、缴学费，偶尔还会给些零用钱，除了慈善家和老色鬼，我想不出还有谁会想收养一个十八岁少女。她——一位在征信社工作的女调查员——很明显不属于上述两者。

况且，"母女"这种关系，可不是花钱养育就能了事。更重要的是，年龄差距十二岁的母女，就算是收养也不具法律效力，充其量只是在扮家家酒罢了。

然而，当时彷徨无助的我，只能将这句话视为"神的恩典"，坦然接受。

一起生活后，我们发现这种状态竟意外地适合彼此。我对过去一无所知，连带也变得敏感，生怕"过去"会突然袭向自己，导致手足无措，但是我也不想逃避，因为过去大部分已成空白，再缩进壳内的话，就会真正一无所有。

适度的装蒜、对人际关系的神经质，这些都让我倍感压力，甚至因为收到高中同学会的邀请函而沮丧好几天。最后还是翻出毕业纪念册，才下定决心赴约。

从这点看来，已知道我情况的"妈妈"，相处上就没什么负担，是属于"安全"的人。

固定的嘘寒问暖与絮絮叨叨、热腾腾的家常菜，以及出社会前的金钱资助，凡是"妈妈"会做的事，除了生产与哺乳之外，她没有一项不做的。

先前我像鹦鹉学舌般不断催眠自己，还在心中偷偷加上引号的"妈妈"，不知不觉中，已经成为真正的妈妈了。然而如此一来，我们母女俩同时出现的机会也渐渐减少，因为一不小心就会穿帮，每次都要解释也很麻烦。

已经情同母女，还要装成一般的室友，也是很累人的。

我们一同在台北生活六年，因为大地震的缘故，妈妈的征信社停业，我们才搬迁至台南，随后我就进入 MirageSys 的台南分部工作。

不过西门町对我而言，一直有种奇特的乡愁。

实际年龄三十岁，社会年龄却只有十二岁，要说我自己的"出生地"，的确是这个西门町。

因此加入这个团队，回到台北的理由，或许不完全是对小皮说的那样，只是看好戏那么简单。

而是被那股乡愁，牵引过来的缘故吧！


"哔哔哔——"

我清理便当的残骸，将头转向数据比对的指示灯，仍然是绿色，我叹了口气。

早上，难得来到"蜂窝"——测试部办公室——的大山，还特地请人牵了几条管线过来，如此劳师动众，只为了昨晚他跟我提的数据系统测试。看他亲自下场组装元件，我觉得很不好意思。

"好啦！大功告成。"他拍拍沾满灰尘的衬衫。

桌上放着两台一模一样的机器，连接着许多管线，左边是我用过的旧系统，右边应该是新系统。

大山打开两个系统的开关，两台机器的面板上立刻浮现许多数字。

"好，这样就没问题了。"大山转头对我说："这两台机器每分钟会更新一次资料，请你定时去检查两台的数据是否相同，直到晚上九点压力测试结束为止。"

"每组数据都要比对？"天啊！

"喔，差点忘了。"

他搔搔头，指着一个连接两台机器的小灯。

"如果两台数据一样，就是绿色；只要一组数据不一样，就会变成红色。"

"要做记录吗？"

"不用，只要在变成红色的时候通知我就好。"确认机器运作正常后，大山带着疲惫的神情离开了。

附近的同事又靠过来："喂，大山是不是对你有意思啊？"

"说什么啊！我们只是上司和部属的关系。"

"可是，我看他最近常过来。"

"那是因为VirtuaStreet测试得紧，再加上我们比较熟。而且，其实我和他八字不太对盘。"

同事带着一脸疑惑回到座位，我开始和一堆机器奋战。

我不时去确认那小灯，小灯总是伴随"哔哔哔——"的声音亮起，且每次都是绿色。两台机器的第一个栏位是Players，应该是指目前在虚拟世界的人数，且面板都一样，似乎没什么差异，不知道大山昨天说的"加了一些功能"是指什么。

为了避免错过信号转换，我尽量不去上厕所，还请同事帮我买便当，再以秋风扫落叶般的气势解决。

就这么度过一个工作日，距离晚上九点还有两小时，线上人数也越来越少。

午休的时候没有休息，我开始有点疲惫，意识逐渐抛到九霄云外。

九点后，要给大山报告——我突然想起早上和同事的对话。

或许外人都看不出来，其实大山对我而言，比较像是天敌——也就是蟑螂和蜘蛛、老鼠和蛇、水虎鱼和河豚的关系。

我来到西门分部后，很快就和大山熟络起来。他给人的感觉的确不像一般的上司，总会让对方体认到一股"对等"的气氛。

所以在某次闲谈时，我把自己入行这几年来一直抱持的疑问，毫不保留地问出口。

"和机器对话，有趣吗？"

虽然在相关产业工作，但其实我和妈妈的观念类似，对成天埋首屏幕、写程序的男生有种"你们是在和非生物对话"的感觉，因此在大学时期，我很讨厌程序语言课，反而在外语方面显得较有兴趣，甚至怀疑自己是不是读错科系了。

"有趣啊！就和人类对话一样。"他回答我时，嘴角露出淡淡的浅笑，"而且简单。"

"可是，和机器对话久了，不会觉得模式太类似，脑袋有些僵化吗？"

"你这么说，是对机器的歧视喔！会觉得模式类似，是因为机器被赋予的思想太单纯，但就技术层面来看，要机器拥有和人

31

类一样的思考，却也不过是迟早的事。现今我们和机器沟通，都得通过程序语言，但要经由一般人的语言来对机器下指令，已经是指日可待了。到时候，和机器对话就跟和人对话一样，没什么区别。"

"可是，机器不去给指令就不会动，这点和人不一样。"

"人类不也是吗？要外来刺激才会有反应。"

"才不是，人类会主动关心别人。"

"那只是一种被教育的情感罢了。"他哈哈大笑，"机器也可以输入这种情感。"

我那时被他的回答弄得有点恼怒，拼命想找出"人性"独有的部分，企图推翻他的理论，但不久发现其实怎么说都一样，因为在他的观念中，没有什么性格、行为是机器无法设定的，高度科技发展下的机器，要和人类完全相同也不是不可能。

有点像费尔巴哈（Ludwig Andreas Feuerbach）的唯物主义。

那是我第一次彻底败北。之后我们又有零星的几次争论，虽然每次我都无法认同他的意见，却都找不出话反驳，之后我就学乖了，每当意见有冲突，我都会设法引开话题，虽然不是每次都成功，但只要成功，我的情绪就不会太糟。

每当他开始发表论点，都会先微微一笑，最后话题中止时，又会以一个深切的笑容做结尾。

天敌。

连同上次"公私分明"的话题，目前我对他的战绩是三胜七败，胜率百分之三十。


哔哔哔——

嗒、嗒、嗒——

哗哗哗——嗒、嗒、嗒——

断续交替的机械声与脚步声，在我耳边响起。

我猛然惊醒，拾起放在一旁的手表——已经过了九点。

"醒啦？"大山交叉着双手站在一旁，他的语气不带任何感情，甚至是责骂或不悦都没有。

我马上发现了原因。

因为他的眼睛正盯着指示灯看，而且指示灯在我打瞌睡的这段时间背叛了我，变成红色。

"对、对不起。"

"没关系。"仍然不带感情。"可是，怎么可能……"

他是指"怎么可能会不一样"吧！研发人员在测试之前，对自己写的程序通常信心十足，因此出错时都会显得难以置信的样子，大山尤其如此。

我将视线转向两台机器。光第一项Players的数据就不同了，左边那台显示"1"，右边的显示"0"，换言之，旧系统认为现在还有一人在虚拟世界里，新系统则认为没有人。

"会是bug吗？"

"有可能……不，还不能确定。"大山抚着下唇，像在思考某个问题，"难道是Zombie？"

"僵尸？"突然听到奇怪的词汇，我感到疑惑。

"啊！该不会……"

大山的脸孔突然有点扭曲，但旋即恢复正常，过了不久，他将脸转向我。

"露华，可不可以帮我一个忙？我知道你应该下班了，还要求你这个有点无理……"

"没关系，你尽管说。"

我对他方才的表情有些介意。

"就是……"他将放在我桌上的一沓纸摊开，上面出现我昨天给小皮看的西门町平面图，"我想进入VirtuaStreet看一下，你能不能和我一起去？两个人巡视比较快。"

"巡视？"

"嗯，把西门町都走一遍，看看是不是还有人留在里面。"

他说完后，也不等我点头，立刻转身离开办公室，往二楼的VR室走去。


"我们就分开搜寻吧！先从东西向的四条大路找起。"

我戴上头戴式显示器，穿上体感衣，启动系统后，耳边传来隔壁VR室大山的声音。两个房间其实隔着一层厚厚的墙壁，因此我有些纳闷，后来才知道，原来大山在更改界面的同时，也在"大厅"新增了聊天系统，让每位使用者可以指定另一名使用者对话。

当然，进入虚拟街道后，就不需要聊天系统了。只要两人的位置够接近，就能自由谈话。

"要怎么走？"我大声询问。

"这样好了，你等一下进入②，从峨眉街中华路口出发。"传来大山的回答。"然后沿着峨眉街直走到康定路口，我则进入③，从武昌街中华路口出发，沿着武昌街走到康定路口，然后我们在电影公园那里先会合，报告彼此情况。"

我在脑中描绘出搜寻路线。（参见图2）

"接下来，我们两人各自往反方向走，你走向成都路那一边，我走向汉口街那一边，然后我们各自沿着成都路和汉口街直走，

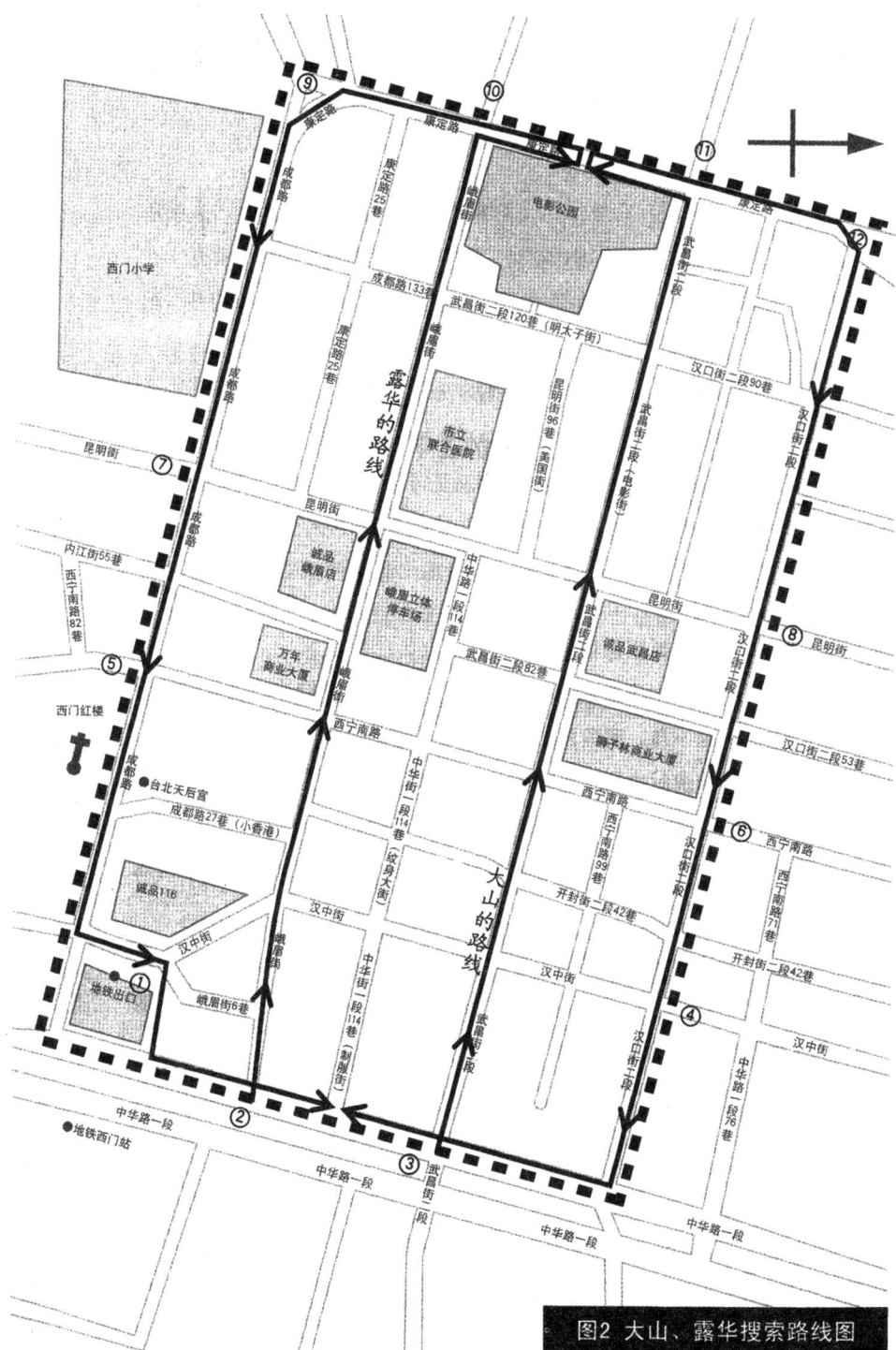

图2 大山、露华搜索路线图

走到中华路口，在中华路的中段，也就是制服街那里再会合一次。"

"原来如此，所以是先巡视较大的四条路。"

"对，如果什么都没发现，再想另外的办法。不多说了，我要从③进去了。"

我到现在才发觉，眼前浮着一个半透明的选单，就像昨天大山展示给我看的那样。


"快！时间到了就会强制进入①喔！"

"喔、喔……"我立刻伸手碰触②的按钮。

眼前瞬间一片黑暗，身体开始有浮起来的感觉，这就是"传送"吗？

即将被传送到②时，我突然感到头戴式显示器的后方有些紧，有种"后脑勺被按在墙上"的错觉。

然而那时的我完全没想到，那是即将面对"死亡"的预感。

# 第二章　而立之年·漂流（一）


这是个孤寂的街道。

背后的中华路像是冬天的江河，纵使支流结冰，仍能保持一定的川流不息。眼前的峨眉街入口，则是结冰的其中一条支流，在人声鼎沸时串联主流的人潮，万籁俱寂时，充分发挥阻塞的功能，以"静谧"二字阻挡一切想进入的人和事物。

就像我眼前的圆形红底白横杠标志，守护着步行街这个商圈圣地一样。

左右每隔五六米就会设立的红色立竿，说明这里也是进入闹市区的门户之一。尽管附近的人群都喜欢从汉中街入口，也就是捷运站前进入，我却钟情于这条窄窄的小路。

因为窄，因为安静，加上两旁高过四层楼的建筑，从入口向里望去，看起来就像通往秘境的峡谷。

从此处到与汉中街交会的位置，以及电影公园附近的这两个街段，是白天的峨眉街人群较少的部分。往昔的我都会从这里开始，一步一步地进入，或许是讨厌一次见到大量人潮的性格使然。

当然，现在是一片寂静，两旁的店面以发型设计和服饰修改为主，都已拉下铁门。抬头一看，某块招牌因为夜晚的昏黄灯光，变得有些朦胧，那个位置，应该是红磡会馆港式饮茶的招牌吧。

再往里走，左手边就是著名老店"北平一条龙饺子馆"和"阿宗面线"坐落的位置，印象中大白天时，在"阿宗"店门口站着吃的民众，往往会连"北平一条龙"的门口也霸占住，逼得"北平一条龙"不得不在门口贴警示。

请不要在我们店门口吃面线——那样有趣的光景，对照现在的寂寥，让我觉得内心好像有什么被抽走了。

只听得到夜晚冷风的咻咻声。

这是个虚幻的街道。

只是看起来真实、触摸起来真实、听起来真实的街道。

大山与我在如此虚幻的世界里，正分头找着某个人。

为何他会那么担心？不，或许现在心情这么平静，步调还刻意放慢的我，才有点不正常吧！

只因为我不想离开这里。

闹市区安静下来的样子，就像沉睡中的顽童，让人不自觉想定睛细看，生怕这景象尚未烙印在脑海里，顽童便苏醒过来。在反复而频繁的"动"之下，难得让人察觉"静"的那一刻，更显得弥足珍贵。

好想持续徜徉在这个沉睡的虚幻之地，直到日夜交替的那一刻。

仿佛一来到这里，就被狐狸的法术给迷惑，沉浸在周遭的一切中，忽略自己应当要做的事。


一回神，才发现自己人在汉中街与峨眉街的交会处，仅从出发点走了一小段距离，以搜寻的步速来说，完全不合格，不知道大山看到我这样会怎么想，想必会很生气吧？

我朝右方的汉中街望去。

远方的武昌街口，有个人缓缓地横越汉中街，消失在另一侧。

似乎是大山，看来他步调和我差不多，我得加快速度。

啊，他说过巷子里也要找吗？我记得距离入口处的中段附近，左手边有一条巷子。

我向后望了一下，里面应该没有人……吧？

四周仍是一片寂静。

数字化的交叉路口。

只要右手边的这栋大楼——JUN PLAZA 开始营业，大型电子广告看板就会启动，到了那时，才真正有街道苏醒过来的感觉。

电子看板在闹市区建筑物的身份，就像舞群里的明星，总是能汇聚空间中人群的目光，刚进入这个路口的行人，视线都会不自觉移向看板的画面。

尽管上头都是些看过的广告和电影预告片。

JUN大楼一楼的SONY形象馆，已随着电子看板一同沉寂。不管是头上的看板，还是里头贩卖的电子用品都是如此，只要一关闭就会显得冰冷、无机，但开启时播放的声音和影像，又看似具备有机物的活力与朝气。

有机的能量储存于无机的巨大盒子里——这个街道，不，这个城市也是如此。

真实的世界存在虚拟，虚拟的世界又包裹真实。

曾在这个交叉路口看见有趣的景象。

西门町特有的"台北电话交友"广告三轮车，经常会有人踩着踏板，在附近反复来回。每代人都有自己解决寂寞的方式，色情电话专线的看板在街道四处展示，倒也不十分稀奇，只是有别于日本发放广告面纸的另一种国情罢了。

我感兴趣的，是三轮车上的人。

踩着踏板的人，经常以不同面貌出现，有的穿着很邋遢，一看就知道是打工的流浪汉，有时是打扮时髦的年轻人。

其中最令我难忘的，莫过于身穿警卫制服的大叔。

警卫和人民保姆——警察的制服，两者我并不会太仔细分辨，尤其前者的剪裁和颜色搭配，有时会做得很像后者。在如此错觉之下，上述光景乍看就有种荒谬的滑稽，仿佛警方也开始公然支持色情产业，两者握手言和。

戴上谬误的有色眼镜，眼中的世界会产生歪曲，却也往往透露着和谐。

我继续沿着峨眉街向西边走去。左手边出现一条巷子，是人称"小香港"的成都路二十七巷。

纵使早期有很多香港人在此开店，充满浓厚的港式风情，但逐渐改变形态，成为嘻哈服饰、时尚精品街的这条路，依然保有"小香港"之名。

当整体的相貌已然更替时，历史的痕迹仍会在各个地方，以名号、装饰等形态持续残留着，甚至成为一种固定运作的形式，执拗地与新事物共存——这就是我眼中的西门町。

我想起电影《六号出口》（*Exit No.6*）的西门町，出现了红包场，出现了废弃大楼。比起从头到脚、从里到外一片新潮，我更钟爱这种"新中带旧"的样子。

我望向巷子里侧——我很喜欢里面的一家茶餐厅。

每家店面都已关闭，仍旧是一片寂静与黑暗。

没有我和大山要找的人。

我开始犹豫，是否要每条分支的巷子都仔细检查一遍，因为前方不远处的右手边，又是一条小巷。

是通往文身大街的巷道。

虽然我对文身并不热衷，不过印象中还是和友人进去过一次。

那时，友人说想在上臂刺一个图案，至于要刺什么，打算到时请师傅现场设计。

我听了非常疑惑，因为一旦刺上去便很难消除的文身行为，不仅是在皮肤上留下图案，同时也赋予了"自己"这个人一种独特的"质"，就像改名换姓，一般人是不会随便去做的，通常是为了改运，换言之，那是一种咒法。如果不是具有特殊意义的图案，应该不会刺上去才是。

当时的友人回答，因为他缺乏"自我"。

有些人不用在身上烙印，旁人一和他接触，就自然会在他身上打上某种"印记"。友人说，他其实很羡慕这种人。

那一次，我在一旁目睹了整个文身过程。当师傅在友人的上臂彩绘出一只翱翔的老鹰时，我还觉得那只是个装饰，等到师傅手中的机器发出吱吱声，装上针头，开始在表皮戳刺后，我开始产生一股错觉，仿佛一位印第安的巫师，将老鹰的魂魄一点一滴注入友人体内。

我不知道文身实际给予了友人什么，但原本和他不是很熟的我，日后提到他时，一定会想起那只老鹰。

印记。注入自我的街道。

我朝巷子里望去，仍然不见丝毫人影。

巷道的那一头，已看不见任何文身的广告招牌。我方才所想象的，曾注入无数个灵魂的巧艺光景，也在这一刻回归静寂。

我来到了西宁南路。

象征步行街的行人地砖，在此处变成了柏油路，眼前也出现行人和汽车的信号灯，尽管对当下来说并没有差别，我却泛起些微的失落。

行人可以在柏油路上步行、通过是一回事，在大都市的街道里，柏油路却是行人和车辆的共有领域，不是行人"独有"的，也就是说，从这里开始，行人便失去了那种"独有"。

好希望整个西门町都是徒步区——当然，这是只能放在内心里的小小天方夜谭。

不知大山是否已通过这里，我朝右边远望。

没有辜负我的期待，一个人影从西宁南路的东侧出现，穿越柏油路后消失在西侧。

看来我俩的行动，有着莫名的同步性。

我无视信号灯的闪烁，径行横越西宁南路。此时矗立在前方的，就是著名的万年商业大楼。

新中带旧、历史的痕迹——方才"小香港"的思绪又在此时涌起。

在二十世纪六七十年代，当时的青少年盛行滑冰运动，听说当时的"万年冰宫"就是西区的重要地标，错过那阵光景的我，只见到它脱胎换骨后的风貌。

地下室的小吃总汇，一楼的手表、香水、饰品，二、三楼的衣服、皮包，四楼的模型、动漫画、电玩，五楼的电子游艺场……虽然贩卖的东西很像小型百货，但进入后仔细观察，会发现大理石地板有着无法掩饰的裂痕，墙壁的粉刷偶见斑驳，电扶梯没什么光泽，上升时，偶尔伴随着间歇性的震动。

有点年代的大楼，搭配新潮物品的卖场。

之后还开了撞球场、MTV和网络咖啡，相较于另一边的狮子林商业大楼，这里越来越向年轻潮流靠拢，那感觉像是一位中年人，仍将年轻人的行头穿戴在身上，试图与青少年拉近距离，虽然看起来有些滑稽，却也散发着亲和力。

我也陪友人来过好几次，并不是想买什么，而是觉得这样的光景，可能长大以后就不复存在。有历史的东西，经常会被汰旧换新的风潮给淹没，唯有经历得够久，人们才会回过头来，察觉其保存的价值。

好想上去看看。

当然，现在不行。我望着封闭的入口，将身体靠在墙上，体会"真实"的触感。

看起来真实、触摸起来真实、听起来真实。

我离开万年大楼，一面沿中段的峨眉街前进，一面试图想象印象中的人群，把他们套用在眼前黑夜笼罩的街道。

即使离开步行街，这里还是能维持一定的人潮，除了万年大楼外，前方的诚品商场也是原因之一。

虽然是大型连锁书店，但也并不只卖书，随着地缘环境的变化，里面的东西也不一样。有一段时间，我非常热衷于去各地的诚品商场，除了喜欢看书外，也想观察商场里的东西与该地特色的联系。

光是西门町就有三家诚品，但只有眼前的这家卖书，其余都是衣、食或各类用品的专柜，就连唯一摆放、贩卖书籍的三楼，有些空间也被其他小玩物的商店占据。

书店虽然寂寞，但这就是西门町的消费文化。

或许因为是电影院改建的，骑楼底下仍有一些卖糖葫芦、猪血糕、烤鸡肉串等小吃的摊贩，这些摊贩与人潮之于街道，就像河水之于峡谷，即使峡谷四周的景色已沧海桑田，河水仍持续不断流动。

不断流动的人潮。

昨天、今天、明天都会在这里继续流动，只是换了面孔。

络绎不绝的人群、摊贩逐渐幻灭，视网膜底层的街道又恢复方才的寂静。


我横越峨眉街，走向对面的停车场，往里头探了探，一楼除了并排停放的机车之外，一个人影也没有。就在此时，一阵疲倦感朝身体袭来。

这样找下去，只是大海捞针吧！

我环顾停车场的四周。

听说这个停车场很久以前是儿童戏院，白天放电影，晚间和假日作为各国民学校的演戏和游艺场所。因为西门町很缺乏停车场，才将儿童戏院拆除，改建为现在的样貌。

艺术文化的汇集地，变成了机能性的建筑，但唯有经历过这时期的人，才会有所感慨。

从外面抬头仰望，立体停车场的护栏由一根根的白柱相间隔，就像钢琴上的黑键。每层楼透风的空间，也令我联想到口琴的琴格，而外墙就是口琴的盖板。

环绕停车场一圈，在这栋建筑的四个面中，还是峨眉街这一面最令我印象深刻。

这一面并不是汽车与摩托车主要进出停车场的门户，让我印象深刻的原因，还是在于一楼的就业服务站，以及经常可以看到停在服务站斜前方，一大一小的两辆献血车。

大的叫峨眉号，小的叫雄狮号。

我去雄狮号献过血，里面附有液晶电视，不过只是用来播放偶像团体倡导献血的公益短片的。

闹市区与献血车，乍看之下是很不相配的组合，与医疗相关的献血，和逛街、玩乐的气氛怎么也连不起来——第一次在西门町见到献血车时，我曾经这么想。然而，当我知道峨眉号所收集的血量，是高居所有献血车之冠的时候，不禁对自己的狭隘见解感到惭愧。

或许，其他人在看到献血车时，并不是和我一样想到医疗，而是想到生命。

挽起衣袖、扎针、抽血——生命的储存在献血车里就是如此，符合年轻人简单、方便、直接来的诉求。

我走出停车场。峨眉街前是空旷一片，象征生命的两辆车子已不复见。

我穿越昆明街，望向右方，做第三次的"同步确认"。

结果又看到横越马路的身影，真是太巧了，再这样下去，我们可能会同时到达电影公园。

我将视线转回前方，看着另一个医疗的象征——市立联合医院。

不知为何，涌上一股怀念的感觉。

眼前的联合医院昆明院区，过去是台北市立性病防治所。我曾看过二十世纪八十年代后期的相片，那时的性病防治所建筑相当老旧，绿色的外墙与灰黑色的屋瓦似乎耐不起风霜，那时就想，站在这样一栋医院前，那些上门求助的病人，也会觉得自己罩着一层阴霾吧？

后来就变成现在这样又白又高大的建筑了，印象中经过这里时，很少看到有人进出正门口，不知是否都从后巷出入。

纵使名称拿掉了"性病"二字，这里还是有性病和艾滋病防治的门诊，或许对大多数人而言，那仍是难以启齿的疾病。

白色外墙笼罩在一片黑暗中，我开始探寻自己对这里的印象。

门口的广场相当大，是青少年经常练习滑板的地点，偶尔也会有一些二线明星，或是新人在这里办签唱会、宣传活动，这对一般的医院来说是很奇特的事，在西门町就显得理所当然。

这样的光景，如今也回归一片沉寂。

我触摸医院白色的外墙，此时，又一阵冷风的咻咻声响过我耳边，我顿时惊醒。

不行，再这样下去，大山一定会生气。

一路走来没什么人，不知何时才会找到，虽然不能马虎，可是又想快点结束。

我逐渐加快脚步，开始在街道上奔跑。

在这个虚幻的街道。

看起来真实、触摸起来真实、听起来真实的街道。


右手边出现一条小巷，我拐进去往里头探看。

除了确认大山是否已经走到这里，另一方面，我也想看看涂鸦。

这条狭窄的巷道是武昌街一二〇巷，又称明太子街，进去后走一段路，右手边会出现另一条巷子，就是昆明街九十六巷，也是俗称的美国街。

这两条街是西门町著名的涂鸦艺术区，四处可见用喷漆或油彩绘制的生动图案，有抽象派、动画风或写实派等各种形式，往往还搭配巨大的艺术字体。另一方面，这两条街也是西门町著名的废墟——台北戏院旧址——的后巷。

我想起在电视专题报道上看过的，熊熊燃烧的废弃大楼。

烧毁前，已闲置十五年，烧毁后，又遭荒废了多久呢？每次经过时，都有一股想进去看的冲动，那感觉有点像是尼采的名句："当你凝视深渊时，深渊也在凝视你。"在我心目中，废弃大楼就是都市的深渊，是被隐藏的城市角落。

未必光鲜亮丽，却有引人一探究竟，窥视它过往故事的冲动。

而伴随这些大楼的涂鸦，就是那些深渊的"装饰"，尽管一开始往往是下流、毫无美感的乱涂乱写，却也因为粗暴，而与废弃大楼有种协调的一致性。

在我心目中，西门町这些经过规划、请知名团体绘制的涂鸦"艺术"，似乎就背离这种"粗暴的一致性"了，不如说是为了想改变别人对废弃大楼的观感，试图改头换面的一种"救赎"行为。

我摸了摸几幅一点都不粗暴的涂鸦——传来墙壁沙沙的触感，这也是"真实"的。

我走出巷道前，特地向后回望了一下，结果不出所料，横越路口的人影又映入我的眼帘。

完全同步，连续四次，我们真是太有默契了。

回到峨眉街上持续往前走，右前方就是西门电影公园。

昏暗的路灯下，康定路就在眼前。

大山应该也快到了吧？

我在康定路右转，进入电影公园。

出乎意料，竟连一丝人烟也没有，更遑论大山的影子，看来他在最后一段路放慢了。

等待的过程中，我开始环顾公园四周。

第一次来这里时，曾经疑惑很久，因为几乎找不到任何与"电影"相关的东西，直到后来才知道，开幕时的盛况早已不再，徒留当时的一些建筑——昔日煤气公司的红砖厂房、烟囱，与可以透过阳光、营造成"戏棚"的巨大钢棚，以及多角度观戏概念的钢架平台——虽然能隐约感受到当时的设计诉求，如今看来，却也不过是个普通的公园。

红砖墙、公园背后的建筑物上，也出现了涂鸦艺术。

我在钢棚底下等着，白天时，这里会有阳光洒落形成的方格阴影，现在不过是一片黑暗。

四周依然空无一人，有的只是钢架平台，与实木地板、铸高压水泥砖、彩色混凝土交错的铺面地坪，地坪缝隙中还有点缀用途的草皮。

我孤独地置身其中，朦胧感越来越强烈。

这是个虚幻的公园。

只是看起来真实、触摸起来真实、听起来真实。


过了许久，大山终于拖着沉重的步伐现身，他看起来有些憔悴。

"抱歉，我动作太慢了……"

"没关系，我也是，有斩获吗？"

他摇摇头。

"我想也是，这样只是大海捞针吧！"不想让对方认为自己太轻率，我刻意将口气压得深沉。

"可是，一定得找出来。"

"大山……"

啊，别用那么疲惫的表情看我，会有罪恶感。

当下，我甚至连和大山的对话，都觉得很不真实，仿佛这世界、这一切都是梦境。大山看似那么努力寻找，我却有些心不在焉，甚至对每一样路过的东西触景生情，这样是否该被谴责呢？

"对不起。"

大山浮现疑惑的表情，似乎对我突然的歉意感到不解。

我转过身："我……觉得很疲倦了，想快点结束。"

后方传来沉重的叹气声。

"想回去就回去吧！我会留下来自己一个人找。"

经过约十秒后，我才敢再度回头看他。

大山早已背对我，往汉口街那里走远了。我望着他孤独的背影，听着那沉重的跫音，罪恶感逐渐加深，或许，我该多体谅他一些，更积极一点。

"大山！"

我尽最大力气叫喊，大山立刻停下脚步，但没回过头。

"中华路上见。"

大山似乎理解我话中的意思，将右手举起挥了挥，继续向前行走。

我的漫不经心，得到宽恕了吗？

我立刻朝成都路的方向迈开步伐，随着一步步踏地的触感，我的脚步逐渐加快，最后发现自己开始在人行道上奔跑。

动吧，双脚！

在这个孤寂的街道。


成都路比峨眉街要宽许多，也因此还存在一些车流的声息，路面的光影也较为明亮。

这里也是西门町和四周区域的其中一条界线。

我在成都路北侧，边逐一检视骑楼下是否有行人，边往马路的另一侧望去。

西门国小。

曾在那附近看到小学生下课的光景，那时心想，不知过去的小朋友们会如何看待旧时西门町的繁华？

根据许多人的经验，中、小学校附近的地区，在他们童年与青少年的回忆里，经常占有重要地位。放学后，多得是不直接回家在学校附近逗留的小孩，学校的地理位置决定了青少年生活的"精彩度"。

这么看来，西门国小毕业的人对西门町的乡愁，说不定比我还要严重。

我加快脚步，对面的一些知名看板映入眼帘。

国宾影城、U2 电影馆、台北牛乳大王。

听说，台湾第一家专门放映电影的戏院"芳乃馆"就是盖在国宾影城的位置，之后经历了美都丽戏院、国宾大戏院。在国宾最繁荣的时期，其他几家戏院都只有三四层楼高，七层楼的国宾大戏院，是大老远就可以看见的地标性建筑。

就我眼前的这栋豪华影城来看，繁华之后不一定会伴随没落，仍有可能依然繁华。

或许，是因为人们通常不会着眼在繁华光景的长久延续，只会对猝然降临的没落印象深刻吧！

骑楼下没看到任何人，我弯进途中经过的两条巷弄，依然没看到人影。

火锅城、理发店、生活百货、成都大饭店、咖啡厅、豆花店、日本料理、肯德基。

在黑暗的笼罩下，每家店都已拉下铁门，晚上点亮四周的广告看板群，也在此时隐蔽了它们的光芒。

我持续奔跑，很快来到昆明街的路口。

往昆明街方向望去，仍然不见什么人，我立刻横穿马路。

唱片行、运动用品店、服饰店、美发沙龙。

上海老天禄。

同样在西门町，武昌街也有一家"老天禄卤味"，成都路的这家除了卤味，还有糕饼，而且有趣的是，两家都标榜自己是"正宗创始""老字号""别无分店"。

台湾似乎经常发生这种现象——花莲也有"曾记麻糬"和"曾家麻糬"——理由通常不是兄弟分家，就是其中一方盗用另一方的招牌。

使用着类似的名号，可说同享一份荣耀，却又彼此对立，像是生态体系互相牵制的两种生物。

快到成都路的前段了，前方就是西宁南路，一路上我都在快步疾走，风景一个接一个经过眼前。

唯独缺乏要找的人。

在如此黑暗的街道狂奔、搜寻，情感里竟没有丝毫恐惧，连我自己都感到惊讶。是物极必反的结果，抑或是无法感受到现实性的缘故？

只有双脚不停摆动着。

越过西宁南路，两旁的建筑又出现"新中带旧"的气息，不久前瞥过的"小香港"巷道，也近在眼前。

左边是台北天后宫，右边是西门红楼。

坐落在闹市区的庙宇和古迹，往往会给人不协调的感受，但在西门町这个拥有历史的区域，反倒是加了一层光环。在数不清的西门故事里，这两栋建筑将故事年代拉得更久远，增加了区域历史的深度。

若加入地方发展的要素之一"观光客"，西门町和这两栋建筑就更亲密了。

有"台北原宿"之称的青少年文化集合地，有一座除了妈祖外，也奉祀弘法大师的庙宇，还有另一栋在八角形建筑后面，连接十字形建筑的砖造楼房，经历了市场、剧院等文化变迁。

印象中，这里经常停靠着游览车，还有一些日本观光客聚集。

遥遥相望的两栋岁月痕迹，位于人声鼎沸的市集里，我从它们中间穿过，朝捷运站出口奔去。

经过小香港的入口时，我突然停下脚步。

前方好像有什么。

一股突然袭上心头的莫名预感，阻止我继续前进。


不知大家是否有过类似的经验？

正顺畅地进行某项行为时，突然眼皮一阵颤动，或是一股头痛袭来，而一旦停止行为，"症状"便会减轻，甚至消失。

不可以再继续下去，否则会有可怕的事发生。

这种经常出现在小说或电影里的桥段，现实中出现的频率因人而异，而且，经常都只是毫无根据的杞人忧天。

但是，人处在孤寂的世界里，往往只能相信自己的直觉。

我被那股预感给绊住，踌躇不前。

脑海中又浮现大山方才疲惫的表情。因为缺乏现实感，迟至现在才涌现的"恐惧"，开始和"罪恶感"相持不下。为何自己在紧要关头时，是如此软弱呢？

时间一分一秒过去，我却在接近终点的当下，将自己困在彷徨不安的牢笼里。

不知过了几分钟，经历多少次天人交战。

最后，缠绕心头的恐惧渐趋缓和，罪恶感获得了胜利。

我踏着忐忑不安的脚步前进，前方就是汉中街，那个与成都路交叉口堪称西门町最热闹的门户，熟悉的诚品116就在左前方，捷运出口则在更远的位置。

　　不知为何我突然想起，进入右方的汉中街，就可以看见市政府警局的派出所。

　　我朝左前方走去，熟悉的西门酷客公仔矗立眼前。

　　原本活泼与朝气的象征，在黑夜、冷清与恐惧的影响下，竟是如此晦暗，总是迎接过往行人的它，在没有行人时，似乎就把一切"动"的气息给吸走了。

　　我转向汉中街的斜向入口。

　　有许多街头艺人、临时摊贩的道路，现在也回归静默，尽头处的JUN PLAZA电子广告看板，已融入四周的一片黑暗中。

　　如果现在是在玩大富翁，我好想抽一张"命运"卡，告诉我接下来会发生的事。

　　印象中，这条路曾出现过一个怪人，他银发白须，一身古代仙人的装扮，手持两束布条，一边写着"今年市长×××会当选"，另一边写着"明年总统○○○会当选"，我当时看了不禁扑哧一笑，因为他不过是根据当时的政局，做出最有可能的猜测。

　　虽不能说是铁口直断的半仙，这样的街头角色扮演，还是让我留下深刻的印象。

　　然而，如果他现在在这里，我可能会冲上前揪住他的衣襟，质问他我的命运将会如何。

　　深邃的街道，虚幻的街道。

　　好想在这条路上奔跑，最后回到原点。我跨出一步、两步。

　　三步、四步，我开始向前冲刺。

　　啪嗒、啪嗒、啪嗒。

我只听到自己的脚步声。

此时，背后传来一声嘶哑的叫喊："喂！"

我惊讶地转过头。

"你在干吗？"

西门酷客立台底部——也就是捷运站出口附近的角落——传来熟悉的声音，虽然被阴影给遮掩，但依稀可以分辨那里有人。他两手抱膝，背靠着立台坐在地上，抬起头正望向这里，而且不必看清楚脸，光凭声音就知道是谁。

"大山。"我压下差点蹿出喉咙的尖叫，"你怎么会在这里？"

的确，不应该在这里遇见他。依照他当初的指示，我们会在西门町的中华路中段，也就是制服街入口碰面才对。

"是你太慢了。"有气无力的声音。

我走上前，随着我们距离的拉近，大山的面容逐渐清晰，我思忖他来这里花费的时间与路线，顿时涌上强烈的疑惑。不过当我发现他说话时双肩上下起伏，就逐渐明白了。

"你在制服街，等很久吗？"

"其实没有等，在那里没看见你，我就直接过来了。"他的话语，仍夹杂浓厚的喘息声。

"有什么急事，需要跑步过来吗？"

"只是走得比较快。"

这家伙，说谎不打草稿。我决定不深究此事："在这里等了多久？"

"没多久就听到脚步声了，然后，就看到你在我面前奔跑。"

所以我们到这里的时间，并没有相差很多。

我想起"小香港"的入口。啊！一定就是那里。

从电影公园到这里的路程，我几乎都在奔跑，虽说偶尔会停下来，也没有尽全力飞奔，不过他绕过汉口街、中华路到这里，要比我先到达仍有些难度。如果说其中存在什么关键，那一定就是刚才经过小香港时，我因为突然的恐惧感停下脚步，滞留了一阵子的缘故。

　　那段时间，应该超过十分钟吧！

　　我观察大山，他脸上的表情很诡异，是一张在极度的疲累之下，混杂无奈、不安与绝望的脸孔。我看他仍屈膝坐着，便伸出右手想扶他一把，不过他似乎不想站起身。

　　我只好弯腰蹲下，视线才能与他同高："情况怎样？"

　　没有回应。

　　应该说，头部有稍微震动一下。

　　"怎么了？"

　　我的声调不自觉提高许多，不过他仍然没有回应，只是头部的动作更为明显，变成了左右摆动。

　　"摇头是什么意思？"我感到异样，开始摇晃大山的肩膀，"喂！你这家伙，说话呀！"

　　语气如此粗暴，连我自己都吓了一跳，话一出口便捂住嘴。

　　一定是因为畏惧。

　　害怕对方即将说出的事。

　　他两眼无神，凝视我片刻，终于用细若游丝的声音吐出一句话。

　　"你，不会想看的。"


　　虽然早有预感，但直到那一瞬间，我才觉得自己完全理解。

　　当下的状况，以及，那时让自己快要窒息的预感是什么。

　　"在哪里？"

大山手指向一旁。我站起身，顺着他指的方向走过去。

那是诚品116所在的骑楼，周围的路灯似乎已被破坏，光线无法照到该处，因此屋檐下的阴影相当漆黑，经过时若没有仔细观看，可能不会发觉那里正躺着一个东西。

曾经是"人"的东西。

身材相当矮小，俯卧着所以看不到脸部，身穿鲜红色衣服，戴着鲜红色帽子。

这是什么？谁来告诉我，这是什么啊？

我立刻捂住嘴，却发现自己缺乏想要尖叫的冲动，不禁感到有些狼狈。转过身，发现大山也站了起来，走向这儿，右手不停地往眼睛周围抹来抹去，还一直吸鼻子。

为什么你要哭呢，大山？

我也应该感到难过吗？

开始环顾四周——汉中街的斜向入口，半仙依然不在那里；西门酷客公仔，仍旧黑得像是要吸走人的精气；成都路对街的派出所，感觉是那么遥远。

这是个虚幻的街道。

而且现在看起来不真实，触摸起来不真实，听起来也不真实了。

我突然感到一阵晕眩，忍不住蹲了下来，双手抱头。近似怒吼的尖叫声终于摆脱压抑，自喉咙的深处如潮水般倾泻而出。

"哇啊啊啊哇啊啊啊啊哇啊啊啊啊啊——"

之所以发出这声惨叫，是因为看到人的尸体，还是因为意识被抽离这个世界呢？

当下，连我自己都不晓得。

## 第三章 而立之年·胎动

踏入捷运出口不久，眼前又是一片黑暗，身体浮了起来。

我和大山回到"大厅"。

从发现那团红色的"东西"开始，他一直保持沉默，在大厅也没有启用聊天系统说话。我们完全看不见彼此，无法从表情得知他的想法，我想自己该主动说些什么。

我打开画面左下角的视窗，点选 Bigmountain。

"对不起。"我尽可能保持镇定。

没有回应。

我决定继续说下去："我刚才有点失态……不，是非常失态。"

一秒、两秒、三秒。

"不过，你应该更难受吧！发生了这种事。"

我想起他不停抹脸的手，那绝不是汗水——话说回来，不管是汗水还是泪水，在 VirtuaStreet 里都是看不见的。

四秒、五秒、六秒。

"我没关系的，露华，谢谢你。"他的声音，终于通过扬声器传到耳里。

虽然平静许多，仍可以听出有些哽咽。

"要报警吗？"

"报警……案发地点在哪里呢？"

"这……"

"一个人死在虚拟世界里，我看不出是什么原因，甚至不知道他在现实中的'位置'是哪里……你看见过那个人的脸吗？"

"看了一下……但是不认得。"

我想起刚才的情景。后来，我把那个"尸体"翻过来观察，就长相而言，应该是三十几岁的男性，身材矮小，脸孔完全没印象。

"八成不是公司的员工，应该是临时测试人员吧！"

若真是如此，他位于全省哪一个 VR 据点就是个问题。总不能跟警方说"虚拟世界里有人死亡，请派人前往处理"吧！

"我去查每个据点的登入资料。"话里的哽咽声已消失，却透露着疲惫。

"每个据点……"

八百多个据点，一个一个找吗？

眼前浮现一个视窗，上面讯息写着"Bigmountain 已登出"，我也立刻按下"登出"按钮，没多久，耳边响起系统关闭的电子音效，室内瞬间恢复成原本的 VR 室。

我脱下装备，"呼"地叹口气。

回归现实的一刻——尽管发生这种事，现实、虚拟已经难以分辨。

我担心的事情，就这么毫无预警地发生在眼前。

过去网络聊天室兴起时，也很少人会想到日后会引发钱财、感情诈骗等犯罪问题，只着眼于通信的便利。直到问题出现，人们才会去正视。

当虚拟世界与现实越来越接近，现实会发生的问题，难保虚拟世界不会出现，但是人们在没有预防的情况下，往往会不知所措。

如今现实会发生的"死亡"也出现在虚拟世界，发现者是我和大山，不久后就会揭露在世人眼前。

这个问题来得太快，太难以承受了。

大山的哭泣，八成是因为自己一手建立的乐园，即将毁于一旦吧！

我走出VR室，将视线移向手表，快要十一点了。室内照明已经开启，但没有任何人的走廊依旧冷清，那有别于方才在VirtuaStreet里的孤寂，是一种贴近现实的沮丧感。

大山正在楼上，试图找出案发现场。

我也是当事人，不能丢下他一个——想到这点，我立刻朝楼梯飞奔而去。


大凶后伴随的小吉，纵使无法挽回遗憾，至少能暂缓不安的情绪。

那名死者所在的地点，很快就找到了。大山操作数据系统，调出今天全省各据点的登入资料，筛选出缺乏登出资讯的几笔，依照时间顺序排列，再将范围锁定中午至晚上的时段。

"因为是旧系统，有些数据在线上人数超载时，会产生错误。"

他从剩下的资料当中，一一剔除因为系统错误，导致登出资讯有缺漏的几笔，最后剩下的，就是系统在正常状态下，仍缺乏登出资讯的人——也就是被害者。

"应该是这位吧！"大山指着屏幕上剩下的人选。

账号名叫Shadow，登入据点在万华区，距离西门分部不远，算是不幸中的万幸。

我立刻拎起一旁的话筒拨打一一〇，几分钟后，耳边响起大楼外模糊的警笛声。

在那之后过了一小时，我和大山现在位于附近的派出所。

"等等，你能不能再说明一下，所以那个Virtua什么的，是可以从这里，把人传送到那里的机器吗？"

眼前一副国字脸、负责做笔录的警员，八成脑容量不是很大，我和大山针对虚拟实境解释了很久，他还是一脸问号，完全无法理解。

我们两人对看一眼，大山的表情已经变成苦瓜，我皱起眉头。

"老兄，我已经讲过很多次了。"大山的语气有些不耐烦，"现在科技没那么进步，没办法搞什么人体传送。VR只是让你有参观某个地方的体验，从哪个据点进去，就只能从哪个据点出来，当然，一切体验都是幻觉，这样懂了吧？"

"警察先生，你看过电影《X接触——来自异世界》[①]（eXistenZ）吗？"我试着伸出援手。

"看过，很久以前的片子。啊，原来是那个啊！"

"和里面游戏的进出模式很像，只不过道具没那么诡异。"

并不是很有名的电影，幸好国字脸知道。

"啊，可是死者的后脑被敲得很用力耶！而且现场的房间……那个什么VR室的，从里面用电子锁反锁，一开始根本打不开。如果不是把人体传送到里面，要如何办到……"

完了，他根本没听懂，这样下去笔录要做到何时？

---

① 又译作《感官游戏》，一九九九年科幻片，由大卫·柯南伯格执导。

"你很逊耶！"旁边的一位戽斗脸警察似乎看不下去了，"都没注意科技新闻，成天只看影剧版。学长我来。"

国字脸悻悻然站起身，让位给戽斗脸。我不禁在心里呐喊：加油啊戽斗！

"所以说，是被害者进入虚拟实境，因为某种原因死亡，被你们发现。"

我和大山一同点头。对对，就是这样。

"不过，你们也听我学弟说了，死者是后脑勺被重击，不太可能是自杀。但要说是他杀，现场又是一个从里面反锁的房间，凶手是如何进出的呢？那个虚拟实境，可以办到这一点吗？"

"我想，是透过力反馈系统。"

"力反馈？"

大山陷入沉思，似乎在思考要如何解释。

"警察先生，你可以把虚拟实境想成一个网络空间。"我试着帮他说明，"距离遥远的两个人，可以通过这个空间做互动，甚至包括肢体上的接触，例如握手、拥抱、敲击头部。"

我做了一个挥击的动作。

"而负责达成这项功能的，就是力反馈系统。当Ａ先生在虚拟实境里攻击Ｂ先生时，Ａ的手会有'敲到东西'的感觉，那是因为力反馈系统透过电缆，施加阻力在Ａ所穿的体感衣上。另一方面，力反馈系统也会固定住Ｂ的头盔，并透过电缆把Ｂ整个人往上提，如此一米，Ｂ就会感觉头部受到撞击。"

"但是实际上，Ａ和Ｂ都是位于各自登入的ＶＲ室，并没有实际接触。"大山稍做补充。

"喔，这样啊！"

不知戽斗脸是否真的听懂，他开始挤眉弄眼，在纸上写些字后，提出下一个问题。

"你们刚才提到，因为两个数据系统的显示人数不一样，才会想进去一探究竟。"

"是的。"

"这两个系统的差别在哪里？为什么会造成不一样的结果？"

对啊！还有这个问题。因为一直在确认死者的位置，完全忽略了数据不一样的事实。

我望向大山，我自己也想知道为什么。

"嗯……"他一手托腮，一手敲打额头，试着理出头绪，"因为有 Zombie。"

"僵尸？"

厍斗脸做出和我一样的反应。

"系统的人数统计，是透过每个 VR 据点的资料回传得来的。旧系统是根据每间 VR 室启动、关闭的次数做统计，新系统不一样，它是根据头戴式显示器上的一个装置。"

"什么装置？"

"那个装置可以侦测人眼球的转动。启动 VR 后，只要使用者频繁地移动视线，系统就会判断这个装置有人在使用。相对的，也可能发生有人没穿戴装备，直接启动 VR 的状况，在这种情况下，装置会视为没有人在使用。因此，就统计线上人数来看，新系统比较准确。"

"喔……这样啊。"厍斗脸的五官挤成一团，"那 Zombie 又是什么？"

"在我们的术语里，Zombie 是指失去灵魂——也就是系统管理——的个体。人死后眼球不会转动，所以新系统不会将死人算进去，但是旧系统是根据 VR 据点的启动、关闭来统计，因此若

62

有人进入 VR 后死亡，旧系统还是会把他算进去，这就是数据不同的原因……"

"而且那个人根本没有登出，其实还留在虚拟实境里，所以其他 VirtuaStreet 的使用者，还是可以和那具'尸体'做互动，但是在新系统的认知下，他就变成了 Zombie？"我好像有点懂了。

大山点头，对我的理解表示同意。

"喔……这样啊……"

可是对面的庹斗脸却完全相反，只见他抓着头皮，说出千篇一律的回答，又低头在纸上不知写些什么。一旁的国字脸开始窃笑，八成是幸灾乐祸。

此时，派出所门口响起一阵洪亮的声音。

"别再装模作样了，小赵。"一位高大、身穿便服的男子走进来，"我知道你完全不懂。"

"小队长好！"国字脸立刻从座位起身。

"学长，我又不像你待过资讯室。"庹斗脸转身抱怨。

"就算待过也不一定会懂，这是我的专业。"

那个人走近时，我才发现他戴着细框眼镜，但眼神中的锐利光芒并未因眼镜而减弱，一身发亮的褐色夹克，使他更增添"硬汉"的气质。

"小姐你好，我是分局侦查队的小队长，敝姓张。"

他来到我们面前，先是和我握手，嘴角挤出一抹微笑。

然后将脸转向大山，微笑瞬间变成意味深长的笑容，说道："好久不见了，天才山。学姐还好吗？"

夹克男亲自做完笔录，说了一句"日后会再麻烦二位"就让

63

我们走了。

手表指针已超过三点，我和大山精神相当疲惫，虽然兴起一股打电话向妈妈撒娇的冲动，但是拿出手机一看，不知何时电力已经耗尽，漆黑的显示面板使我打消了念头。

"所以他是你的大学同学？"

凌晨的街道相当冷清，我们离开派出所，走在路灯包围的小巷里。大山对我说明夹克男的事。

"对，而且成绩和我差不多，他叫张璧河，我们当时被戏称'山河二人组'。"

和你差不多，该不会是学期成绩第二名吧？还有那称号，听起来像搞笑艺人团体。

"不过毕业后就没再联络了，因为我去国外念书。"大山望着远方，像是在回想什么，"没想到他会进入警界，不过……倒也符合他的性格。"

"他说的那位'学姐'，该不会就是……"

你的前妻吧？我顿时住口。

不知是否碰触到龙的逆鳞，我窥探大山的反应，但他只是笑着点头，没说什么。

深切的笑容。

眼前就是 MirageSys 的西门分部，我现在只想马上开车回家，钻入温暖的被窝。

"大山，你没开车吧？要搭便车吗？"我指向停车场的方向。

虽然不知道他住在哪里，但我当下觉得自己该做点什么，或许，是适度的体贴。

"不用了，我等一下睡在公司。"

"还要工作？"我大吃一惊。

"不，只是想留在这里。或许你无法理解。但这就像是孩子快要死了，做父母的想多陪在他身旁，类似这样的心情吧……"

"孩子"吗？我可以理解，只是无法感同身受。

现在站在我面前的，并不是平日的上司Bigmountain，也不是那个和我观念相左的"天敌"何彦山，只是一个可能会失去研发成果，想在一切化为泡影前紧紧握住片段的可怜人。

下垂的双眼使他顿时老气许多，招牌的娃娃脸已不复见。刚离开VirtuaStreet时，那个悲伤的表情又浮现眼前。

两张脸重叠在一起。

开车的路上，这个影像一直在我脑海盘旋不去，随着引擎的震动激起阵阵涟漪。

回到公寓，面对杂乱无章的家具和衣服，身体的疲惫顿时加重许多。为了挥除脑中的影像，我做了几下运动，简单淋浴之后，连检查答录机留言的力气都没有，就倒在床上，沉沉睡去。


第二天，我没有开车上班。

虽然经历昨晚那番折腾，大山应该不会要求我准时进办公室，但我还是在闹钟的辅助下，硬是逼自己在同样的时间起床，说到底，只是身为员工无聊的自尊。

所以我又像前几天一样睡眼惺忪、精神不济。为了保护我的爱车，还是搭乘捷运比较好。

"小白屋"距离捷运站很近，为了调整心情，我刻意放慢脚步。

尽管已和当初的街景大相径庭，有时在这条路行走时，我还是会把小白屋想成是JUN PLAZA，想成是我"苏醒"那一年的西门町底下那栋汇聚众人目光的建筑。

一楼的自动门，仍和那时的SONY形象馆一样，只是进出的人少了。

有两个人出现在门口。

"嘿。"

昨天的戽斗脸对我挥手，他身后是夹克男。

"颜小姐，方便说话吗？"夹克男手指向附近的餐厅，或许是察觉我看着小白屋，说道，"我已经知会大山了，他说让你今天在家休息，不过在这之前，我们想占用你一点时间。"

我叹口气，点点头——自己应该没有拒绝的余地。

进入餐厅的包厢就座后，我开口问道："案子有什么问题吗？"

"有些地方需要确认，为了厘清细节，个别询问当事人是必要的。"

果然，和警方接触一次就会有第二次，我心想他们会不会像刑事剧演的一样，一直重复问过的问题。

戽斗脸拿出记事本，夹克男并没有任何动作，或许他只要提问，由戽斗脸负责记录。

"首先，我想了解一下 VirtuaStreet 模型的结构。"

他从公事包里拿出一沓纸，是公司发的文案资料，与昨天小皮拿到的一模一样。

他翻到其中一页："这是模型的平面图。"

我探身向前。

"请问，人一旦进入西门町的虚拟模型，是不是只能在这个框线范围里活动？"

夹克男的手指在平面图上画出一个长方形，他指的范围，就是中华路、汉口街、康定路和成都路所围成的区域，这也是一般人称"西门町"的实际范围，在平面图上用粗虚线标示。

"是的。上面有①至⑫的号码吧？那代表模型的十二个出入口，也是通往'大厅'的传送门。人可以在这个区域四处走动，包括边界的四条路，但无法走出这个范围。而且进入任何一个传送门，就会回到大厅。"

"我们刚进去调查过，可以看到西门国小和西门红楼，也能看见中华路街对面的建筑。"

"只不过是'看得见'罢了。"我指指自己的双眼，"根本无法进入那些地方，就像舞台的布景，只是看起来真实了点，事实上根本碰不着。使用者如果想接近，就会撞上一道'透明墙'，没办法继续向前走。"

"我们也发现，除了当成边界的四条马路，其他道路都没有汽车与摩托车，只有行人走动。"

"应该说，虚拟实境里根本没有交通工具。"我把资料翻到另一页，"请看，这里有写：'现在尚未做出驾驶汽车与摩托车的体验功能，使用者在马路上看到的交通工具、听到的车流声，纯粹是为效果做的布景。'其实啊，被车撞到也不会有事喔！"

"会穿过身体吗？"戽斗脸惊讶地问。

"会啊！"

"这样我了解了，接下来是这个。"

夹克男接过资料，啪啦啪啦开始翻阅，最后视线停在某一页，手指向一段文字。

"你看。"

为防止严重的肢体冲突，使用者在 VR 世界里的力量，只能发挥原本的百分之八十，意即使用者施予物体的力，会乘以零八八计算，但反作用力仍不变。因此走路、跑步的蹬地行为不受影响，但对某物拉扯，或是攻击等行为，效果只有八成。

"这地方有什么问题吗？"

"凭这点应该可以判断，诚品116附近是第一现场，至少不会差太远。"

原来如此，因为搬运"尸体"太费力，如果要伪装现场，搬运的方法就成了问题。

"而且，凶手的力量应该不小。"他摆出挥拳的姿势，"我没看过数据，不清楚一般人挥拳的力量有多重，不过我们进去做了实验。我冷不防往小赵的腹部揍一拳，他也只是稍皱眉头，要是平常，他一定会痛得蹲下来。"

"学长真的很过分，还是很痛哎！"屌斗脸按住肚子，在一旁撇嘴。

我盯着眼前的夹克男。他的细框眼镜和褐色夹克恰成对比，如果脱下夹克，他就和一般的斯文学者没两样，但如果拿下的是眼镜，或许就会摇身一变，成为热血或暴力警察。这两样配件，或许也代表他截然不同的两种性格，看似对立，却又能融合在一起。

"少装了。啊，我想说的是，凶手是如何行凶的呢？力量只剩八成，换句话说就是要发挥一点二五倍的力量，才能到达现实的水准。你也知道被害者是后脑遭到敲击吧？只用拳头根本打不死人。这么一来，凶器是什么呢？可能要等法医的解剖报告……啊，shit！"

我吓了一跳："怎、怎么了？"

"就算解剖还是不知道啊！因为其实很清楚，现实世界的'凶器'就是力反馈系统——死者受到强大的作用力，导致后脑

68

撞击头盔死亡。这么一来，虚拟世界里的'凶器'才是重点。VR里有棍棒、铁锤之类的物件吗？"

"我也不是很清楚……"

"就算有，挥击的力量也得比平常大，我们会再调查。对了，说到死者……"

夹克男望向尖斗脸，后者开始翻阅记事本。

"死者名叫朱铭练，三十四岁，是个打工族，一个月前应征MirageSys的临时测试人员。"尖斗脸说道。

"他身材相当矮小，应该只有一米五多一点吧！"夹克男从上衣口袋掏出一张照片，"虽然调查人际关系是别组的工作，不过还是问一下……有印象吗？"

我接下照片，端详许久。

一张猥琐的脸，还带着令人生厌的笑容。

"完全不认识。"

"大山也说不认识，八成只有行政人员见过吧！"

"请问，他死时是身穿红衣、戴红色帽子吗？"我说出内心的疑问。

"咦？没有啊，倒是后脑被敲了好几下，流了不少血。为何这么问？"

"因为我们在虚拟实境看到他时，他是那副打扮……啊！八成是视觉系统判断错误。"

"视觉系统？"

"嗯，我们在 VR 见到的人，他的样貌、打扮，是根据视觉系统决定。"

我再度翻阅那份资料，打开"视觉系统"那一页。

"视觉系统会从各个角度，拍摄使用者的全身相片，并根据这些影像，组合使用者在 VR 世界里的样貌，这是使用了计算机视觉（Computer Vision）技术。虽然目前可以做到相当精确，但还是会出错……"

"因为死者的血液，染红了拍摄镜头？"

真不愧是高才生。

"我认为应该是这样。"

"原来如此。"夹克男抚着下巴，面对庠斗脸，"虽然不是什么重要线索，但还是记一下吧！小赵，死者资料还有哪些？"

"死者于一个月前开始测试 VirtuaStreet，账号是 Shadow，登入时段是下午三点到九点，登入据点在万华区长沙街二段……"

"你干吗一副哀怨的表情？"夹克男插嘴。

"因为，为何偏偏在万华区……"

"幸好在万华区，要不然不知道会是哪个死脑筋的人负责。"

他的脸霎时变得狰狞，恶狠狠的表情令我有些惊恐。

"给其他人调查不好吗？"

"小姐，你以为谁会在这里跟你正经八百谈论'发生在虚拟实境的杀人案'？如果是那些笨蛋，一定会认为发现尸体的 VR 据点有什么机关，可以杀了人之后将门反锁走出去。科技发展到现在，还是会有一群食古不化的人，让那些人办这种案子，我呸！"

"难道不可能是那样吗？"我有被骂到的感觉，这么想的人不见得是笨蛋吧！

"当然有，不过调查那个是别人的事。"

我现在才意识到，这个人和大山，其实根本是同一挂的。

午餐两盘炒面端上桌。

夹克男命令戽斗脸先回局里——顺便结账，戽斗脸不情愿地离开了。

"最后，是案发时的行动顺序。"

吃完炒面后，他取出自己的记事本，撕下一张白纸，在上面画了些线条。

"根据凌晨的笔录，你说因为在座位上睡着，没发现指示灯变成红色。"

"对不起。前几天没睡好，再加上盯着一整天的机器就……而且那时同事几乎都下班了，我也不知道除了大山之外，有谁看见信号改变。"

发生命案的那一刻，死者眼球不再转动，新系统的数字也从"1"变成"0"，指示灯也从绿色变成红色。可想而知，信号转变的瞬间对命案调查有多重要，而我竟然打瞌睡错过了。

"没关系，至少可以缩小时间范围。"

"不好意思。"

"你还记得何时睡着吗？"

什么啊，上一次笔录我不就说了吗？警察果然都把人当九官鸟，叫他们重复一样的话。

"我有说过喔！我吃完便当时看了一下表，那时大约七点，之后就没印象了。"

"颜小姐，很抱歉问你同样的问题，但这是必要程序。"

被察觉内心的不耐烦，我感到有些狼狈。

"之后测试时间到，大山来到你座位，发现信号变成红色，然后你就醒了。"

"是的。"

"大概是何时呢？"

"印象中刚过九点，或许是九点十分。"我试着回想。

夹克男在纸上画了几笔。

"接下来，你们进入ＶＲ室，来到'大厅'。一直到进入传送门为止，这中间经过了多久？"

"我不知道……应该有二三十分钟。"

"那算二十五分钟好了。然后你们来回走了两条路，途中在电影公园会合，最后发现尸体。"

"走出ＶＲ室的时候我看了一下表，快十一点，约十点五十五分。"

"好，大概是这样，你确认一下有没有问题。"

他将手上的纸转向我，上面画了案发当时，我和大山行动的时间轴。（参见图3）

"很详细吧！"

的确，连报警、笔录、回家的时间都写上去了。

"这样看来，被害者的死亡时间，应该就是七点到九点。"他指向上头"睡着"与"醒来"中间的部分，"不过事实上，我们还请大山查了一项资料。"

"什么资料？"

"除了死者之外，其他人的登出时间。"夹克男微微一笑，"结果大有斩获。"

原来如此，如果凶手是其他测试人员，那么当其他人都登出后，被害者应该已经死亡。

"最后一笔登出，是发生在七点半，也就是你睡着的三十分钟后。"

我大吃一惊："这之间那么多人登出吗？我印象中，睡着之

睡着
19: 00

最后一笔登出
19: 30 →

醒来
21: 10

死者
登入时段
15: 00
〜
21: 00

进入 VR、
传送门
21: 35

离开 VR
22: 55

报警
23: 40

笔录
0: 40

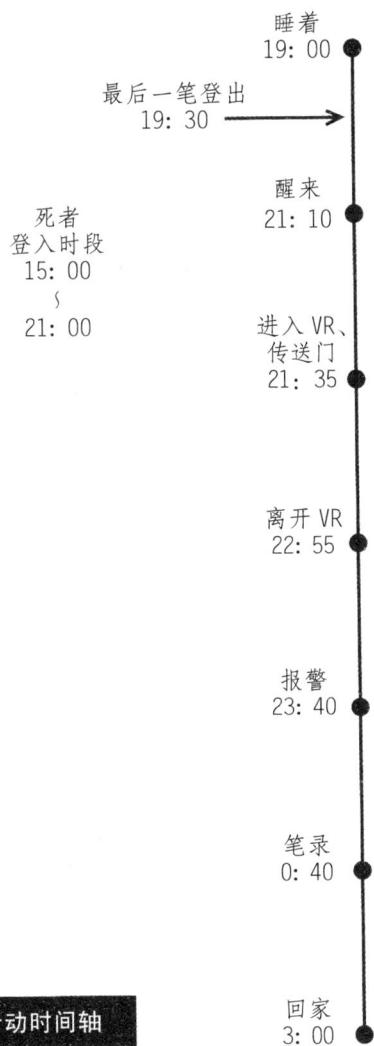

图3 露华行动时间轴

回家
3: 00

73

前还有十人左右。"

"正确来说，是十二人。"对方点头。

"这样看来，死亡时间可以缩小到七点至七点半了。"

"没错，七点前信号没有改变，七点半后 VirtuaStreet 只剩死者一人。等解剖结果出来后，就能更确定这点。我们已经请人调查这十二人的背景，应该有人是凶手，不过这有个前提……"

"前提？"

他的脸色，突然显得有些忸怩。"虽然这问题有些超乎常理。"

"你想问什么？"

"颜小姐，请问一下，我听说 VirtuaStreet 有提供一项服务，就是针对店家形态，用程序模拟贩售的行为，搭配预设的人形模组——也就是所谓的 AI 店员。不知这些店员有没有可能……"

扑哧。

"哈哈哈哈哈……啊，不好意思。"我立刻掩嘴，"小队长，你该不会想说，凶手可能是 NPC（Non-Player Character，非玩家角色）吧？那只是电脑程序啊！"

"我知道这想法很跳跃。"他的脸霎时涨红，"但真的不可能吗？"

哈哈哈哈哈哈！

我要修正先前的话。这家伙不只跟大山同一挂，还比他高一级。

他似乎想逃过我视线的嘲笑，将脸瞥向一边。

"可是，大山以前这么说过。"

咦，大山？

"有一次，我们在校园聊起机器人学（Robotics）的话题。"

他开始回忆，"他说，机器人的程式都是人类写的，当然会产生错误，或是被植入人类的恶意，这么一来，机器人或许会因为制造者的疏失或蓄意，转而攻击甚至杀害人类。也因为如此，阿西莫夫（Isaac Asimov）才会提出三大法则。"

我差点脱口问：他说这些之前，是不是会牵动嘴角，微微一笑？讲完时，还会眯眼扬嘴，像只加菲猫？

我也听过那三大法则，不过对我而言，那不过是科幻小说的东西，与现实无关。

夹克男将视线转回来。

"AI店员，不就是未来的机器人吗？所以我才会这么想。不只因为回忆的关系，如果那些NPC的制造者是别人，我还会对此一笑置之，但是今天制造他们的，却是跟我说'机器人会杀人'的何彦山。你说，我能不怀疑吗？而且这几年AI技术的发展又那么迅速……"

的确，近年来家电导入AI设计后，许多事都不用自己动手，全自动吸尘器、烹饪机等产品红遍大街小巷。聊天机器人（Chatterbot）也从一九六六年的ELIZA，历经二十世纪末的A.L.I.C.E.（Artificial Linguistic Internet Computer Entity）与Jabberwacky，发展至现今的类人脑Chatterbot。人工智能这门学问，早已突破当时"无法模拟人脑"的瓶颈又活了过来。

不过要说这些AI会杀人，我仍旧难以想象。

看来大山从学生时代起，就注定和我不对盘，老是聊一些超越社会价值观的话题。

"抱歉，扯到个人私事。"夹克男端正脸色。

"没关系，不过这么一来，我也有关于大山的私人问题……"

"唔……你问吧！虽然我不一定能回答。"

我深呼吸，将好奇心一股脑吐出。

"那个，大山的老婆，是你们学姐吧？怎样的一个人？"

"哎呀！其实我对她的事不太清楚。"

"可是，她会出现在大山身边吧？你不是也和大山经常接触，还叫啥二人组的。"

"他们从来没一起出现过。"夹克男不停摇头，似乎想摆脱被知道奇怪称号的羞耻感，"听说学姐重考两年，因此她虽然大我们四岁，却只高我们两届。我曾经跟学姐修同一堂课，她几乎都翘课，整学期下来我只看她出现过一次——就是期末考试，直到那时，我才知道大山'传说中的老婆'长什么样子。"

"咦！"我听出他话里的意思，"那时已经结婚了？"

"大山一年级暑假结的婚，当时很轰动，而且次年就生了个小女孩，八成学姐都在忙生产和坐月子吧！但我没看见过他女儿。"

我愣在当场。

骗人，那个超脱社会的大山，竟然大学时代就结婚生子。

"毕业后大山去了 MIT，我报考了警校，之后就不清楚他们的事了。"夹克男滔滔不绝地说着，但我完全听不进去。

一定是中了石化术，谁快来用金针解救我。


走出店门已是下午两点，我和夹克男道别。

既然大山说可以回家休息，那我就恭敬不如从命。

然而此刻，我却撞见最不想见到的人。小白屋门口，出现了前天那个让我头痛的男人。他一见到我就马上跑过来。

"Luva，你怎么会跟那种人扯上关系？"小皮问道。

76

"陈先生，你在叫谁？"虽然尽力让自己的嘴角上扬，声调却有些背叛我。

"露华……那个人是警察吧？"

"你认识他？"

"不认识，只是在记者会上见过，我在以前的报社跑过社会线……你和他谈了什么？今天一早MirageSys气氛就不太对，那个大山也是，约好的访谈又让我吃闭门羹，你们公司到底发生什么事？"

我想起刚才夹克男的话。

"关于这个案子，因为牵涉到'虚拟实境商圈重建计划'的推行问题，上头希望封锁几天的消息，等确定是意外还是人为因素后，再让媒体发表，在此之前，你们的开发暂时不会中止——虽然我觉得没什么差别啦！已经有一些记者知道了，但警方还是请他们不要报道，你也别向不相干的人提起。"

不相干的人，眼前就有一个。

"我、我也不知道，今天没进办公室。"

"那警方怎会找上你？"

"那、那个警察是大山的同学啦！大山说我们应该聊得来，介绍我们认识，大概是想撮合吧！嘻嘻嘻。"

然后聊到忘了进办公室？连我也觉得这理由说不通，不过小皮似乎没有追问的打算。

"你行情很好嘛！"他若有所思地看着我。

"没、没有，实际见面发现话不投机，警察嘛，讲话都不太友善。"

夹克男，我对不起你。

"你今天休假吗？"小皮盯着我的眼睛，似乎有什么打算。

"对，不过我有事，失陪了。"

再说下去就会露馅，我立刻转身闪人，小皮本来想说什么，但是并没有追上来，我放松地吐了一口气，朝捷运站走去。

不过更大的惊喜还在等着我。

回到公寓时还是下午，我插入钥匙、打开门，打算好好补觉。

前天视频过的女人，突然出现在房里。

"小露，你房间好乱欸！一个女人家房间乱成这样，会把男人吓跑。"

"现代人才不在乎这些……不对！你你你你你你你，不是要去尼泊尔吗？怎么会在这里！"

"干吗那么吃惊，我不去了。"

妈妈一边将东西归位——她是在放自己的行李——一边向我露出无奈的表情。

"为什么突然不去？"

"因为有人昨晚手机不开，留言也不回电，早上又没去上班，我好担心喔！所以就取消航班过来了。"

我掏出手机一看，显示面板仍是空白一片，这才想起自己忘了充电，也忘了检查答录机留言。

"你也没打给我几次，只因为联络不到就取消行程啊？"

"因为我有预感，小露一定遇到麻烦了。"她停下手的动作，叉腰挑眉，额头浮现几条抬头纹。

"又是预感。"

"你不要小看我的预感，它可是很准的，那场大地震……"

"是，你当时就预测到啦！不过此一时彼一时，这次你猜错了。"

"哦，是吗？"她露出狐疑的表情。

妈，对不起，其实你又猜对了，只是现在还不能说。

"算啦！来都来了，就住在小露家几天好了。"

"我房间很小，只有一张床。"

"挤一下吧！"

这女人，就像风一样，突然跑到别人家里，还说要住下。

"那件民族风的裙子是怎么回事？"我指着行李中的一件裹裙，剪裁不像是台湾人穿的。

"喔，这是几年前买的，我想说穿当地衣服会比较亲切。"

等等，所以这包行李，是要去尼泊尔的行李吗？

我望向背包里的导览手册、旅游札记，以及散落一地的美金和卢比，还有绿皮护照。真不知该说是爱女心切，还是懒惰成性。

"妈，谢谢你。"我转身回房。

"小露是笨蛋——"背后传来低沉的哼歌声，我当作没听见。


因为小皮的描述，我以为公司气氛会很诡异，早上进办公室才发现，原来没什么人知道这件事。小皮应该是碰巧遇上知道内情的人，看来消息封锁还真彻底。

昨晚，母女俩一同挤在被窝里，我又乘机问她"那个问题"。

"妈。"

"什么事？"

"那时候，为什么会想当我的妈妈？"

"嗯……"她翻身背对我，思考片刻，"发生了很多事。"

"千篇一律的回答。"

"啊，这个答案说过了吗？那我换一个。"

我很在意这个问题，甚至曾怀疑她是否另有所图，每隔一段时间就会问一遍，而她也都会避重就轻，直到现在，我还是不知道这女人想和我一起生活的理由。

"要说当时的心情，或许是……'赎罪'吧！"她微偏着头。

"赎罪？"

这是什么答案，难道你曾经杀人放火不成？

她没有解释什么，依然背向我，不久就发出沉重的鼾声。刚好两人宽的棉被被她卷走一大半，我试着把它卷回来，却又被卷回去，我们就这样在睡梦中互相卷走对方的棉被。

早晨的阳光相当耀眼。我填好昨日的休假申请单，拿给大山签名，顺便询问今后的工作。

"这几天测试照常进行，露华你就继续每天的业务。"经过了一天，大山已恢复往日的生气，"昨天我同学没找你麻烦吧？"

我将夹克男和我的对话，一五一十转述。

"原来如此，凶手是NPC吗？"大山陷入长考，"嗯……如果真的出错，也不是不可能。"

"真的有可能吗？"

我大为震惊，最近怎么一直出现超乎常识的对话？

"啊，不过还是不可能吧！毕竟很多店家都打烊了。"

原来如此，不在场证明吗？

为了防止AI程序错误，导致店员离开工作岗位，这些AI店员的活动范围，都被限制在以店家为中心、半径十五米的区域内。纵使有NPC真的离开这个区域，系统也会发出警报。

"在搜寻路线里，你看到过任何营业的店家吗？"

我摇头。印象中看到的店面，都是拉下铁门的。

"我的路线上还有几家店开着，不过都距离现场很远。"

"那凶手就不是NPC了。"

"应该不是，我等一下联络璧河，将这条线索告诉他。"

"'孩子'的情况如何？会备份吗？"

他停顿了一下，终于意会到我是指他昨天的比喻。

"应该会吧！我感受过它的胎动，现在，也只能尽力不让它流产。"

我望向大山严肃的脸，这是身为工程师的"父爱"吗？

许多从事开创性工作的人，经常会将心血结晶当成是自己的孩子，作家、工程师、编剧或导演都是如此。

对于初出茅庐的新手，笔下的一字一句，电影的每个场景，尽管知道修改会让作品更完美，却仍舍不得删除任何片段，就像溺爱儿女的父母。

成为职业中坚后，会希望作品变好，开始毫不留情地校对、增删，公开发表后，往往很在意众人的评价，甚至修正自己的创作风格，就像责备儿女，目的却是望子成龙、望女成凤的父母。

最后变成老手时，已经对世人的意见不予理会，只专心实现自己的创作理念，就像放任儿女，令其展翅高飞的父母。

不过这在本质上，应该还是和"父爱"不同吧！

大山转身面向屏幕，我以为他要继续作业，没想到竟然浮现他招牌的微笑。

"我的孩子，在我大二那年出生。"

本以为他又要说教，没想到却是讲这个。我放松警戒，却也有些愕然——因为之前他都避而不谈。

"是很可爱的女婴，不过身体有点虚弱，又患有先天眼疾，一直看不见东西。妻子那时已经要毕业了，我们相差两届，到我毕业的这两年间，她就边打工边带小孩，可是当我说想去 MIT 深造，提出住在国外的想法时，妻子的脸色变了。"

"不想搬到人生地不熟的地方？"

"对，她的性格……其实很自由奔放，说要生小孩是我的意思，她原本不想在婚姻生活一开始就被孩子给束缚，还是拗不住我的哀求，才答应生第一胎。"

"你……喜欢小孩子？"

我突然有种错觉，眼前仿佛不是我认识的大山，而是另外一个人。

"正确来说，是我想体会'生命'的意义吧！我想知道人生中增加一个生命会如何，渴望那种感觉。现在回想，这完全是缺乏婚姻规划的行为，可是当时年轻，没考虑太多就……"

"你老婆不愿搬去国外吗？"

"她好像忍无可忍了，说：'我牺牲了青春，替你完成愿望，又好不容易借打工建立自己的交际圈，你竟然要我重新来过，而且仍然得照顾这个小麻烦！'她几乎是怒吼着。"

虽然"孩子是个麻烦"不太像身为人母该说的，不过我能体会她的感受，毕竟孩子不是自己想生的，花了那么多时间照顾，却换来丈夫的无情，确实会很愤怒。

"结果，你就留下妻女出国深造？"

"不，因为我们互不让步，最后她丢下一句'你想去麻省，带着你的麻烦自己一个人去！'就打包走了，过了几天，就寄来离婚协议书。"

咦！这……也太过奔放了点。

"你一定觉得我们很绝情吧？可年轻就是这样，眼中只有自己的原则和理想，忽略现实的困境，我也为了自己的学业，硬是带刚满两岁的女儿飞往美国。结果，这才是噩梦的开始。"

"没有亲戚帮忙照顾吗？"

"如果有，妻子就不会这么辛苦了，我们是在双亲的反对下结婚的。"

我的天啊！这对夫妻真是太乱来了，从结婚、生小孩到离婚，完全凭冲动行事。

"面对眼睛有疾病、还会尿床的女儿，经济拮据的我连保姆都请不起，只能向教授告知自己的困难，希望允许在家做研究，教授答应了，至于修课方面，也让我请同学录下上课内容，自己念书，期末成绩就用额外的作业代替。从此我就开始了奶瓶、尿布与纸张、电脑程序交替的生活，也才体会到妻子的辛苦。"

那不就跟函授教学没什么两样吗？ MIT 竟然可以这样做？

"唉！而且女儿竟然一直不会出声，不哭闹也就罢了，连爸爸都不叫，安静得很。我请医师诊断过，并不是什么失语症，医师认为八成是婴儿时期，父母疏于和孩子对话的缘故，所以我还得按三餐跟女儿说话，满四岁的时候，她终于喊了第一声'爸爸'。"

如果我眼睛看不见，身边又没人来跟我说话，变成那样安静也是正常的吧！

此刻，桌上的电话响起。

"失陪了。"

大山按下免提按钮，屏幕上出现前台小姐的脸。"大山，有两位刑警找您。"

画面立刻转换，出现了昨天的屁斗脸与夹克男。

"早安，壁河。"

"早安，大山。噢，颜小姐也在，那刚好一起说明。"

"有什么进展吗？"

"解剖报告出来了，有件事令人匪夷所思。"

"什么事？"

此时我发现，屏幕中夹克男投过来的视线，与昨日大不相同，突然变得锐利，透露出强烈的猜疑。

"原本根据你们的证词和系统记录，被害者的死亡时间，推测是晚上七点至七点半。"

他轻咳一声，似乎准备投下震撼弹。

"不过法医判定的时间，却是晚上八点至十二点，完全没有交集。而且根据登出记录，八点过后应该只有被害者一人在里面才对，除非……"

锐利的视线瞬间增加强度，射入我和大山的视网膜。我开始心跳加速、背脊发凉。

死者是谁杀害的？ NPC 全都有不在场证明，死亡时间内VR 又没有其他人……

不，有两个人。

因为发现指示灯变成红色，进入虚拟世界搜寻的两个人。

# 第四章　女儿·初啼

关于幼儿时期的记忆，想必大家都所剩无几吧！不过对我而言，那是很特别的回忆。

刚出生时，人的眼睛看不见东西，进入了婴儿期，"视觉"也是所有感官中最晚成熟的。

一开始，婴儿眼睛下的世界是黑白的，只能对二维的人脸图像勾勒出大致轮廓，不知道在哪里听过的育儿经，说新生儿最爱看父母的脸，可以在纸上把脸画大一点，贴在离宝宝眼睛约二十公分处，培养他们记忆和视觉的能力。

出生后一两个月，婴儿就可以分辨颜色中较明显的差异，再经过两三个月，他们已能辨认属于同一色系、但深浅不同的两种色彩了。婴儿看周遭的东西会越来越清楚，对视野里事物的探索，也越来越熟练，逐渐知道环境的特征和空间排列方式。

六个月大的婴儿，会利用双眼视觉以及手臂动作的辅助，来感受物体的距离。到了七个月大，即使蒙起一只眼，也可以从"近者大而清楚，远者小而模糊"来判断距离远近。

然而在视力方面，此时还不到零点一，满一岁时也只有零点二至零点二五，幼儿的视力要到四岁才能达到一点零——"视觉"的确是最晚成熟的感官能力。

以上这些是我学来的知识，并不是婴儿期记忆的一部分。

因为我不一样，幼儿时期的记忆片段里，从我有印象开始，眼前的虚无就持续了好几年。

并没有什么东西蒙住我的眼，我却看不见任何事物。

正确来说，是我体会不到"视觉"这种感受。"视觉"对我而言，就像超能力之于一般人，打从一开始就不存在自己身上，我是借由和周遭大人的对话，才知道人都有"视觉"的感官能力。

看不见的四周，似乎有一道无形的墙。虽说人们除了视觉，还可以利用触觉进行探索，但也不知道是畏惧感，还是周遭的大人不允许我四处走动，我在这个空间里，几乎没有到处移动过，因此"触觉"也毫无用武之地。

似乎有一个长、宽、高各二点五米的正方体包着我，构成我生活的小小世界。

我也很惊讶，自己竟能在如此狭小的空间里成长，现在看来，大概是因为周遭的大人将我的一切生活所需都打理好的缘故。

在这个时期，我与外界的唯一交流，就来自于"听觉"。

婴儿听觉的发展，本来就比视觉来得快。根据研究显示，胎儿在母体内时，外界的声音就能改变胎动与脉搏，若声音来自母亲，甚至可能让胎儿产生记忆。

出生后三个月，幼儿会察觉较大的声响，对父母的声音也会有表情和动作，再经过三个月，已经可以分辨出父母亲的声音，甚至对声音产生兴趣，表现出专注的神情。出生十个月后，更可以判断出声音的方位，并听到来自远处的声响。

也因为自己的听觉没有丧失，我才能借由这项能力，一点一滴地认识这个世界。

"听觉"就是我的触角。在小孩子牙牙学语，无法做出明确回应的那段时期，"听觉"就成为我接收外界刺激——周遭的大人说话——的唯一方式。

我刚才一直提到"周遭的大人"，但其实只有一位，就是那位我称呼"爸爸"的人。

"小艾莉，睡醒了吗？"

这是印象中，爸爸对我说的第一句话。

声音有些低沉，语调里透露出关切——当然那时的我不会这么想，那是来自外界的刺激，而我接收到了，如此而已。这句话所蕴藏的情感，当时是不会理解的。

这是什么声音呢？低低的，有点响——大致是这样的反应。

"小艾莉，爸爸要去休息了，你要乖乖的哦！"

这些来自外界的声音，到底有什么意义呢？虽然内容不一样，可好像都是同一个来源产生的，会是对我发出的信息吗？那个声音里频繁出现的"小艾莉"是指我吗？

出乎意料地，我对当时的心路历程记得一清二楚。

以上想法并非在同一时间点萌生，而是经过好几次的听觉累积后，慢慢思考得来的。每个婴儿都会有这种反应，但并不会存在长大后的记忆里，或许在我幼儿时期，就拥有比一般小孩强大的思考和记忆力吧！

每次一听到声音，我就会突然从睡梦中醒来。

"小艾莉，早安，今天天气很好呢！"

一般来说，不到三个月大的宝宝，每天的睡眠时间需要十六至二十小时，但很不规律，之后才开始由父母培养睡眠习惯，建立定期入睡的机制。如果培养不好，会产生"入睡困难"和"夜间惊醒"的困扰。

从这方面来看，爸爸似乎不是很好的育儿者，但我印象中自己的睡眠品质一向很好，每次我都会带着饱满的精神，迎接爸爸的呼唤。

那段时期几乎都处在睡眠状态，除此之外，就是在聆听爸爸的声音中度过。

日积月累下来，我逐渐对这些声音产生依赖，如果醒来时没有立刻听见呼唤，就会感到疑惑、恐惧，心想：那个发出声音的"东西"怎么了吗？为何今天不出声、不叫我"小艾莉"了？身处的这个世界，是否因此会有任何改变？

"抱歉，小艾莉，刚刚去上厕所了，爸爸陪你喔！"

即使完全不懂"上厕所"的含意，不过听到熟悉的声音，仍会感到心安，思绪也立刻平静下来——虽然会记得这种事令人难以置信，但我就是有这样的记忆。

有点像巴甫洛夫 (Ivan Petrovich Pavlov) 的那条狗。

不可思议的是，那些声音并没有真正遗弃过我，每当我醒来感到手足无措，就会像说好了似的突然出现。现在想起来，爸爸说不定有点坏心眼，故意在旁边观察我的表情，然后才出声安慰。

借由话语的反复刺激，我逐渐知道许多事物的名字，除了"小艾莉"就是指我自己，"爸爸"就是发出声音的东西外，诸如早安、晚安、睡觉等词汇，也开始慢慢理解它们的意思。

我认为每个听得见的婴幼儿，都是这样学习的，这就是家庭教育最原始的部分吧！

"晚安，小艾莉，今天来说'人鱼公主'的故事。"

不知从何时开始，爸爸不只是对我问候，也会开始说故事给我听，而且每次都会换一个。

爸爸总是一字一句、有条不紊地叙述故事情节，不会说得很快，却也没有丝毫停顿，我想他手上应该是捧着一本故事书吧！才能不用思考，直接将文字内容念给我听。

其实在当时，我完全无法理解故事内容，但我并没有任何反应，一方面是爸爸的声音对我而言，已经有相当的慰藉了，另一方面是因为我不会说话。

统计结果显示，婴儿在出生后三个月，大脑已经能分辨数百个单词的发音，六个月时，就可以说出 ma、mu、da、di 和 ba 这些音节，要叫出"爸爸"则大约在七个月后。经过一年，幼儿的大脑可以开始理解一些单词，两岁以后，就能说出五十个以上的词汇。

这些程序在我身上，似乎足足晚了三年之久。

看不见加上不会说话，听起来或许很悲惨，但那时的我还无法体会。

爸爸后来和我说过，正因为如此，他才会不厌其烦地叫我，和我进行单向对话。也因为从我有记忆开始，并不像一般小孩已经学会了语言，才会有如此特别的回忆。

"小艾莉，叫爸爸。"

某天，爸爸对我说出这句"咒语"。

第一次当然无效——我当时愣住了，并不是听不懂这句话的意思，而是不知该怎么"叫"出爸爸，之前爸爸从未要求我做什么动作，此刻却突然要我说话。

我尽了最大的努力，试图发出声音——其实我根本不知道该用什么"器官"发声——却徒劳无功。

"哈哈，果然不行吗？"

传来叹气的声音，现在回想起来，那时爸爸应该很失望。

"没关系，小艾莉一定能说话。"

音调仍然很有精神，或许他非常有自信，可以让我发出声音吧！

有人记得自己刚学会说话的那一刻吗？

或许没什么大不了，然而对父母而言，却是足以欣喜若狂的生活片段。

爸爸第一次对我说出"咒语"之后，就没有再要求我，生活仍一如往常。我睡醒，爸爸呼唤我，念故事给我听。爸爸的故事开始重复了，有时会听到三个月前的故事，不过接触的次数增多，我就更能发掘故事的内容，渐渐地，我可以借由某些词汇的反复出现，推测它们在故事里的意义，并结合其他字词的相关性，判断是代表好的意思，还是坏的意思。

懂的事物越来越多，我却一点也不感到高兴。

因为我一直惦记着那天的"咒语"，却依旧说不出话，无能为力。

一开始，是我不知道如何发声，但是经由爸爸的训练，我早已熟知"爸爸"这个词的每个特征，如音量、频率。换句话说，我知道该发出什么样的声音，也很想发出那种声音，但就是无法脱口而出。

我觉得自己太没用了——虽然几年后和爸爸提起这件事时，他说那不是我的问题。

"咒语"好久没出现了，我开始感到难过，觉得爸爸已经放弃了我。但我仍抱着希望，努力练习，日积月累下来，想说话的愿望已经填满我的思绪，仿佛我是一个大皮球，填满了名为

"爸爸"的一个词，虽然试着将它从体内释放出来，但却找不到那个洞，那个名为"嘴巴"的洞。

这种情况持续了整整一年，我觉得自己快要爆炸了。

然而，正因为练习的过程漫长，成功的一瞬间才令人欣喜。

"应该可以吧……小艾莉，早安。"

某天早上，又传来爸爸精神抖擞的声音，我立刻醒来，之后还听到"啪啪"的拍手声——他似乎想给我，还有自己打气。

"小艾莉，叫爸爸。"

再度听到"咒语"时，我有些惊讶，经过了一年，爸爸依然没有放弃，那我也要加油！为了回应爸爸的信赖，我使出全身的力气，想把那句话给"叫"出来。

方法和之前没两样，我想应该又要失败了，没想到就在使力的同时，我听到另一个声音，有别于爸爸浑厚、低沉的嗓音，声调有些偏高，音量也小了许多。

"爸、爸。"

我愣了一下，这声音从哪里冒出来的？爸爸没说任何话，应该也很吃惊吧！

我又试了一次，这次加了几个字。

"爸爸，我，小艾莉。"

相同的声音，几乎是在我使力的瞬间发出，这是我自己的声音吗？真不敢相信！

爸爸似乎也很惊讶，一开始听不见他的反应，过了两三秒，就传来他的欢呼声："太好了！"然后是到处奔跑的脚步声。我也觉得好高兴，长久以来的练习，终于有了成果。

"小艾莉，你会说话了！告诉爸爸，不来梅乐队的四个动物是什么？"

爸爸大概是太兴奋了，讲话的速度突然变快，我有些不习惯。

"什、么？"

"不来梅乐队，动物，抓强盗。"

从音量看来，爸爸几乎是贴在我身旁讲话，我踌躇片刻，思考那四种动物名的发声方式。

"驴子、猎犬、猫、公鸡。"

"白雪公主、皇后，好人？坏人？"

"白雪公主，好，皇后，坏。"

"小艾莉，没想到你那么聪明！"

就这样，我开启除了听觉之外，与外界沟通的另一扇门。

你们玩过一个游戏吗？这游戏有两个人，给其中一人观看画在纸上的图案——用一些简单线条、圆形、三角形、四边形组合的图案——然后叙述图案的样子给另一人听，那人听着对方的叙述，试着把图案重画一遍。在第一阶段，画图的人不能问任何问题，只能低头画画，到了第二阶段，画图的人可以针对图案的叙述发问，例如"三角形是正立还是倒立""那条线有没有通过圆心"之类的。

想也知道，第二阶段的结果会比较准确，我和爸爸这几年的生活，就像这两个阶段。

一开始我只会将一些名词，毫无章法地排列在一起，但爸爸会立刻纠正我，告诉我那些破碎的词语之间该加什么字，或是当发音不标准时，爸爸也会再念一遍。

现在看来，那时我和爸爸就像海伦·凯勒（Helen Keller）和苏利文（Annie Sullivan）一样，会花上数小时解释一个东西——这是杯子，杯子里面是水。哦。好，把手放进去，这是什么？

杯子! 不, 这是"水"——类似这样的对话。

因为爸爸的耐心, 我很快就学会如何组合这些字句, 拼凑成有意义的句子。

我想, 自己一定有语言上的天分, 才会学得这么快。

爸爸也教了我的姓名。他经常喊我小艾莉, 我才知道"艾莉"是我的名字, 另外我的姓和爸爸一样, 所以, 我的全名应该是何艾莉。

"那爸爸的名字呢?"

"彦山, 何、彦、山。"爸爸像是怕我发音错误, 逐字念给我听。

转眼间又一年过去了, 在这段时间, 我比以前更期待每天的互动, 而且我察觉到, 睡眠的时间好像变少了, 一天有更多清醒的时间可以和爸爸交谈。爸爸也乐此不疲, 依然像以前一样问候、安抚我, 念听过的故事给我听, 不同的是对话的频繁程度, 还有我那连珠炮的问题。

"为什么, 皇后要送白雪公主毒苹果?"

"因为她嫉妒白雪公主。"

"'嫉妒'是什么?"

"就是皇后讨厌白雪公主, 因为白雪公主比她漂亮。"

"为什么讨厌白雪公主, 还要送她礼物?"

"那不是礼物, 吃了毒苹果会死, 皇后想让白雪公主死掉。"

"所以爸爸才说皇后是坏人。"

"对, 白雪公主是好人。"

学会如何交谈后, 之前难以理解的内容全都有新的体会, 爸爸将那些故事再叙述一遍, 而我借着不断发问, 学习更多词汇的意义, 并在脑中描绘故事的构图。如此一来一往, 我对整个童话世界有了初步认识，知道公主最后总会和王子在一起，知道"后母"都是些可恶的家伙，也知道大野狼会吃掉很多东西，包括猪、羊和老太太。

只是有个问题我一直没问出来，并不是不晓得该如何问，而是因为它在故事里太理所当然了，以至于我完全没发觉那是个问题。直到有一天，它才在我脑海成形。

为什么童话里的角色，可以随心所欲地到处走动呢？

那个时候，爸爸刚好在念《人鱼公主》的故事大纲。

"十五岁生日那天，人鱼公主浮出水面，第一次看到陆地的景色，也同时看到英俊潇洒的王子，原来那个大理石像就是王子。有一次，王子出海遇到暴风雨，发生船难，人鱼公主奋不顾身救起王子，可是王子却没有张开眼睛看清她的模样……"

我的听觉捕捉到一个词语，那是我未曾注意到，当下却觉得很重要的东西。

"爸爸……"

"什么事，小艾莉？"

"眼睛，是什么？"

那一瞬间，我才领悟到那个"理所当然的事实"离自己是多么遥远。

"呃……就是人用来'看'事物的器官。"爸爸的回答有些迟疑。

"'看'？和用耳朵'听'不一样吗？"

在这之前，我一直以为"看"和"听"是同样的动作，都是感受外界的行为，爸爸和我，还有每个人都一样，都是用耳朵"听"、用耳朵"看"这世界的声音。

但是只靠听觉，真的能像童话人物那样，想去哪里就去哪里吗？

为什么我就不行？

"这……不一样，人都是用耳朵'听'，用眼睛'看'。"

如果"看"和"听"都是用来接收外界的资讯，而且是两个不同的器官负责，那很明显是不同的动作，我之前都弄错了。人要感受这个世界，至少有两种不同的方式。

"那艾莉也能用眼睛'看'吗？"

"这个……"

虽然爸爸没有再讲下去，但我早已知道答案。

人鱼公主会认识英俊潇洒的王子，进而爱上王子，并不是因为她听见王子的声音，而是因为她看见王子的容貌。换句话说，"看"比"听"更容易体会一件事物的美好，而我竟然缺乏这种能力！

和以前试图说话一样，我开始使力，希望能"看"到什么东西——可想而知，没有。我继续使力，没有，爸爸摇晃椅子的声音一清二楚，我却看不见爸爸的身影。

我突然觉得好难过，比无法说话给爸爸听还要难过。

难过的是爸爸的态度，之前我发不出声音时，爸爸对我非常有信心，我也经由不断练习，恢复了说话的能力。这次爸爸却没有给我鼓励，也就是说再怎么练习也没用，我注定一辈子和别人不一样，看不见这世上的景色，体会不到事物更美好的一面。

我和爸爸都沉默了，之前对话一刻都静不下来的我，此时却不想说话。

先开口的是爸爸："那个……小艾莉，你本来就没办法看见东西。"

"为什么？"

"这……爸爸也不知道怎么说……"

我知道，一定是因为我生病了吧！

大野狼假扮外婆时，曾欺骗小红帽说，因为生病了，声音才会变得怪怪的。既然能成功欺骗到她，就表示生病真的有可能让声音改变，既然有会改变声音的病，应该也有让眼睛看不见的病。

而我就是得了那种病，虽然不知道爸爸为何不说，但一定是这样没错。

我同时也想到，为什么我无法像童话故事的人物，可以任意走动，一定也和自己生的病有关。如果我今天没有生病，眼睛能看到四周的景色，爸爸应该也会让我和他们一样，四处遨游。

为何以前我都不会难过呢？是因为现在知道自己和别人不同，却又渴望拥有相同的东西吗？

爸爸一直没说话，过了好久，我才听见他离去的脚步声。

当晚，我完全无法入睡，经历了生平第一次失眠。


那天以后，我绝口不提眼睛的事。

接下来几年，爸爸和我的生活一如往常，依然持续着日常的对话。随着我在语言方面的进步，已经能理解童话故事的全部内容，也越来越少问爸爸问题，到最后，变成我安静地听爸爸说故事，而且内容我几乎都会背了，故事的剧情，不再像以前那么有吸引力。

但是我不曾开口告诉爸爸"这些故事我都懂了"，因为我想听爸爸说话。那天晚上爸爸的沉默，让我难过了好久，感觉爸爸只要一停下来，又会回到那时的情形，我不喜欢这样。

不过时间一长，爸爸似乎也察觉到了。

有一天，爸爸念《青蛙王子》的故事给我听，直到爸爸念完最后一句"从此以后，王子和公主过着幸福快乐的日子"之前，我都没有打断爸爸。爸爸合上书本时，我也没有提出任何问题。

"小艾莉，你对故事没兴趣了吗？"

我大吃一惊，但是爸爸的语气并没有改变，仍像往常那般亲切、平静。

"没关系的，艾莉想听爸爸说故事。"

就在此时，我感觉到爸爸的反应有点怪。

会这么说，是因为我听到爸爸"嘶——"地倒吸一口气的声音，然后沉默了数秒。

发生了什么事？我说错话了吗？爸爸不想让我听故事？

"哈哈，好、好……爸爸从明天开始，会念点别的东西。"

不知是为什么事感到兴奋，爸爸的语调有些上扬。我感到松了一口气，也开始对即将换新的故事内容期待不已。

隔天，爸爸似乎搬了一堆书，"咚"地放在桌上后，抽出一本念给我听。

内容和之前的童话故事不一样，是叫作"儿童百科"的书，我听不太懂，里面好多没听过的词汇，像地球、星星、自然等，而且好像没有人物和剧情，只是将一些知识拼凑在一起，虽然不比童话有趣，我仍兴味盎然地听着，并不时向爸爸发问。

"地球是什么？"

"地球啊，就是我们现在住的地方。"

"现在住的地方，不是'家'吗？"

"'家'就在地球上，我们住在'家'里面，所以也算住在

97

地球上。"

"那星星呢？"

"就是高挂天空，会一闪一闪的东西。"

当我想说"那我也看得到吗"时，那天的记忆又从我脑中浮现，我立刻闭嘴。

过了一周，又换了一本叫"人物传记"的书，是《爱迪生传》，这本书的内容就比较好懂，没听过的字词也比较少，我很快就理解这是在讲一个人从小到大的故事。当爸爸说到爱迪生小时候喜欢发问，却被老师骂，最后被妈妈带回家亲自教导时，我忽然觉得自己和爱迪生好像，同时也庆幸爸爸并不像那个叫"老师"的人那么坏，而比较像和蔼可亲的"妈妈"。

我凭自己对童话故事的理解，一直以为"妈妈"就是"生活在一起的人"，不过听了爱迪生的故事，觉得好像有更深刻的意义。

"爸爸，'妈妈'是什么？"

"妈妈……就是像爸爸一样，会对你很好的人。"

"艾莉也有'妈妈'吗？"

"这个……"

我感到不妙，爸爸又犹豫了，上次他也是回答时有所迟疑，然后就开始沉默。

所幸不像我想的那样，爸爸只停顿几秒就开口。

"不，小艾莉，你并没有妈妈，也不是每个人都有妈妈。"

"所以爱迪生比较特别吗？"

"对，他比较幸运，而且即使有妈妈，妈妈也不一定都是好人，像'后母'也是一种妈妈。"

我想起白雪公主、灰姑娘，以及韩塞尔（Hansel）与葛丽特

(Gretel) 的后母，她们都很坏。

我感到轻松多了，看来有妈妈也不见得好，和失去视觉相比，这点小事不值得难过，我甚至还有点欣喜，因为虽然没有妈妈，却有个很棒的爸爸。

《爱迪生传》的故事很长，爸爸花了三周才读完，而且后半部出现一些陌生的名词——什么留声机、电话、电灯的，爸爸光是跟我解释就花了很长时间。

之后的生活，爸爸就一直念新书给我听，而且每本书都可以学到很多事物，比童话故事要多上好几倍，我又回到过去那种满心期待的心情，每次都希望把知识全塞进脑袋里。

不过此时，我发现爸爸陪我的时间变少了。

我试着比较过，念童话故事那段时期，爸爸每天在我身边的时间至少有十小时，到了最近变成八小时，甚至最短只有六小时。

随着日渐长大，我早已能习惯醒着时，爸爸不在身旁的时光。当听不见爸爸动静时，我会沉入眼前的虚无——说穿了就是发呆，或是倾听着四周，去感受平时没注意的声音，有时会听见哗啦啦，或是啾啾的声响，爸爸跟我说，那是水流声和鸟鸣声。

但我还是希望能和爸爸多说话，发现他不再经常陪伴我，便开始感到失落。

每天寂寞的时间越来越长，终于有一天，听到爸爸的脚步声后，我忍不住开口抱怨。

"爸爸，不要一直出去，陪在艾莉身旁。"

"对不起，爸爸去了一趟研究室。呃……"

爸爸说到这里时顿了一下，是怕我不懂"研究室"的意思吧？其实这个词我早就学过了。

"爸爸，是不是去做和爱迪生一样的事？"

"嗯、对、对呀……"

这个词是从《爱迪生传》学来的，爱迪生在研究室里实验、发明，爸爸既然是去研究室，那么也应该和爱迪生一样，忙着很伟大的事。

"爸爸，你好伟大！要加油哦！"

"……"

又出现了，片刻的沉默。

"谢、谢谢你，小艾莉……"

爸爸道谢的声音有点断断续续，还不时夹杂气音，我想他一定很累。

我好像做了任性的要求。

果然没错，爸爸接下来念书给我听时，感觉不是那么有精神。以往他都会不时停下来，问我："有问题吗，小艾莉？"我想测试看看，因此刻意不发问，但他也只是有气无力地念着书本的内容，这让我更感到难过，觉得自己刚才不该抱怨的。

"爸爸，去休息，艾莉没关系的。"

"小艾莉……"

"艾莉不该让爸爸太辛苦，是艾莉不好，爸爸要做伟大的研究，爸爸要加油，艾莉会自己过。"

"小……啊、呜啊……"

我吓了一跳，因为爸爸的声音，突然开始崩溃，那是我从来没听过的，而且他呼吸的声音，像是被液体给阻塞，非常不顺畅。这叫什么？我记得某本少年文学有写……啊，想起来了，这叫"呜咽"！

"爸爸，你为什么哭？"

"爸爸没哭，爸爸只是……有点高兴。"

我感到疑惑，在那本书里，主角是因为伤心才呜咽而泣，但是，爸爸却是怀着高兴的心情"呜咽"，这让我有点摸不着头绪，不过爸爸现在这样，我也不好意思发问。

接下来从爸爸嘴里说出的话，更是让我惊讶万分。

"小艾莉，爸爸答应你，一定要让你看见东西。"

语气坚定，容不下一丝迟疑。


我真的大吃一惊，因为自从那晚已经过了数年的光阴，到了现在，我也不会在乎这种事了，因为爸爸教会我许多事情。体验世界不一定要借由双眼，对我而言，这样便已足够。

可是爸爸竟然说要让我恢复视觉，这份惊喜来得太突然了。

那天过后，爸爸在我身旁的时间越来越少，虽然有些不习惯，但我必须时常告诉自己：爸爸为了我而努力，我也要努力不让爸爸操心。

而且，我相信爸爸出门除了去研究室，应该还会去找医生，书上说"医生"会医好人的疾病，爸爸一定是去找合适的医生，希望医好我眼睛的病。

爸爸不在时，除了聆听周遭的声音外，我也会试图想象恢复视力的那一刻。

"爸爸和艾莉，住在什么样的地方？"我曾问过这个问题。

爸爸那时回答，我们住在一个宽敞的房子，是两层楼建筑，我就生活在一楼的某个房间，房间里有书桌、书柜、电脑和床，从窗外可以看见街道，门前的马路偶尔会有车经过。他说的这些东西我都没见过，只能凭描述想象那是什么。在我脑海里，已经对房子的格局有个大致构图，等我看得见以后，想在房子里四处走走，看看爸爸提到的那些东西。

我也没看过人的脸，不论是爸爸的，还是自己的容貌，我也想知道是什么样子。在童话故事里，好人如果一开始很丑，最后也一定会变漂亮，那爸爸应该长得很好看吧？我呢？如果很丑怎么办？想到这里，我突然发觉是在白操心，自己根本无法分辨美丑，不仅如此，和视觉有关的一切概念，都得等到看得见后，才能慢慢体会。

脑海的想象与日俱增，内心的期待感也逐渐加深。

然而，与这份喜悦相矛盾的是，爸爸现在回到家时，几乎不陪我了，虽然偶尔会念书给我听，但几乎是一回家倒头便睡，经常可以听见爸爸沉重的鼾声。我很担心再这么下去，往日借由书本对话的时光，会离我们越来越远，终至消逝。

既期待又怕受伤害，我那时的心情大概是如此吧！

但是"命运之日"终有一天会到来。

某天爸爸回到家，进房前的脚步非常急躁，我几乎可以想见他是冲进房门，而且有话要对我说。

果然，一进门他就开口："小艾莉，爸爸有个好消息！"

我心中涌起两团各代表好与坏的浓雾——果然，还是来了。

"好消息？"我装作若无其事地问。

"就是啊，小艾莉的眼睛能看得见了！爸爸找到人帮忙了！"

"哇，谢谢爸爸！"

我刻意隐藏自己的担忧，将声调装得开朗些。

"呵呵，只要再过一两周，小艾莉就可以睁开眼，瞧瞧你的房间是什么样子。"

"我想看爸爸，艾莉第一个想看爸爸的脸。"

"唔，这个……"

我开始有不好的预感。爸爸又迟疑了，每次爸爸说话一停顿，我就会很紧张。

"没问题的，小艾莉可以看见爸爸。"

"真的吗？"

"对，但是，爸爸不会在你身边。"

"为什么？爸爸讨厌艾莉吗？"

"呃……不、不是的……爸、爸爸只是因为太忙，必须住在研究室一段时间，或许很久。"

"艾莉不能一起去吗？"

"不行的，爸爸的研究所不能让外人进去。"

难过的心情再度袭上我的心头，如果恢复视力需要这种代价，那我宁愿看不见。我不要寂寞，不要待在只有一个人的房间，不要没有爸爸的日子。

"艾莉，不想要这样！不想和爸爸分开！"

我大声吼叫，爸爸似乎被我激烈的态度给惊吓，默不作声，许久之后才用温柔的声音说："小艾莉，你每天还是看得到爸爸，爸爸的身影会一直陪着你的。"

"可是爸爸明明在研究室……"

"噢，爸爸会出现在电脑屏幕上。"

"电脑屏幕？"

"喏，你的房间有一台电脑。"爸爸放慢说话的速度，似乎这是很重要的事情，"电脑连接着电话机，只要和爸爸研究室的电话相通，屏幕上就会出现爸爸的脸哦！"

"真的吗？"

"对，这叫可视电话。"

"电话"在爱迪生的故事出现过，不过前面加上"可视"二字，我就不知道是什么了，原来是那么神奇的东西，有了这个，不仅可以和爸爸对话，还可以见到爸爸的脸。

太好了，这么一来，也等于和爸爸一起生活，并没有太大差别。

"所以，生活没有改变啰？"

"对呀！而且会有人过去照顾小艾莉的起居，生活应该不成问题。不过啊，爸爸工作忙，可能没办法像以前那样，念书给小艾莉听了。"

"艾莉会自己照顾自己，爸爸也要专心做研究。"

方才的阴霾很快就消失了。既然看得到爸爸，我想自己也要坚强，不能拖累他。

"这样才乖。"

"嗯！因为爸爸对艾莉最好了。"

"是啊！"和上次允诺时，一样坚定的语气。"为了小艾莉，爸爸可以赌上一生。"

我在当下，并没有完全体会这句话的含意。

因为我不知道在很久以后，爸爸会做出那件难以挽回的事。

第二部　*Howdunit* ————————

# 第五章　而立之年·涟漪

"璧河说得对，这样就没有凶手了。"大山低头沉思。

窗户射入的阳光，使采访室比起走廊明亮许多，里头有我、大山、夹克男和屌斗脸。两位刑警与狭小的空间让我产生错觉，仿佛这里是警局的侦讯室，若不是大山也在身旁，我可能觉得下一幕就会是屌斗脸把窗帘拉上，夹克男打开强光对准我，然后拍桌子的画面。

从夹克男告诉我们一项消息——死亡时间实际上是八点至十二点——开始，一股沉重的气氛就弥漫在两组人之间，"警察组"八成认为我们证词有问题，才会导致推论的矛盾，我们"证人组"也意识到这种情况，摆出防备架势，准备迎接对方的质问。

而且，就在大山告诉夹克男AI店员只能在店面附近移动，推翻他的"NPC行凶论"之后，他锐利的目光就越来越强烈。

"没错，死亡时间已经由法医判定，这段时间内，其他测试员都登出了，这是根据大山你给我的资料。NPC也有不在场证明，所以不会是凶手。"

夹克男从口袋取出一张纸——是他昨天给我看的时间表，我和大山每个时间点的行动，清楚地标记在上面。

他指向九点十分的位置："不过，你们发现两个数据系统资

107

料不一样的时候，被害者应该已经死亡，而你们……”他的手指往右移，“约二十五分钟后，才进入虚拟世界。”

“也就是说，死者被杀害是从最后一位测试人员登出，到我们进入 VR 之间，然而这段时间内，却没有任何嫌疑人。”

大山说的，正是我心里所想的。

如此推论下来，所有凶手可能性都被排除，到底是谁做的?

“当然，不能排除 VirtuaStreet 发生故障，在没受到外力的情况下，自动将被害人敲击致死的可能性。不过我们已经派人询问障碍调查人员，目前先不考虑这个。”

“不可能是自杀或意外吗?”我试着提出各种可能。

“有可能，但若是如此，肯定有别人动过尸体。”夹克男指着自己的后脑，说道，“根据你们的证词，发现死者时他是俯卧，如果死因是在虚拟世界里滑倒，或是故意用后头部撞击地面，那应该会是仰卧才对。而且，还要考虑实际情况和动机问题……”

“虚拟实境里，有东西会导致滑倒吗? 而且，干吗选在 VR 里自杀，还用这种奇怪的方法!”

“小赵，那些推论我来讲，你记录就好。”夹克男转头，用严厉的口气说道。

戽斗脸撇撇嘴，似乎很不甘心，他应该是惦记着上次在派出所出的糗，想讨回颜面才会抢话吧!

大山托着腮帮子，表情像是想到什么。

“法医的判断没问题吗? 我是指，死亡时间的推断，可能会有误差之类的……”

夹克男摇头。

“我只能说，那位医生的判断是一流的。而且我还特地询问，有没有可能把范围放宽，以符合 VR 里还有其他人的时间，医生笑着回答：'我告诉你的时间已经是保守估计了，如果要我精确点，我甚至可以前后缩短半小时，变成八点半至十一点半！'他都这么说了，我也不想去质疑他的专业。"

语毕，他立刻恢复锐利的目光，直射我和大山的双眼。

很明显，他在怀疑我们。因为在无解的情况下，首先考虑的就是证词的真实性，就算证词全无虚假，我们也是在死亡时间内，唯一待在 VirtuaStreet 的两人。

四人就这么八目相对，令人窒息的气氛在我们之间弥漫开来。

几秒钟后，夹克男的眼神才稍微和缓。

"不好意思，我希望对两位进行个别询问。"

大山点头，夹克男以眼神向他示意，希望先询问我，于是大山起身走向采访室的门。

天啊！刚才脑中的侦讯画面要成真了。

就在大山开门时，门外出现两个人的身影，我不禁倒吸一口气。

一位是大山团队中的主任工程师，另一位是小皮，他们似乎打算找间采访室使用，碰巧大山开了门。

"不好意思，这间有人用。"

"那我们换另一间吧！"

大山点头微笑，和两人错身而过。他们正好瞥见室内的情况，我特地观察小皮的表情，结果他只是瞄了几眼，就转身和工程师离开。

唉！瞒不住了，两个警察和一个女子在采访室，总不能说是二对一约会吧？


"刑警先生，要不要喝饮料？"

我想甩开夹克男逼人的视线，起身往冰箱走去。

"那帮我倒……""不用，我们不渴。"戽斗脸的回应，立刻被他打断。

我端回自己的冰咖啡坐下，全身的细胞开始警戒，顿时觉得数日前的症状——睡眠不足产生的后遗症——又回来了，头痛、眼皮沉重，情绪莫名焦躁。

夹克男拿起桌上的时间表，率先开口："首先，你们在ＶＲ的这段时间，我有点疑问。"

他指向上头"进入传送门"和"离开ＶＲ"之间的部分，接着拿出一张地图——是我和大山的搜索路线图。

"根据这个图，你的路程大约一点三公里，我们昨天进去走了一遍，约花了二十分钟。"

我知道他想说什么了。

"可是，你们在里面却待了八十分钟——四倍的时间，能告诉我为什么吗？"

我摆出一副从容不迫的样子说："因为要检查是否有人，所以要拐进一些小巷子，而且我很喜欢里面的街景，步速比较慢……"

怀疑的表情瞬间加深，我的不安也更强烈。

"回程我加快步伐，几乎是在奔跑，不过到了'小香港'那里，我又因进去巷子找而逗留了一阵子……回到捷运出口时，已经看见大山在那里，然后因为发现尸体的震惊，又耗了一些时间。"

当时的不快感突然涌上。发现对方的眼神更加锐利，我强压下这股情绪。

"你有没有想过，大山为何在那里？"

"有一点……我觉得很怪，明明大山跟我约好的地方，是在制服街巷口。而且他一直喘气，好像做了什么耗费体力的事，所以我猜，他应该是飞奔过来的。至于原因，我不是很清楚……"

"我们会再问他。能不能估计一下，你的两段路程，以及发现尸体后所待的时间，大概是多久？"

"嗯……从②的位置走到电影公园，约花了四十分钟，在电影公园等了五分钟才见到大山，从电影公园走成都路到'小香港'，由于是奔跑只花十分钟，但是又在巷子里逗留十分钟……"

"所以剩下十五分钟。就是你到了现场，见到大山和尸体，回到'大厅'所花的时间。"

夹克男在原本的时间轴加上几笔，拿给我确认。（参见图4）

"关于时间就问到这里，我也会核对大山的行动。接下来……小赵！"

他弹了一下手指。屏斗脸从袋子里取出一个机器，放在桌上。

"还记得这个吗？"

相当眼熟的东西，我停顿数秒，才想起是那天测试的两个数据系统之一，只不过从外观看不出来是旧系统，还是新系统，因为外壳和后面的管线接孔都一样。

"我昨天向大山借了这个。"夹克男指着机器，说道，"结果发现有趣的事情。"

"什么事情？"

"看一下后面的管线接孔，可以接网线，也支持 USB 或其他界面。"

"很正常呀！因为必须连接到汇集各 VR 据点的路由器，当然可以接网线，如果要输出资料至个人电脑，支持 USB 也没什么好奇怪的。"

死者
登入时段
15：00
～
21：00

解剖判定
死亡时间
20：00
～
24：00

睡着
19：00

最后一笔登出
19：30

醒来
21：10

进入VR、
传送门
21：35

离开VR
22：55

报警
23：40

笔录
0：40

回家
3：00

② 从走至电影公园　等待大山　从公园奔至小香港　在小香港逗留　到达现场、离开

40
min

5
min

10
min

10
min

15
min

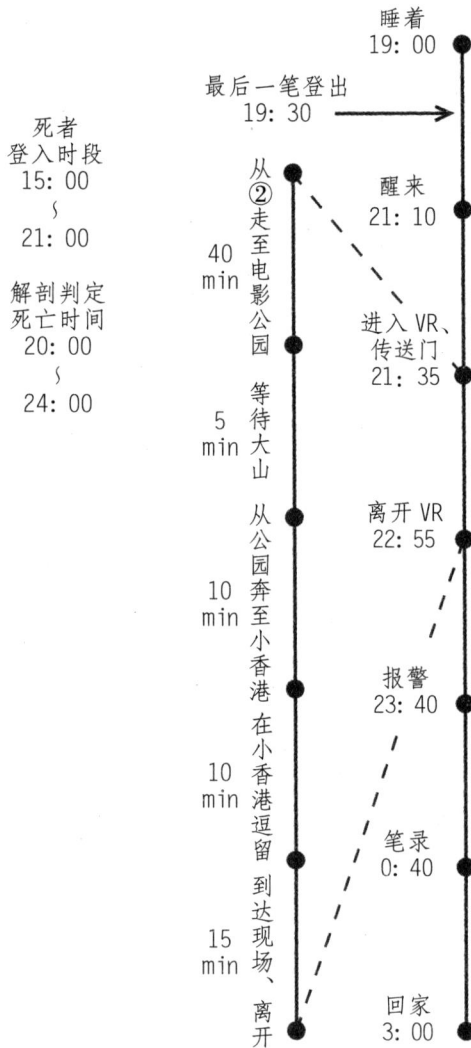

图4 露华行动时间轴（详细）

112

"不过这些都是双向界面，资料可以输出，相对地，也可以输入。"

"刑警先生，你想说什么？"

"我就不绕圈子了。我要说的是，不排除里面的资料被动态修改（Dynamic Modification）的可能性。"

一股恶寒蹿上我的背脊。

虽然他的结论说得很迂回，但我马上听出他的意思，言下之意，他怀疑我或大山在测试的同时，利用网线或其他界面篡改里面的资料。

"我昨天将机器带回分局，请资讯室的人检查后发现，这种机器不仅有一般资料汇总的功能，许多家用作业系统（Operating System）甚至还内建它的驱动程序（Driver），而它提供修改的软件也很容易操作。换句话说，只要接上ＰＣ，即使不是精通电脑的人，也能很快学会修改里面的资料。"

"我……完全不知道有这回事。"

"不知道吗？也罢。"

夹克男和庑斗脸一直盯着我看，令人很不舒服。

"可是，即使知道能修改数据系统的资料，又代表什么……"

"颜小姐，我想不用这么明白地说出来吧？资料能修改，代表指示灯变成红色的时机可以任意控制，也就是说，我们认定的死亡时间下限，不一定是九点十分。"

他的脸凑过来，虽然表情挂着微笑，却刻意加重语气，说道："甚至可能在你们进入虚拟世界之后。"

我感到一阵晕眩。

对方准备进行最后一击，拿起路线图，放大音量说道："颜小姐，我回顾了一下这张图，你的出发点距离现场，好像还蛮近的。"

砰！头痛顿时加剧，我无法分辨那是因为睡眠不足，还是刑警的话造成的冲击。

完了，所有情况都对我不利。

数据系统的资料可以修改，而最有机会的人，当然是一直守在旁边的我。

凶手修改新系统的资料，使 Players 的数量变成零，造成被害者当时已死的假象，以制造不在场证明。进入 VR 后，立刻前往案发地点去见等在那里的死者，杀害他，再若无其事地搜索到结束，最有可能办到的人，也是距离现场最近的我。

夹克男的细框眼镜，还有身上穿的褐色夹克，在我眼前不到十厘米的位置。如此的近距离造成极大的压迫感，我的身体不自觉往后倾，心跳持续加速。

砰！

他张开口。我觉得他的下一句话，有九成的概率会是"小姐不好意思，可能要请你到局里一趟"。

"喂，小赵。"

屁斗脸像是被点名的士兵，结巴地回应："什、什么事，学长？"

"你去看一下门外，刚才门发出声响，我怀疑有人在偷听。"

屁斗脸立刻起身向门口走去，我因为突然的声音获救，感到放松许多。

"哎哟！"

我和夹克男的视线立刻转移——门猛然拉开后，一个人影倏地倒了进来，摔到地上发出疼痛的哀号。

我立刻奔向那里："小皮！你没事吧？"

老实说，我并非关心他才上前探问，而是为了脱离夹克男的手掌心。

"怎么突然开门……"

小皮一边抚摸疼痛的部位，一边起身整理散落一地的文件。

两位刑警的目光集中在我们身上，我为了调整紊乱的心情，也装作帮忙整理。此时，文件的某一页映入我的眼帘。

我飞快拾起那一页，展示给他们看。

"就是这个！刑警先生，你忘了考虑这个！"

"我真的什么都没听到啦！而且我只是靠在门上休息，没想到门一打开就跌进来了。"

知道他的身份是杂志记者——虽然不是那种八卦杂志——后，两位刑警都用狐疑的眼神望着他，经他再三保证，自己绝对没有偷听的情况下，他们才放过小皮，离开采访室。

我也松了一口气。

刚才出现的那一页文件，是VR世界力量控制的规则说明，也就是"使用者施予物体的力，会乘以零点八计算"的那一页，我将它给夹克男看，他立刻回想起来。

"对哦，还有这个。"

我想提醒他还有凶器的问题没解决，凭我弱女子的花拳绣腿，是不可能打死一个人的。

夹克男盯着我纤细的上臂，说声"失陪了"就带着屌丝脸离开，大概是去找大山问话吧！

"Luva，这是怎么回事？"小皮揉了揉肩膀，问道。

这家伙，要我提醒多少次才记得？

"陈先生，不干你的事哦！我和两位刑警正在二对一约会。"

"呃，露华，对不起……"他搔了搔头，"我一直忘记。"

我望着一脸狼狈的他，发现自己不再像前几天那样，一遇到他就神经紧绷，而且说到底也是因为他，我才能脱离刚才的窘境。最重要的是，我从来没看过他跌个狗吃屎的样子，真是太好笑了，哇哈哈哈哈哈！

"没关系，对了，你肚子饿了吧！"

"嗯？"

"你之前不是说过，改天一起吃饭吗？"我指指小白屋的大门方向，"我知道一家还不错的。"

小皮讶异的脸庞浮现笑容，拍完身上的灰尘后，立刻跟上我的脚步。

我们走进一家饺子馆——我和同事经常来这里吃午饭。点餐上菜后，我们边吃边聊天。

"没想到再过不久，人就可以在虚拟世界里用餐了。"小皮捞起馄饨，一口吞下。

"嗯……如果计划没有中止的话。"

"什么意思？你们公司真的发生了什么事？"

啊，糟了。我立刻掩嘴，但又想起这样反而更做作。

"抱歉，小皮，警方下了封口令，我现在什么都不能说。"

小皮察觉我的困窘，叹了口气。

"算了，我早就知道啦！VirtuaStreet 里死了人，对吧？"

"你、你果然在偷听！"

"才不是，我说我跑过社会线吧，当然会认识一些同行，其中有几个现在还待在同样的位置。那个消息只是压下来不报道，并不是完全封锁吧？我稍微一问他们就知道了。"

我盯着他的脸，说道："你，真的不是替八卦杂志工作吗？"

116

"你很没礼貌欸！我是关心你才会去问。"

"那真是谢谢了。"

"我才不想跟你拌嘴。对了，露华你是发现者吧！遇上什么麻烦了吗？"

我回忆起方才的压迫感，仍然心有余悸，好想找个人诉苦。

眼前的这个人……既然知道有命案了，再详细一点也没关系吧？

我从那天打瞌睡后发现信号转变，和大山进入ＶＲ搜索，之后又被警察盘问，到今天为止发生的情形，一五一十说出来。小皮听完后，交抱双臂沉思了半晌。

"原来如此，真是个大灾难。"

"不能说出去哦！"

"才不会。不过，露华你反应未免太夸张了，连这么简单的思维都没发现。"

"什么意思啊！"我有点恼怒，"我可是被当成嫌疑人欸！在那么紧张的状态下，会忘记力量控制的事，也是很正常的吧！"

"所以我说你反应太夸张。"小皮喝了一口馄饨面汤，"在这种仅有状况证据的情形下，警方不会贸然把你带回警局的，所以说，你根本不用担心。"

"可是很多警匪片都这样演。"

"那是戏剧，跟现实不同，我觉得那个警察只是想借由告诉你这个推论，来观察你的反应。而且我刚说'简单的思维'不是指什么力量控制，而是一个逻辑上的问题。"

"逻辑问题？"

"简单来说，如果你是凶手，利用数据系统制造不在场证明，然后进入虚拟世界杀害死者，可是这有一个先决条件，就是ＶＲ

117

搜寻的路线，得由你决定才行。"

"啊……"

"当然，以这次的情况来看，就算你的路线离现场很远，你最多只要放弃行动，等待下次机会就好。但先前约好的被害者会因此起疑，大山也可能会调查系统出错的原因，然后找到你头上，如此一来，就算之后行凶得逞，被怀疑的概率也很高。"

"对呀，我怎么没想到……"

"你太紧张了。"小皮伸出双手，作势安抚，"对方不过是警察，不用自己吓自己，放轻松点。"

一派轻松。

又来了，说风凉话的家伙，被怀疑的可是我哎！

"不过这么一来，那个大山的嫌疑应该比你还大。"小皮低头沉思。

"大山？怎、怎么可能……"

"因为路线是他决定的，要你做测试的也是他。而且，那台机器有网线接孔吧？或许他可以通过网络，修改系统的数据，若是这样，他符合的犯案条件比你还齐全。而且他是研发团队领导人，说不定有能力开发出'凶器'……"

怎么可能？不可能的，他不会做这种自掘坟墓的事！

"可是，为什么凶手要安排自己的路线远离现场？"我试图为大山辩解。

"你想想看，请你一起进入 VR 的目的，是帮自己做不在场证明，如果你们的路线对调，你不就无法发现尸体了？所以他才会跑到捷运出口附近等你，这样才能两人一起发现尸体。加上可以把嫌疑分一些到你身上，是我的话，我也会安排自己的路线远离现场。"

"大山才不会这么恶毒。"

"我的意思是有这种可能性，没说他一定是凶手啦！而且他势必得绕路才能去现场行凶，时间上不知能否来得及，得研究看看。"

小皮又低头吃面，似乎因为自己的推论陷他人于不义，感到有些不好意思。

然而，"大山是凶手"的推测从那时起，已经深深钻入我的脑海，再也挥之不去。


用完餐后我和小皮告别，下午几乎没什么事要忙，我准时下班回家。

门一打开，就传来一阵扑鼻的香味。

"小露，吃晚饭了。"远处传来妈妈的声音。

我望向我的"餐桌"——窄得可怜的茶几上，挤满了数个盘子盛装的菜肴，有红烧狮子头、炒高丽菜、凉拌肉丝、番茄炒蛋……等等，这阵仗，这些盘子……

我走到厨房大喊："妈！"

"我有预感，小露一定会回来吃饭。"

"我才不管你的预感，你又拿我的钱买菜了？而且我刚数过，盘子多了两个。"

"别那么小气，钱会还你的啦！"

"而且做那么多菜，我怎么吃得完！"

"不是给'你'吃的，是我自己想吃这么多。"

我望向她腰间的赘肉，这女人自从和我生活后，就日益发胖。

之前形容她"就像风一样"还有另一个理由——她像极了扫落叶的秋风，消化食物的速度快得惊人。今天也是，吃过午饭的我并没有动多少筷子，可是每道菜都被她彻底解决，盘底朝天。

我收拾好一片狼藉的碗盘，回到茶几旁。

腆着肚子的妈妈盯着我："小露。"

"干吗？"

"你真的没发生什么事？"

"真的真的真的没发生什么事。"

"有的话，一定要告诉妈哦！"

我望着她浮现皱纹的脸庞，突然感到悲从中来。

在我仍是少女的那段时期，每次遇到什么不顺心的事，或是受了什么委屈，一定会向她倾诉，现在却什么也不能说。遭受警方盘问的压力，亲近的上司又有凶手的嫌疑，我不知道怎么挥开这股阴霾。

突然，一个点子闪过我的脑海。

"妈。"

"什么事？"

"你以前当过侦探吧？要不要来玩推理游戏？"

"征信社和侦探不一样。"

"都要动脑筋嘛！来来，帮我想一下今天同事问我的问题。"

我拿出那沓资料，打开平面图的那一页，推到她面前。妈妈虽对我的举动感到疑惑，还是上前看了看。

"你看，这是西门町的地图，假设大半夜里没有任何人影，两个人闯进这里找人……"

我把当时我和大山进入ＶＲ，到发现尸体为止的状况，详细地叙述一遍。当然，并没有提到两位主角是谁，大山用"Ａ男"代表，而我就以"Ｂ女"称之。

"就这样，如果你是Ｂ女，你认为Ａ男有没有可能是凶手？"

为了隐藏内心的不安，我将语调放得很轻盈："啊对了，假设被害者一直待在现场，也就是诚品116的位置。"

"B女走到汉中街和峨眉街口时，没有朝那个地方看吗？"

"嗯……可能有吧！不过那一带路灯都被破坏，被害者在暗处，所以看不到。"

此时，我发现妈妈的表情突然变得很严肃。

好像看见什么可怕的东西。

她一语不发，过了好久才抬头看我，说道："小露，你怎么会知道这件事？"

"啊？"

突如其来的问题让我一头雾水。慢着，该不会妈妈也知道了吧？

我决定装傻，试探一下："没、没有……妈你在说什么啊？这是别人问我的问题啊！"

"谁问的？"

"这……是谁呢？"我按着额头，装作在回想的样子。

妈妈凝视着我，过了片刻，板起的脸孔逐渐柔和。

"嗯，大概是我误会了，小露不用在意。"

误会？

我正打算追问下去，她立刻抛给我一个微笑，试图支开话题。

"这问题很简单嘛，当然有可能啊！"

听到这句话，我原有的好奇立刻抛到九霄云外，心头一凛。

真的吗？大山真的有可能是凶手？

"首先，我想A男应该不是在回程的时候下手的。"她拿起笔，在平面图上画了两条路线，（参见图5）"你看，如果他在回程行凶，上面这条会是他的实际路线。首先他假装往汉口街的方向，等到 B 女走远了，他便立刻弯进武昌街，直走转汉中街来到现场。"

我点头表示同意。

"下面那条则是 B 女的路线，仔细观察一下，就会发现这两条路线距离差不多。也就是说，A 男在现场行凶的过程中，很有可能被刚到的 B 女撞见，因为，他不能保证 B 女回程的速度多快，而且她极有可能弯进现场找人。"

我再度点头，虽然事实上我在"小香港"多停滞十分钟，但凶手不会预测到这点。

"不过如果是在前往公园的路上，就另当别论了。"妈妈拿起另一种颜色的笔，又在平面图上画了两条路线。（参见图 6）"喏，从③出发的这条，就是 A 男的实际路线，另一条则是 B 女的路线。A 男先来到峨眉街口，等看见 B 女走远了，就拐进现场行凶，再沿着汉中街走到武昌街，最后到电影公园和 B 女会合。"

"可是这样时间会花得比较久……"

"无所谓，反正是在找人，推说自己检查得仔细了点，B 女不会起疑。"

我想起自己在去程时耗了很久，足足有四十分钟。凶手就算走这条路线，也花不到二十分钟，如此一来会比我先到公园。

然而实际情况是，大山比我还要晚到，而且我握有确实的证据，证明他不是走这条路线。

"妈，我忘了提供一条线索。"

"还有啊？"

"B 女在前往公园的过程中，分别在汉中街、西宁南路、昆明街和明太子街四个路口，往武昌街的方向看了一下，结果四次

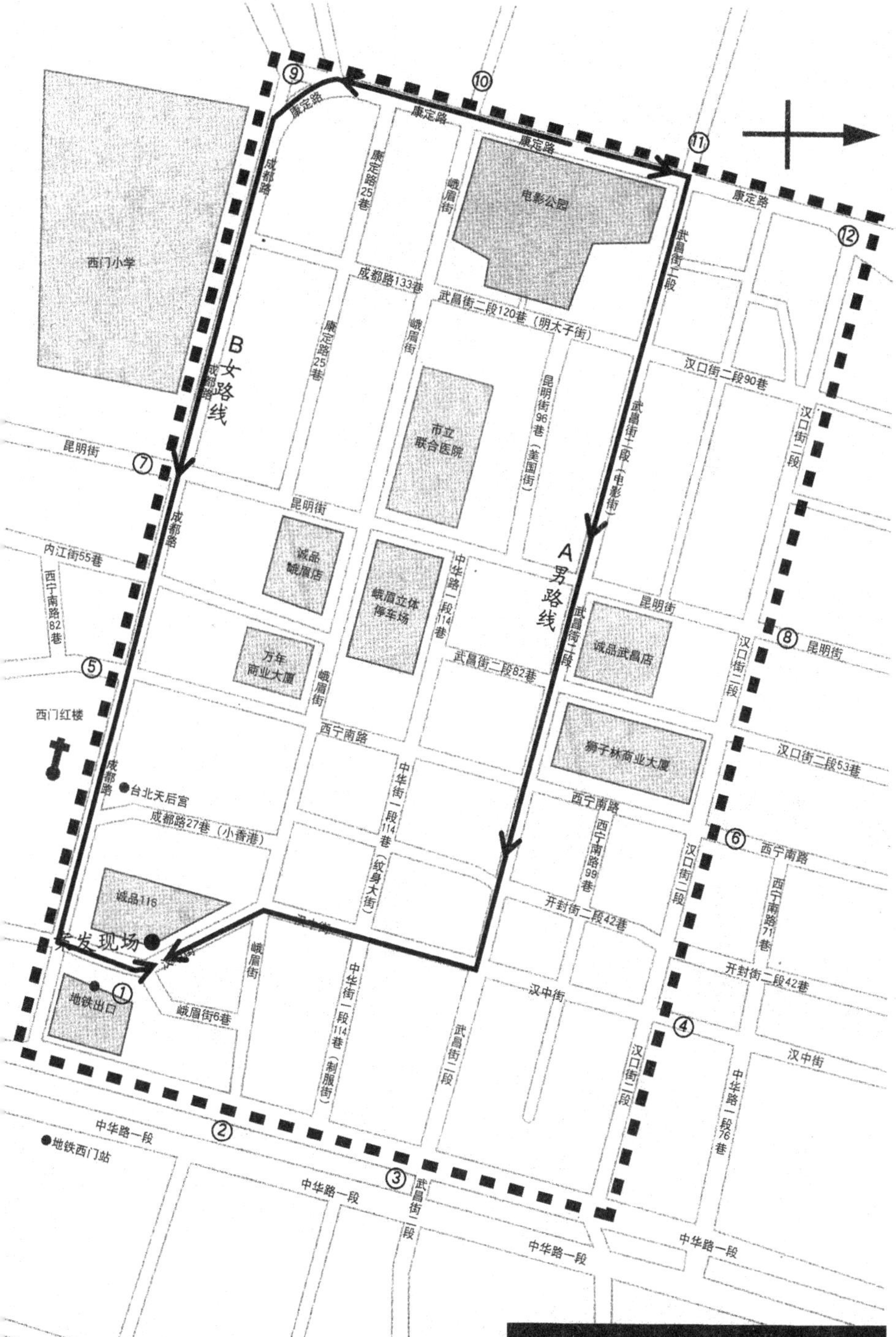

图5 A男行凶假想路线（回程）

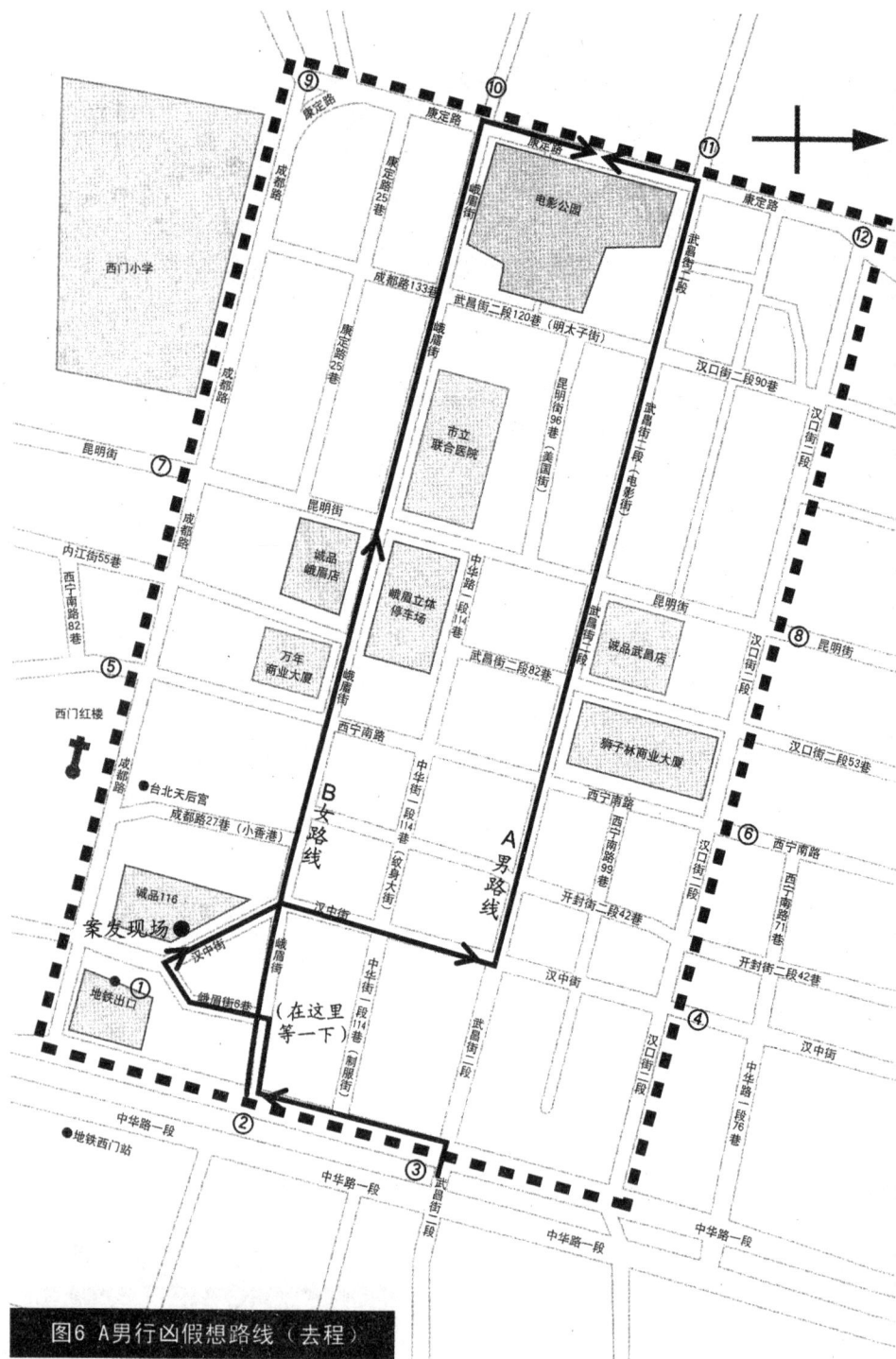

图6 A男行凶假想路线（去程）

都发现了Ａ男横穿马路的身影。"

"也就是说，Ａ男确定是走原本的路线，而且速度和Ｂ女相同？"

"对。"

"那个Ｂ女，视力没问题吧？"

这点我非常肯定："她的视力有一点二，而且距离才一百米，不会看错人。"

"哦……"她看了看没戴眼镜的我，好像从我的表情发现了端倪，"那我就没辙啦！"

"没辙？"

"去程的路线没变，回程又不太可能，我想，Ａ男应该是无辜的吧！"

太好了！

"无辜"这两字从妈妈的口中说出，我心头顿时涌起一片光明。

大山是无辜的，他不是凶手。

本来就没有道理，他会在自己打造的乐园杀人吗？这结论太可笑了。

"不过说到西门町，还真是怀念从前啊！"妈妈已经脱离"推理游戏"的情境，开始遥想过去。

"对啊，你也是在那里跟我说，想成为我的妈妈。"

"嗯，那一刻仍然历历在目。"

好机会！

"为什么……"

想成为我的妈妈？话还没说完，她就对我微笑，回答："因为，发生了很多事啊！"

转身进房。

可恶，哪天我一定要问出来！


当晚，我做了一个梦。

梦里有我和大山，两人为一段影片的内容争论不休。

是综艺节目的片段，节目里，外景主持人去访问一个家庭，身为家长的爸爸出来迎接，当爸爸呼唤妻子和孩子的名字时，并没有人出现，爸爸说了句"真伤脑筋"后，带领主持人进屋。

首先是厨房，爸爸说："这是内人，正在做菜才会怠慢了您，请别介意。"但是厨房里的"妈妈"却一动也不动，砧板上的高丽菜切到一半，瓦斯炉没打开。

再来是客厅，爸爸说："这是小女，这个时段有她最爱的偶像剧，她一看电视就会入迷，真拿她没办法。"电视机前的"女儿"正端坐着，也是一动也不动。

最后是卧室，爸爸说："这是小犬，正用功读书呢！不好意思。喂，你怎么不叫叔叔？真没礼貌！"顺着爸爸的视线望过去，"儿子"坐在书桌前，仍是一动也不动。

"儿子"和"女儿"，似乎是童装橱窗的人体模特儿，"妈妈"的口部有开孔，八成是情趣用品店的性爱娃娃。主持人感到很好奇，伸手捏了"妈妈"的胸部。

"喂，你怎么可以非礼别人的老婆！"爸爸大怒，开始殴打外景主持人。

令人很不舒服的影片。

在梦里，大山又变身成那个令我恼怒的"天敌"，针对影片说出一堆歪理。

——"你觉得那个爸爸有病吗？"

——"那个爸爸没病，是我们不懂他和那些人体模特儿、性爱娃娃之间的亲情'语言'。"

——"通过'语言'，他们得以交流，在他眼中，这些东西真的就是他的太太和儿女。主持人摸了妻子的胸部，被他殴打，是很正常的一件事。"

——"至于你问他们之间'语言'的形态是什么，我只能说，只有当事人才知道，可能是眼神的传递，或是心电感应之类的。"

——"你说人和非生物之间，怎么可能有情感交流？噢，重点不是真实存在与否，而在于当事人的实际体验。那个爸爸感受到我们没感受到的事物，你不能说那真的不存在，更不能因此说他有病。"

梦中的我无法支开话题，只能听他滔滔不绝地说，我终究无法打从心底认同他的观念，最后无奈地败下阵来，胜率跌破三成。啊，做梦应该不用列入统计。

我也无法理解，为什么会做这种梦——绝不是日有所思的缘故。

好诡异的梦。


周末前一天的早晨，不知为何有股滞闷的空气，虽然妈妈的话加强了大山的清白，仍有些许不安残留在心头。当然也可能是昨晚那个奇怪的梦，和最近的心情相抵触——我一直以为，看到大山脆弱的一面，他对我而言就再也不是"天敌"了。

说曹操，曹操就到。

我和大山在走廊相遇，他向我打声招呼。我乘机观察他的脸，黑眼圈增加不少。

"大山，你也被怀疑了吗？"

"嗯。"声音很虚弱。"不过还有很多事没厘清，他们也不能采取行动。"

"你好像很辛苦，有我帮得上忙的地方吗？"

"没有，露华你专心处理别的业务吧！"大山揉了揉太阳穴，"对了，政府那边有消息了。"

"怎么样？"这关系到 VirtuaStreet 的存亡，我也想知道结果。

"一周内如果确定是人为因素——也就是找出凶手，那开发计划仍会持续，否则，就会被认定是疏失造成的系统意外，主事者会被追究责任，计划也将被迫中止。"

"怎么这样……"

虽然是可以猜到的结果，但还是觉得不甘心，尤其是现在有很多疑点，无法锁定一人嫌疑的情况下，状况更是不乐观。

调查有一周的时限，换句话说，我回忆中的西门町，很有可能下周就这么消失了。

好想再进去几次，多留下一点回忆。

"大山，我这几天可以去 VR 看一看吗？"

他似乎明白我的心情，点头答应。

由于现在没什么其他的工作，我和大山道别，打算立刻前往 VR 室。此时走廊的另一侧，又冒出熟悉的面孔。

"早安，Lu……露华。"

"你的采访还真密集啊！"

"不，我今天是来告诉你我的发现。"小皮将脸凑上前，压低声音，"我昨晚想了很久，觉得他应该是凶手。"

"他？"

"那个人啊！"他指向大山离去的背影，"我把地图和你告诉我的行动顺序，稍微研究了一下，最后得到这个结论。"

"好巧，我昨天也研究了一下，觉得不可能是他欸。"

128

"那我们交换一下想法吧！我先告诉你我的推论，就我看来，他应该是在回程的时候行凶的……"

若不是昨天对他稍微改观，我真想嗤之以鼻，把妈妈昨天提出的矛盾点说给他听。但我现在不想说也不想听，一方面有别的事，另一方面是不想再听到有关"大山是凶手"的任何言论。

或许，我是想逃避这个话题吧！

"很抱歉，我现在急着前往ＶＲ室。"我转身走向楼梯，"闲人免进。"

"喂，听我说一下嘛！"小皮追了上来，打算拉住我的手，我立刻甩开，他跟着我上二楼。

"不要跟过来！我刚说过，闲人免进。"

"我只是想说……"

我不想再听他说话，打开最近的一间ＶＲ室大门，闪身进入室内。只要关上厚重的铁门，外面的声音就会被隔离，任凭他声音喊得再大，我也听不见一字一句。

门即将关上时，传来小皮最后一句喊叫。

"露华！你昨天研究的时候，考虑过'大厅'的传送门吗？"

砰！一切回归静寂。

他刚刚说什么，传送门？我昨天和妈妈提过这个东西吗？

没有，因为怕她听不懂，我改成了现实世界的版本。

妈妈当时反驳的理由，是"回程期间，两人路程所花的时间一样，Ａ男行凶容易被Ｂ女发现"。

如果利用传送门的话呢——我愣在原地，不安又袭上我的心头，后颈瞬间冒出冷汗。

"系统开启"的电子音响起。

# 第六章　而立之年·漂流（二）

人潮拥挤的街道。

然而经历那个事件后，一切都变得好虚幻。

我在捷运站出口，眼前仍是一片摩肩接踵的人群，但浮现在脑海中的，却是那天四下无人时，大山和我发现尸体时的反应。身处在这个世界的意识，已经被罩上一层朦胧的膜，透过这个膜的风景下，连活生生的人都是那么不真实。

西门酷客、诚品116、骑楼等处，都有穿着各式衣服、无所事事的等待人群，尽管人声鼎沸，我还是感到前所未有的孤独，仿佛这些人都不存在，西门町是一座空荡的死城。

汉中街斜向入口，商圈的门户，通往秘境的峡谷，流动的河水。

那潺潺水声逐渐变调，最后恢复为人群嘈杂的声音，一句又一句在我耳边鼓动。

"嘿，等一下去看电影？"

"最炫的秋季商品！有折扣哦，进来看看吧！"

"小姐，要不要买手环？您付的钱我们都会捐给儿童福利基金会，请支持爱心义卖活动。"

话语纵横交错，逐渐将意识拉回这个熙来攘往的街道。

"你听说了吗？前几天这里死了人。"

原本是温柔的牵引，然而这句突然入耳的话，将我一把扯回现实。

消息已经传开了吗？

"真的？死的是谁？"

"不知道，我也是听说的。"

"该不会是被杀的吧？"

"很有可能哦！真可怕，越来越不安全了……"

我环顾四周，想找寻声音的来源，无奈举目所及都是交谈的人们。视野里有两个身穿制服的巡警，他们站在诚品116门口，安静地观察周遭的情形，似乎是特别派驻在此。浅灰色衬衫、深蓝色西装裤，外搭一件蓝色外套，简单制式的服装，说明这里发生过命案的事实。

前方的潮流象征——JUN PLAZA电子看板早已启动，跃动的广告引领来往的人群。

小说里，私家侦探一定生活在城市的大街上，纵使身旁人很多，进入自己内心的却少得可怜，"嘈杂中维持平静，热闹中求取孤独"是他们的信条。

突然觉得自己与他们有共同之处，于是兴起模仿的念头。

徒步区的两旁，一些摊贩森然罗列。虽然摊贩经常是警察开罚单的对象，倒也是都市特有的一种消费文化。对卖方而言，有一种小成本、方便，偶尔存在危机感的特殊魅力。

眼前一名摆摊的年轻人，身穿印有"气魄"图案的T恤和白色亚麻长裤，染红的头发整个抓起。下巴蓄短胡髭，使他看起来有些凶恶，却因为不停叫卖的举动缓和许多。他的前方摆着高脚架，架上的盒子里放有项链、耳环之类的饰品。

我向他搭话："不好意思。"

"买项链吗，大姐？"

"不是，我想打听一位在这里出没的人。"

"这里我不太熟哎，你说说看。"

"你见过一位长相猥琐的男人吗，像这样？"

我拉扯自己的脸，希望能表现出那个人相片中的样貌。

"长这样的男人多得是吧！"

"他身高很矮，只有一五〇厘米出头。"

"大姐，这里人这么多，我就算见过也忘记啦！"

我这才意识到，小说里的警察或侦探，往往一问人就能得到想要的答案，但实际上，是小说家省略前面许多失败的调查，直接切入最后的结果。而且他们不是像我这样比手画脚，而是随身携带被调查者的照片，借助线索的抽丝剥茧和团队合作，才能有实际的成果。

察觉自己和侦探们的差异，我感到有些沮丧，尽管如此，想探究的心情依然没变。

"那边那个大伯可能知道哦！他比我先来这里。"

他指向对面一个写有"神机妙算"的卜卦摊位。桌子后方的老人一身唐装打扮，低着头，不知正瞅些什么，我立刻凑上前。

"要算什么？星座、易经、紫微，还是看手相？"

穿唐装的老人做星座占卜，就和牛排馆卖起排骨饭一样，是一种复合式的服务。

"不是，我想问您有没有见过一个人。"

"什么啊，不是要算命啊！"

"不好意思，因为他说您对这里比较熟。"我指指后方。

"唉，算啦！长什么样子？"

"像这样。"我又做了一次刚才的动作，感觉像在对阿伯扮鬼脸。

老人起身，端详我好一阵子："我看你干脆告诉我名字好啦！我都会问客人姓名。"

还兼做测字卦吗？真了不起。

"朱铭练，朱元璋的朱，座右铭的铭，练习的练。"

"噢，阿练啊！不要惹他比较好喔！"

虽然说人不可貌相，但他似乎人如其貌，不是什么好东西。

"我不是要找他，只是想打听他的事。"

"我只知道，他就像影子一样。"老人摸摸鼻子，"其他的，你去问那条街上的人吧！"

"哪条街？"

"武昌街啊！"他压低声音，"尤其是会待到晚上的人。"

虽然不是很懂老人的意思，但看他的表情，似乎不能再透露更多了。

我道声谢，朝他指的方向走去。

从峨眉街到武昌街这段路，一开始仍延续的摊贩商线，到了"绝色影城"门口开始消散，影城的旁边是"加州健身中心"，健身中心侧面的巷道，就是通往文身大街的路。若是弯进去看，还可以见到一个个写有"西门町文身街"的看板，看板上的文身图片，表现出各式各样的自我"印记"。

从这里再往武昌街的方向走，会看见几家歌厅的门面。这些门面的特点，就是会将驻唱歌手的彩照贴在看板上，右下角标明艺名，较受欢迎的，还会加上如"小周璇""小邓丽君"等用以招徕客人的称号。

此处就是西门町著名文化"红包场"的所在地——六福大楼。

133

我印象中的红包场，只有被妈妈带进去的那一次，却是个难忘的经历。

座位分布像是一般的民歌西餐厅，前方有个大舞台。我们进入时，正好遇上歌手轮替的空当，妈妈点完餐后，就有一位穿亮红色礼服的女性上台演唱，艳丽的装扮，搭配闪耀的水晶灯和霓虹灯，捕捉了全场观众的目光。

歌声虽带有职业唱腔，却可以听出对生命的情感。

陆续上场的歌手有男有女，歌曲也是老歌、流行歌兼具，当歌曲进入中后半段时，会有一些客人起身走到舞台边，给台上的歌手一两个红包，有些歌手下台前，还会将红包里的钱抽出来，对馈赠的人说一段感谢的话，最后深深一鞠躬。

最令我印象深刻的，莫过于压轴的主秀歌手。身着一袭白色礼服的她，脖子上挂着极粗的羽毛围巾，怎么看都是"天后"级的排场，唱歌时不仅有人献花，还有位大叔手持一串蓝白相间的条挂——定睛一看，才发现那是用千元大钞粘成的纸环——要给她戴上。

他们褪下华丽的礼服后，会是什么样子呢？当我这么想时，发现有些人在场子里穿梭，四处寒暄，面孔相当熟悉，正是方才上过台的歌手们。主秀歌手也换上了便服和马靴，当她到我们桌前问候时，那个颇具亲和力的笑容，现在还存在我的记忆里。

那是外面未曾见过的世界，靡靡声色却带有温馨，也因为妈妈和我提到以前红包场的繁荣，让我当下产生淡淡的失落感。

被认为是过气的文化，但实际接触后，又不希望它死去。

我站在六福大楼门口，回忆的冲击，将我的意识拉到好远好远。

前方就是汉中街与武昌街的交叉路口，也是有名的追星族胜地。

这个路口有个别名，叫"屈臣氏广场"。原因无他，这块区域的大小可以容纳一座小型圆环，而区域东北隅所坐落的店面，正是知名的连锁药妆店屈臣氏——虽然我一直很疑惑，为何用这种没有区域独特性的店面为广场冠名，若要凸显当地特色，西南隅的"长虹大饭店"应该更适合。

或许，冠名的目的是为了便于指涉，全国连锁店的名号，毕竟胜过地域经营的饭店吧！

这里以北的汉中街路段，是西门町的台湾小吃区，以前和友人看电影时，经常会顺道去吃些冰点、鱿鱼羹和蚵仔煎。那条街的回忆，就等于"吃"的回忆。

印象中，在屈臣氏广场举办的签唱会不计其数，只要搭个舞台用扩音器呼喊，就足以吸引到一群围观的人了，更遑论那些追星族。这里并不是听歌的好地方，却是展示明星、酝酿人气的好场地，若台上站的是主流歌手、乐团，就会涌入许多专程前来的死忠歌迷，外围也会有一些因好奇驻足的路人，这些人潮往往将路口挤得水泄不通，连骑楼下都无立足之地。

我和友人并不是摩西，无法分割这人造红海，每当遇到这种情形，只好死命推挤，试图渗透人群到另一条街道。有时人群多到看不见前方时，会推挤到哪一条路都不晓得，那状态有点像是柏青哥机台内，不停碰撞钢钉的小钢珠，或该说是在水里做布朗运动（Brownian Motion）的胶体粒子。

眼前的广场，并没有偶像歌星和成群的歌迷，只有约二十个人围成一圈圆弧，我走进探看，发现是街头艺人的表演。

人群中央的女孩身穿浅灰色针织衫，搭配咖啡色七分裤，外形看上去是路边常见的可爱女生，却边弹着吉他，边唱出带有原住民风味的地方歌谣。许多转折的唱腔虽然称不上浑厚，却也中气十足，高音段落也都唱得上去，整体来说相当悦耳，我对她歌唱的音域之广感到佩服，待她唱完一首，我立刻鼓掌，却发现只有三四个人和我做一样的事，感到有些困窘。或许这种程度的才艺大家看惯了，只有我少见多怪，也或许其他人只是负责围观的，并不负责拍手吧！

女孩的右边，有个面容轮廓深邃的男性坐在一张小板凳上，他的前方摆着一个木盒，放着几张欠缺封面，只有印制的曲目，一看就知道是自行录制的ＣＤ专辑。他的表情有点苦，应该是女孩的合伙人，说不定是她的哥哥或爸爸。

我走上前，男人的视线立刻和我对上。

"要买天上的声音吗？"他的苦瓜脸和缓许多，"还是，想点歌？"

"都不是。"我压低声音，尽量不让对话妨碍演唱，"你们会唱到晚上吗？"

"看阿玛乌的状况，今天应该会到六点，我们中间会休息，你可以四点再过来。"

他往女孩方向瞄了一眼，从名字来看，她似乎真有原住民血统。

"我想问一个人，你听过阿练吗？有人说，他像影子一样。"

"影子？嗯……"

"身材矮小，长相……"我又拉了一次脸皮——总觉得这样下来，颜面神经迟早会失调。

"没见过，不过倒是有印象。"

没见过却有印象？难道像传说一样，只存在于想象中？

他似乎察觉我的疑惑，向女孩说了声"我和人讲个话"就将我拉离围观的群众，带到一旁的屈臣氏。

"阿玛乌第一次来这里时，晚上被人跟踪。"

"跟踪？"

"她那天也是六点结束，然后背着吉他在附近闲逛，突然感觉有人在跟着她。"

"有看到跟踪者的脸？"

"没有。隐约可以听见和自己同节奏的脚步声，但是回头一看，什么都没有。脚步声一直持续着，但一直没发现跟踪狂的身影，不仅是回头看，连一些隐蔽物都检查了，还是没见到。"

"原来如此。"

所以，才会说是"影子"。

"其实阿玛乌脚程很快，但是背着吉他，所以无法全速奔跑，虽然平安到家，但是她怕死了，我这个当哥哥的只好每次都陪她来。"

我回头往女孩的方向看，她唱歌的表情非常平静，任谁也看不出她内心潜藏着被跟踪的阴影。看来一开始没有询问她本人，是很明智的做法。

"我曾在附近的速食店，听到一些人谈论'影子阿练'的事。不过都是说自己或亲友的类似遭遇，其中就有人提到这个称号。"

"被跟踪的那些人，也都没有受到伤害？"

对方苦笑："这就看你对'伤害'的定义了，肉体上的没有，心理上倒是很大。很多人都以为自己撞鬼了，也有些人认为跟踪者是变态，感觉很不舒服。"

"能告诉我是哪一家店吗？"

他指向我后方，在广场东南隅的二楼，有一家在窗口贴上可

137

口可乐标志的店面，店名是"可乐森林"。

我向他道谢，朝速食店的方向走去。

以前和友人光顾过一次。店内装潢是十足的美式风格——墙上挂的国外老照片、美国国旗、白墙、红色皮椅、红白格子相间的桌布、旧点唱机与白色的旧型冰箱——食物也有分量超大的薯条加汉堡，再加上昏暗的灯光与弥漫的烟味，让我有种自己是牛仔，进入西部片那种颓废风餐厅的错觉。

当时正值棒球季末，室内的大屏幕正播放张力十足的季后赛，加油声、惋惜声，与谈论球员表现的对话淹没了整间餐厅，依稀记得友人还和服务生闲聊，对转播的内容评头论足，却将我晾在一旁。

当然，那样的盛况现在并不存在于眼前。

服务生送上菜单，因为我不想吃什么，所以点了分量少的意大利面。

"好的，请稍候。"

"啊，不好意思，可不可以问个问题？"

服务生转过身，露出困惑的眼神，似乎是在说自己除了点餐，什么都无法回答。

"你知道'影子阿练'吗？"

"不知道。"

"脸长得……算了，身高很矮，只有一五〇厘米左右。"

"不知道。"

"有很多人被他跟踪过，听说完全没被看到脸。"

"不知道。"

"有些客人会在这里谈论他。"

"不知道。"

"……好吧，我问完了。"

我叹口气，这个服务生真的只会点餐上菜，问什么都一概不知，根本是电脑程序控制的吧！

在科技的日益发展与资方追求经济效益的考量下，迟早所有的服务生和店员都会被 AI 取代，赋予模式化的对话和行为。

我不希望见到那样，我想看的是会和熟客打招呼，一起为比赛加油、欢呼的店员。

环顾四周，店里并没有太多顾客，几乎听不见任何交谈，看来在这个时候，这里还无法打听到什么，我打算用完餐到其他地方碰运气。

用餐期间，一阵对话声传入耳中——是坐在斜后方的两位青年。

"喂，你知道有人挂了吧？"

"对啊！没想到练哥那家伙，居然……"

"别乱说！你怎么能确定是他？"

"条子传出来的啦！"

我嗅到了"党羽"气味，又想起自己刚才大声询问服务生"练哥"的事，不禁在内心暗叫糟糕。后来又想，刚入座时并没看见周围有其他人，他们应该是我用餐中途才来的，这才松一口气。

"你最好给我小心点，不要也出什么包。"

"安啦！不过练哥的事怎么办？"

"看条子那边的动作再说。"

听着他们的对话，我意识到一个事实：原来自己热爱的街道峡谷中，也流着一股黑色的河水。

那散发出恶臭与毒瘴，名为"犯罪"的污水。

我跟在他们后方，沿着武昌街向西行。

用完餐后，地位较高的那个说了声"走，去办事"，两人就起身准备离开。经过我身边时，我稍微观察他们的长相：走在前面的那位头发整个往后梳，油亮的发型让年轻的脸孔显得老气横秋，另外一位则留了个朋克头，竖起的暗红色发束朝四面八方伸展，像极了冲天炮。两人身穿同一款式、印着骷髅图案的T恤，更加强了"党羽"二字的印象。

我立刻跟上。到了大街上，我与他们保持距离，不禁浮现一个想法：要像影子那样跟踪不被发现，在四下无人的夜晚的确很难，但有人群做掩护时，倒是容易许多。

无法听见谈话，只能在后方静静地观察他们的行动。

到西宁南路的这段路，沿途除了"老天禄卤味"和一些电器、唱片行之外，大多是经常更替的出租店面，有服饰店、精品店、眼镜行，或是小玩具专卖店。

那两个年轻人就在这些出租店面之间，开始挨家挨户拜访——说"拜访"似乎不太合适，他们进入每家店五分钟后就出来，接着又立刻进入下一家，而且并非所有的出租店面都会进去，仔细观察就可得知，他们进去的那些店，店员也都是年轻族群。

"收保护费"的字眼霎时浮现在脑海，但我随即挥开这个念头。那是过去地痞才有的行为，在现在这个年代，这个世界里还有人做这种事吗？我对自己古板的想法感到可笑。

看来他们会在这里耗些时间，我立刻找个空当，进入他们"拜访"过的一家服饰店。

"欢迎光临！想看牛仔裤吗？"

男店员的打扮很时尚，造型类似日本的杰尼斯艺人，脸上还挂着迷人的笑容。

因为有了先前的经验，我开始思忖他能回答多少问题，而不是一概说"不知道"。

"那个……我不是要买东西，是想打听刚来过的那两个年轻人。"

"那两个家伙呀……"

对方的笑容有些垮掉，却看来不像是"无可奉告"的样子。

"好像是'影子阿练'的同伙，进来劈头就问：'知不知道练哥最近盯上谁？'拜托，我哪知道啊！我连练哥的长相都没见过。"

我心头的一块大石落地——太好了，对方似乎是不吐不快，这种人很容易问出消息。

"所谓的盯上，就是指跟踪吗？"

"对。你也听说了吧，那个人的跟踪癖？"

"只是略有耳闻，能告诉我详细一点吗？"

"我也是听说的。阿练天生就以跟踪为乐，每次都会锁定落单的女生，跟在她们后面，吓吓她们，但都不会对她们出手。据说本人是做过一些坏事，像是吸毒、偷窃之类的，可是毕竟跟踪只能一个人进行，他身材又那么矮小，应该不方便做什么吧！而且他光看到女生吓得魂不附体的样子就很满足了，我觉得他一定有心理变态，八成被女生羞辱过。"

他像找到知音似的，开始滔滔不绝。

"真的每次都没被抓到？"

"那些人是这么说没错。听说他最厉害的，不只是跟踪的人看不见他，就连偶尔经过的路人，也逃得过他们的眼睛，所以才会一直没有目击者。不过我觉得有点扯啦！怎么可能连旁观者都看不见。又不是武侠小说或忍者，可以来无影、去无踪。"

"应该是身材的缘故吧！"

"又不是侏儒或瘦竹竿，到处都可以躲藏。"

我向帅哥店员道谢，走出店门口。此时二人组似乎已盘问完毕，直向西宁南路走去，我急忙跟上。

右手边出现刚才去过的"可乐森林"二店，正前方就是狮子林大楼。

两人过马路后停下脚步，我在对街驻足，打算伺机而动。油亮头似乎对朋克头说了什么，后者一个人进入大楼，留下前者在外面等待。

我开始观察起眼前这栋十层楼高的建筑。

万年与狮子林两栋商业大楼，分别位于峨眉街和武昌街的一侧，前接西宁南路，以地理位置来看，恰位于南北对称的两个点，但外观与内容却有不小的差异。

因为历经火灾与商业萧条，狮子林大楼的外观早已残破不堪，咖啡色外墙与黑色玻璃更加深了"焦黑"的印象，像个精疲力竭的中年人，也像是科幻电影里，经常会蕴藏"异次元空间"的建筑。

年轻时，我会在电影街一带流连，狮子林四楼的新光影城是经常光顾的场所，也是大楼内部最气派、亮丽的地方，其次是九楼的金狮楼餐厅，一楼也因为改装过后，进驻一些如Sony Ericsson、LG等电子商家，增添些许新潮的风貌。

然而，其他区域却像是被闲置着，缺乏装潢的内墙、看似故障的电梯，都让当时看完电影，想从四楼一路逛下来的我有些却步，生怕一个不小心，就误入秘境再也出不来。三楼是喧嚣嘈杂的电玩游乐区，许多店家还烟雾弥漫，但近看会发现其实顾客不多，全是机器发出的声响。二楼有许多服饰店，处处可见秀场衣服的打样和成群的人体模特儿，听说那些店是许多红包场的"后台"，也接一些年轻人 Cosplay 服装的定做。

九十年代的电影《青少年哪吒》(*Rebels of the Neon God*) 里有整天鬼混打电玩的主角，晚上被反锁在狮子林大楼里的剧情。很难想象当时充斥着电玩、模型与舞厅文化，交杂兴奋、不安氛围的大楼，会是现在这幅光景。

因此，若真要说到"新中带旧"，具有历史痕迹的地方，这里比万年大楼更有资格。

或许因为只询问一楼的店家，朋克头不到三十分钟就现身，两人会合后，继续往西走。对街的我立刻穿越马路，紧跟在他们后方。

紧邻狮子林大楼的，是过去的来来百货所改装，西门町的另一个诚品卖场——武昌店。我以为他们又要进去逐一打探"练哥"的事，没想到两人只是经过，就这么走到昆明街口，过了马路。

终于来到这里了，对我而言，这里正是乡愁的发源地——电影街。

除了方才提到的新光影城，还有三家戏院位于这条街上。

大学一、二年级时，正值青春年华，几乎每天都会泡在电影院，当时对恋爱没兴趣，经常独自来看电影，偶尔遇上别人搭讪，还会羞红着脸跑开。

也不知道为什么，当时的院线片都颇能吸引我，甚至一天会看上两三部，还会为此省吃俭用存钱，像是中邪似的。友人曾问我为什么不租碟回家看，我想这问题很多人都能回答，对热爱电影的人来说，大银幕、爆米花、舒适的座椅，或是身处黑暗空间的那种观影气氛，都蕴涵着无可取代的魅力，而非仅止于影片的剧情而已。

不到一个月，我就跑遍台北市二十多家首轮电影院——或许会有人怀疑，一个月是否有那么多部院线片可看，但这不成问题，因为当时的我会为了重温看过的电影，经常跑不同的戏院。

由于西门町的电影院众多，这里又离家很近，自然成为我时常光顾的区域。

这种情形一直到大学三年级，交了男朋友之后才逐渐消退，但我却对这条街开始产生感情，进而扩张成对整个西门町的乡愁。

妈妈曾经和我聊到旧时戏院的种种。她说，以前的电影票是一张印着戏院名的薄纸，划位采用人工方式，背面写上座位厅和排数，并加盖日期章，如果观众很多，经常会听见此起彼落的盖章声。售票阿姨会隔着玻璃窗，用红色盘子将戏票和找的钱递出来，和客人对话也得透过窗上的小洞，像在探监一样。

我好像有记忆，但却很模糊。放眼"现代化"的电影院，售票窗口几乎都是开放式，不再有窗户隔开，划位也采用电子系统，一切讲求效率，售票员从对人爱搭不理的阿姨，换成貌美帅气的年轻人，套餐的饮料、热狗和爆米花也逐渐取代小吃摊与传统贩卖部的食物。服务变得亲切周到，但那种旧时的观影经历，却再也体会不到。

电影街已成为一条专供人群行走的路段，和车水马龙的双向车道时代相比，显得冷清许多，却让走在其中的我，得以静下心沉淀剧情的内容。

武昌街，是拥有历史的街道。

油亮头与朋克头两人，似乎只要店员是年轻人，就会上前探问，连"乐声戏院"和"日新威秀"的售票员也不放过，只见那些年轻男女一个个皱起眉，摇头表示不知道，不管朋克头怎么改变问法，他们还是不停摇头，让我想起刚才在速食店的问话经验，不禁莞尔一笑。

　　左手边几家零星的店面，也被这二人组给盘问。结果似乎都一样，他们完全问不到阿练的消息，感觉快要气炸了，最后还是无奈地步出店外。看两个长相凶恶的年轻人垂头丧气的样子，觉得他们有点可怜。

　　快要到台北戏院的废墟了，两人走进最后一家运动用品店，看表情，大概已不抱任何期望。

　　然而，就在一两分钟后，两人猛然撞开门，往废墟的方向奔去。

　　情况有异——我立刻上前进入店里。

　　推开门时，里面的男店员似乎尚未从刚才的情境中回过神来，连"欢迎光临"都忘了说，只是将脸转向我。

　　"请问一下，刚才那两人问了什么？"

　　"呃……"

　　"我说，他们问了什么？"

　　男店员结结巴巴的，大概因为被两个凶恶的年轻人逼问后，又闯进来一个气势汹汹的女人，当下无法理解状况吧！过了好久，他才调整好情绪回答我的问题。

　　"那两个人，问我那天有没有看到练哥。"

　　"哪天？"

　　"发生……命案那一天。"

　　他好像在观察我的反应，我点点头，表示自己知道命案的事。

"所以你认识'影子阿练'？"

"以前常混在一起，不过现在几乎没来往了。"

"那你那天有没有看到他？"我的声调不自觉提高。

"有……下午的时候，我想应该不到六点吧！"

"当时的情况是什么？"

如果是那个时间，应该和命案没什么关系。

"当时……我记得自己在整理店里的东西，突然瞥见门外走过一个人影，我心想那会不会是练哥，总觉得不会那么巧吧！但还是想确认一下。结果当我打开门时，那个人已经走远了，消失在废墟的方向。"

"多谢你了，很不错的情报。"

我立刻打开店门冲出去，留下一脸困惑的店员。

门外，那两个年轻人依然在废墟的骑楼下，踱来踱去不知在做什么，看表情，大概是纳闷阿练为何会跑到这种地方来吧！

其实并不奇怪，正因为它荒凉，却又背负繁华的历史，会对它好奇也是很正常的。之前提过，废弃大楼就是都市的深渊，每次我经过这里时，都有一股想进去看的冲动，然而骑楼拉下的卷帘门——上面画着一点都不粗暴的涂鸦——阻止了我，也阻止想进去的所有人。

阿练如果真如同传闻所言，是个喜欢跟在他人后方，却又不会被发现的神秘人物，那这座废墟的确很适合他，"影子"之于"深渊"，就像"魅影"之于"歌剧院"，"怪人"之于"钟楼"一样，前者以后者为家，后者也赋予前者生存的力量。

两人仍漫无头绪地走着，我在不远的后方静静观察，等待他们下一步行动。

突然，油亮头好像想到什么，指着废墟转角的巷子，对朋克头说了几句话后，推着他走向前。

那条巷子，是那天我搜索时进去过的明太子街。原来如此，阿练来到废墟后，可能会朝那个方向走。

二人组消失在转角处，我小心翼翼跟上。听说跟踪时，路口转弯的部分尤其要小心，因为暂时看不见对方，对方很有可能加快脚步逃走，也或许会埋伏在转角，将跟踪者逮个正着。

我伏在转角的墙上，探出四分之一张脸，想窥探一下他们的动静，结果发现两人在前方不到五米处，赶紧将头缩回。

短暂的视野里，还有另外一个人，那人一头银发，皱纹满布，穿着脏兮兮的运动外套和牛仔裤，靠在墙上，似乎在回答二人组的质问。

是游民，不会错的，他有那种气质。

我曾看过报道，台北戏院在停业后，一度变成龙蛇杂处的治安死角，也是游民的落脚处，但那是过去的事了，理论上，游民应该不会出现在这里。很有可能是"前"游民，想来这里看看，借此缅怀过去的生活。

我将脸贴在墙上，试图听清楚他们的对话。

"你真的有看到练哥？"朋克头的声音。

"有啊！我记得很清楚，那天下午我也有来，他从我面前经过。"

"那他去了哪里？"

油亮头的声音突然变得很强硬，大概是太着急了。

"那、那里……"

我看不到游民手指的方向，打算等两人走远了再说，二人组的脚步声却开始逼近，我吓得赶紧转过身背对他们，祈求自己不要被发现。

幸好他们完全没注意到我，径自往康定路的方向奔跑——看来阿练当天并没有弯进明太子街，而是直接往前走了。

两人走到武昌街的最末段，但并不是电影公园的那一边，而是穿越徒步区，来到另外一侧。这条路段的第一栋建筑，就是武昌街最后一家电影院"in89豪华数位影院"，末端则是平面停车场，电影院和停车场之间，有许多待出租的空间，目前只有一个小空间有在利用——一间休闲服饰店。

二人组走进店里，气势汹汹。

我透过橱窗看见店员的长相，是相当年轻的少女。由于未施脂粉，一头黑发向后扎成马尾，看起来甚至不到二十岁。

接下来的画面，我简直不敢相信自己的眼睛。两个男人竟对一个弱女子大呼小叫，只见少女不停摇头，表情挤成一团，好像快要哭了。朋克头指了指刚才游民所在的方向，又指向地面，然后继续大呼小叫。一旁的油亮头似乎没那么激动，只是将手搭在少女肩上，在她背后说了几句话。

虽然听不见声音，却可以为他们的互动添上对白："说！练哥来这里做什么？""我不知道……""骗谁啊！那边那个欧吉桑说，练哥那天下午来过这里。""小姐，你老实说，否则别怪我们不客气。""可是，人家真的不知道嘛……"

眼看逼问不出什么，朋克头随手抓起一件展示的衣服，直接掼到地上，油亮头也踢翻长裤的展示架，两人开始大肆破坏店里的东西，留下一旁手足无措的少女。

我终于按捺不住了，跑到橱窗前敲打玻璃，好让店里的人发现我的存在，随后露出面目狰狞的表情，假装吼了几句，最后比出割喉的动作，意思是："有种到外面单挑，不要在店里欺负弱小！"

三人看着我的动作。少女面露疑惑，二人组大概是从气头上恢复冷静，低头咂舌后，打开店门冲出，往来时的方向飞奔逃逸。我望着两人逃跑的背影，为他们外强中干的举动感到啼笑皆非。

　　我进入店内，上前探问少女的情况。

　　"没受伤吧？刚才那两人真过分。"

　　"没、没事的……只是有点麻烦，位置都乱了，我花了一整晚才摆成满意的样子。"

　　"这是你自己的店？"

　　"嗯……算是吧！"

　　我感到吃惊。曾经读过一篇报道，说西门町一带经常有年轻人开店，受访的二十岁女子就在"小香港"开了一间，专卖杂货衣裤，以及朋友从香港带回的东西，但入不敷出加上租约到期，积蓄很快就赔光了。也有些人小赚了一笔。类似的过程在西门町不断上演，令这里渐渐变成年轻人的创业天堂。

　　不过眼前的少女，年纪看起来比那些人都小，想必个性相当独立吧！

　　"我帮你。"

　　我将翻倒的衣架扶起，少女轻声道谢，也捡起衣服放回架上。

　　"我可以问个问题吗？"

　　少女凝视着我的脸："请说。"

　　"你这家店，营业时间是什么时候？"

　　"上午十点到晚上九点。"

　　"那么……你在某天下午看见过'影子阿练'吗？"

　　少女倒吸一口气。

　　"没有……"声音细得像蚊子叫，我听见了，一整个于心不忍，"我没见过他。"

她在说谎，但我应该追问下去吗？

我打消这个念头，帮她将店里简单整理完毕后，推开店门，往康定路的方向走去。

就这样，我沉溺于侦探游戏时，完全不知道大山那边出了事。

过了一段时间后，才听到他被带回警局的消息。

# 第七章　而立之年·悖论

　　我从出口回到"大厅"，登出系统后，脱下身上的装备，此时已是下午两点。

　　VR室外头一阵闹哄哄，这在星期五下午是很稀奇的事。

　　"露华，你怎么这么久？"

　　小皮从一楼的楼梯间抬起头，看到正推门出来的我，立刻三步并作两步飞奔上楼。

　　"发生什么事了？"我察觉状况并不寻常。

　　"出大事了！那个大山被警方带回侦讯，说是涉嫌杀人。"

　　"怎么可能！"

　　"警方大概是做了和我一样的推理，然后找到证据了吧！啊，不过我可以发誓，我没把自己的想法告诉警方哦！我本来想告诉你，可是你不理我。中午那个小队长带了几个制服警员过来，盘问大山一些事情，就在你出来的五分钟前，大山被一些人带走了。"

　　我想起自己进入VirtuaStreet前，小皮对我说的关键字——"传送门"。

　　是这样的吗？看来有必要和警方确认一下。

　　"那个夹克男……不，小队长还在吗？"

"在楼上，好像正在扣押证物。"小皮指向天花板。

我立刻朝楼上跑去，小皮跟在我后方。

研发办公室内一片肃静，每个"细胞"都默不作声，有的看向大山的座位，有的埋首于自己的事，每个人看似漠不关心，一致的沉默却透露出他们内心的不平静。

熟悉的褐色夹克映入眼帘。整个房间内，只听得见他指挥的吆喝声，一些制服警员正从大山的座位将机器搬走，其中也看得到庋斗脸，还有久违的国字脸身影。

我走上前。

"小赵，那台个人电脑也要搬……啊，颜小姐，失礼了。"

"这是什么意思？"

"我们怀疑何彦山先生杀害死者，想请他到警局坐坐。"

"你们能证明大山是凶手吗？他要如何行凶？"

夹克男搔搔头，露出"真拿你没办法"的表情，从口袋掏出一张地图——那张我们研究好几遍的路线图，以及我看过的行动顺序表。

"你看，下面这条是你的搜索路线。"他指着路线图，说道。（参见图7）

我点头表示同意。

"上面这条是大山的路线。颜小姐你的证词提到，在前往公园当时，分别在四个路口都看见他的身影，因此我们认为去程的部分没有问题，大山的确沿着决定的路线行走，四十五分钟后和你在公园会合。"

"没错。"

"但是回程的部分就有疑问。你从公园来到现场，共花了二十分钟，随后发现大山在那里，如果他直接走原路回现场，需

152

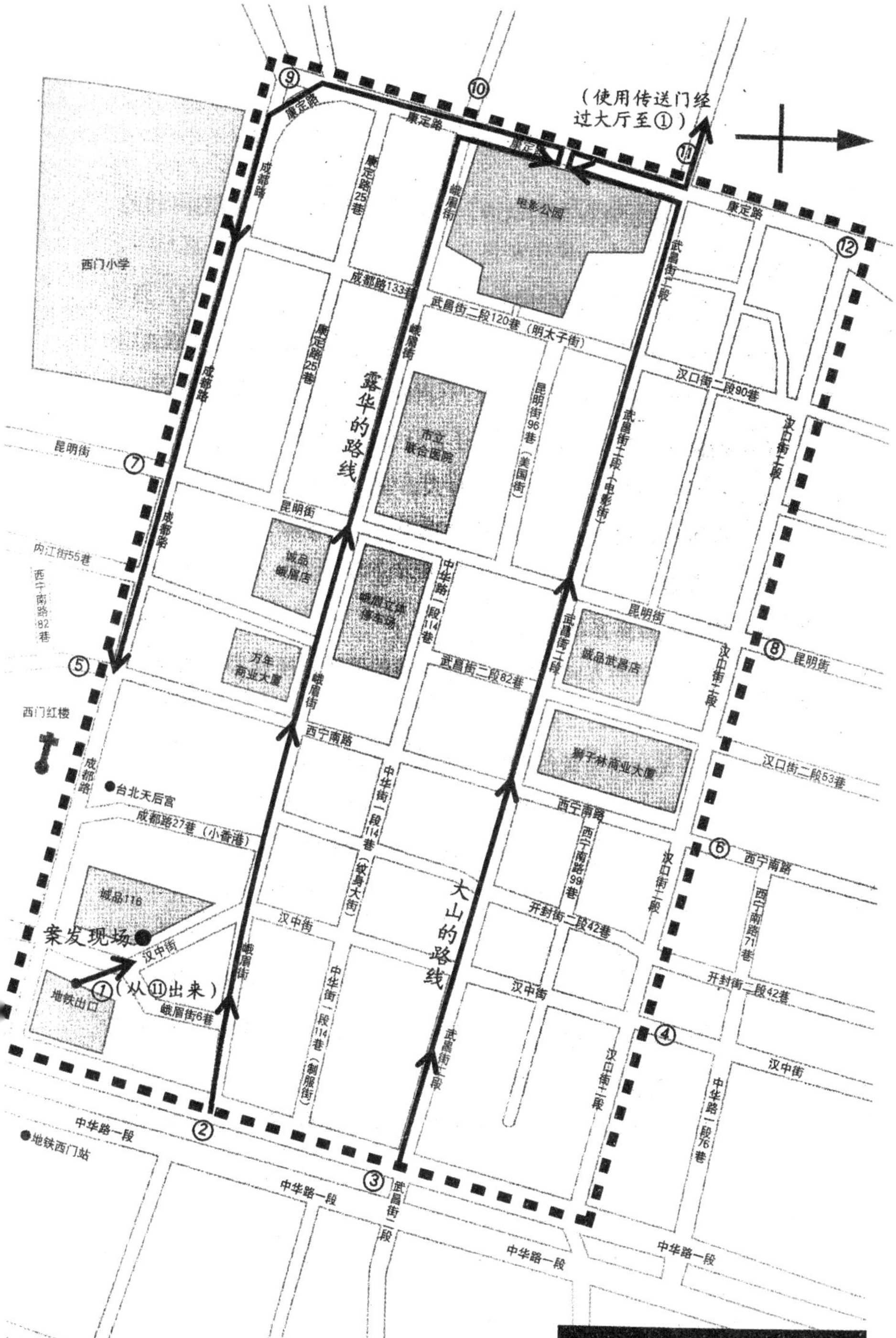

图7 大山行凶推测路线

要约十分钟的时间，行凶时难保不会被你撞见，他无法预测你的速度，更不会知道你在'小香港'逗留。"

我再度点头，他的推理至此为止，和妈妈完全一样。

"所以对凶手而言，他必须省下这段路程，直接从公园'跳'回现场——也就是捷运出口处，诚品116前方。至于他用了什么方法，应该不用我说明吧？"

看来他和小皮想到一样的东西。我的背脊开始冒汗。

"传送门……"

"对，颜小姐你挺聪明的嘛！他离开电影公园后，假装走向汉口街，其实在观察你的动静，等到你走远了，他立刻跑向⑪的传送门，回到'大厅'。"

就是我刚才出来的那道门。

"在'大厅'里，他又按下①的按钮，就可以直接到捷运出口了，这段过程我想最多只要一分钟吧？他有充裕的时间，可以杀害死者并布置现场。如何，还有什么疑问吗？"

一旁的小皮帮腔："你们有大山使用传送门的证据吗？"

"本来是没有的……"夹克男皱眉盯着他瞧，像在纳闷为什么一个杂志记者会知道这么多。"不过一小时前，我们向那位仁兄查询当天数据系统的资料。"

我朝他指的方向看，一位戴眼镜的胖子在座位上吃东西——是负责数据系统的工程师。

"听说是新系统的功能，可以记录进出传送门的时间、使用者ＩＤ与传送门编号。其中存在两笔有趣的资料。"

夹克男拿起桌上一张纸给我看，上面印着密密麻麻的英文、数字，我看向最后两行。

```
22：22  Bigmountain   L
22：23  Bigmountain     E
```

"很容易懂吧？L是离开，E是进入，而且十点二十分左右，正好是你们在电影公园会合的时间。"

遭受重击——如果这些资料无误，几乎可以确定大山的罪行。

"凶器呢？总不可能是拳头吧？"小皮继续提问。

"那个啊，也有证人。"夹克男指向另一人，他正在用手写板（Tablet）绘图——是负责VR物件模型的设计师，"那位仁兄做证说，从上礼拜开始，大山就请他帮忙设计铁锤、扳手等物件，提供给想开五金行的店家使用。"

"那只是凑巧吧？"

"但是他有凶器可以在VR里杀人，这是事实。"

"动机呢？他有什么理由杀害死者？"

"我们另一个小组已经掌握线索，从这条线索追查下去，应该很容易能查出动机。"

"什么线索？"

"就一个记者而言，你问的未免太多了吧！"夹克男似乎生气了，大声吼道，"而且消息封锁尚未解除，你是从哪里知道案件的？"

小皮被对方这么一凶，顿时噤口不语。

"和死者的怪癖有关吗？"我开口问。

根据我刚才在VR探听的结果，死者朱铭练似乎喜欢跟踪女孩子，以吓唬她们为乐。我将这项发现告诉夹克男，他露出理解的表情。

"关于他的跟踪癖，我们已经很清楚了，不过还不确定跟犯罪动机是否有关，会继续调查。"

我感到有些失落，好不容易得到的情报，竟是警方早已得知的资讯。

一位制服警员跑来，在夹克男耳边嘀咕几句，他立刻走向办公室门口。

"看来证物都已收齐，失陪了。"

"小队长……不，刑警先生！"我上前喊道。

"还有什么事？"

"大山他……接下来会怎么样？"

"如果侦讯结果没什么疑点，应该会遭到拘提，移送地检署吧！当然，'有没有疑点'不是我个人能认定的……"

"会那么顺利吗？"

"你知道吗？"他的脸浮现一抹苦笑，"我刚才说，我们'本来'没有证据，可以证明他使用过传送门，但是大山听完我的推理后，立刻叫工程师调资料过来。"

"什么！"

我大吃一惊，以凶手的角度而言，未免太冒失了。

"结果当然是令他百口莫辩，但他好像也不想辩解，当我询问凶器的事时，他立刻提起刚才说的物件模组，还帮我叫设计师过来做证。"

"慢着……这、这是在自首吗？"

"很像是吧？我问他为何要这么做，他说：'既然都被你发现了，我也不想隐瞒。'"

"以个人的角度，你真的认为他是凶手？"

夹克男收起脸上的苦笑，表情变得很严肃。

"刚开始怀疑大山时，我曾向上级请示，希望将我调离侦查

156

小组，因为我和嫌疑人是同学。"

"结果呢？"

"上面极力挽留，大概是看重我的专业能力吧！总之我最后留下来了。"

看着他坚定的脸庞，我大概知道他想说什么。

"关于你的问题，我可以明确地告诉你：以私人的交情而言，我完全不相信大山是凶手，但现在我是执法人员，在证据充分的情况下，只能依法处理，当然，如果有别的东西能证明他的清白，我也不会放过。"

"一个努力伪造不在场证明的凶手，会向警方提供证据吗？"

"那可以视为良心发现，况且他若是无辜的，我想不出他做伪证，将嫌疑揽上身的理由。"

我默然不语。夹克男转身离去，留下我和小皮在大山的座位旁。

我知道，刑警先生，我知道大山为什么这么做。

但是我说不出口。


以结果而言，今天真是糟透的一天，虽然是周五，心情却完全好不起来。

小皮离开后，我也无心工作，只好在座位上发呆，偶尔整理一些文件，然后草草下班。

晚上和妈妈共进晚餐时，我一直盯着电视，希望能在新闻节目看到VirtuaStreet命案的报道，如此一来就代表封锁解除，我也可以向妈妈一吐为快。但却事与愿违，完全没看见命案的相关消息，这种必须将情绪积在内心，类似便秘的感觉真的很糟。

案情有了新的进展，却不是值得高兴的事。

大山，你究竟在想什么？

事到如今，我还是不认为大山是凶手，除了缺乏明确动机外，在自己打造的乐园里杀人，这种亵渎梦想的行为，说什么我都无法相信。

他在 MirageSys 专案发表会的一席话，我仍记忆犹新。

——"为什么要制造一个'看起来真实、触摸起来真实、听起来真实'的世界呢？其实我的理念，是打造一个'第四购物空间'。我们都知道，人类社会的市集交易，一开始是位于地表，都市自从有了地铁，车站周边的'地下街'就随之兴起，然后在近代，有人想出用空中步道连接数栋高楼大厦，并将这些大厦共通的某层楼，串联成一条购物空间，'空中街'于焉形成。地表、地下、空中的购物空间都有了，商圈还能扩展到何处呢？我的构想，就是来自'虚拟实境'。"

——"在实际上不存在的地方进行商业行为，这想法似乎很疯狂，但放眼过去的科技文明，却一直在实行这种理念。两个人本来要面对面才能对话，电话发明后，'对话'的行为就能通过电子信号，利用电话线、电磁波等媒介进行。网际网络问世后，更多的虚拟交流形式诞生：要'讨论'可以利用网络论坛，要'买卖'可以通过电子商务……以上这些例子，足以支持我的构想。"

——"这个构想也得兼具便利性、真实性。以前有句手机广告词，叫'科技始终来自于人性'，我认为说得很对，纵观许多发明，都是从'人性'出发的。因此我的想法，这个'虚拟商圈'必须能让使用者即使不出远门也能购物——这就是便利性，也必须尽可能提供一般购物空间的所有功能——也就是真实性，另外，我不打算对它的客群进行限制，因此在压力测试时，希望找来的测试员能包含男女老少，各种身份都有，当然，我们会考虑到安全问题。"

虽然无法全然认同，但那种已不能用"滔滔不绝"来形容，而是灌注梦想下去说话的神情，令当时的我留下极度深刻的印象。即使他在发言时，台下不停窃窃私语，但演讲一结束，全场的人都起立鼓掌。

一个男人会为了杀害一个人，不惜玷污自己的梦想吗？

如果是，那一定是极深的恨意吧！

若他是无辜的呢？

夹克男说他想不出大山为何替凶手顶罪，对我而言，不论凶手是谁，那理由昭然若揭，因为关键的那句话，他今早才跟我说过。

"一周内如果确定是人为因素——也就是找出凶手，那开发计划仍会持续，否则，就会被认定是疏失造成的系统意外，主事者会被追究责任，计划也被迫中止。"

换言之，他想用自己的嫌疑，换取计划的持续进行，宁可使自己背负杀人重罪，也不愿让数年的苦心毁于一旦。

但是，可能吗——我在心中不停问自己。

若是人为因素，计划仍会持续，但前提是那"人为因素"来自外界的情况下，若肇事者本身就是开发团队的一员，大众会怎么想呢？计划还会继续下去吗？大山不可能没想到这点。

另外，为了达成梦想，真的足以牺牲自己吗？背负杀人罪就足以失去一切，既然如此，完成梦想又有何意义？

两种不停的思维在我脑中打转，我思考良久，终究无法推理出大山的想法。

我没有对警方说出口，因为是如此不确定，而且怕说出来，可能会使大山的苦心白费。

"购物频道那么好看吗？"

妈妈双眼圆睁，盯着我。我因这句话回了神，才发现自己转台转到一半，然后一直在发呆。

"没、没有啦！"

"小露最近怪怪的哦！"

"只是会稍微恍神。对了，妈，问你一个问题。"

"又要玩推理游戏吗？"

"不是。我问你，如果完成梦想就得背负一生的重罪，妈会不会选择去完成？"

"嗯……以前或许不会，但现在一定会。"

"真的吗？"我有点讶异，因为我一直以为妈妈是偏重理性的一方，"妈的梦想是什么？环游世界？"

"明知故问。"妈妈翘起嘴唇，似乎有点不悦，"一个靠微薄薪水过活、没结婚的中年妇女，还能牵挂什么啊？还能为了什么事，放弃尼泊尔的旅行啊？"

我恍然大悟，感到很不好意思。

这么说来，大山也和我提过"孩子"的事。

"大多数的人，都会把'孩子'当成自己的梦想吗？"

"与其这么说，还不如说人只要上了年纪，就会把'梦想'和'孩子'当成是一样的东西。结婚生子的人，孩子就是他们的梦想，没有的人，梦想就是他们的孩子。"

那晚妈妈说的这句话，一直在我耳边盘旋。

原来如此，所以对大山来说，VirtuaStreet 是他的梦想，同时也是他的"孩子"吗？

不对，我突然想起一件事——他有个女儿，现在应该长大成人了。

若是他女儿知道爸爸可能为了梦想，不惜成为杀人犯，会有什么想法呢？对大山而言，女儿和梦想，到底哪一个重要？

我在无尽的困惑中入眠。

然而当时的我还不知道，这个疑问的解答其实很简单。


周末完全没有放松的心情，只要案情一天不明朗，我就一天不能释怀。此外，一直没有相关的新闻报道出现，也是让我神经紧张的原因之一。

"我朋友说，禁令还没解除，八成是证据不足，检察官认为还不能起诉。"

周一上午，小皮透过电话告知我这项消息。

"已经羁押了吧？"

"嗯，在台北看守所，应该是没有禁见啦！"

我向小皮道谢后，挂断电话，走向研发办公室。

我仍然不相信大山是凶手。拯救大山的唯一希望，只剩提供证据的两位同事了。

我走向"胖仔"的座位。

"啥事？"他正在吃泡面。衣服袖口沾上一滴油渍，他毫不在意地抹去。

"我想问你，关于那天你给警方的证据……"

"哦，哦，那个啊……大姐，我知道你很喜欢大山，但可别打我哦！是大山自己要我调出来的。"

什么跟什么啊！谣言可以这样乱传的吗？

我压下怒气，努力使声调保持平静。

"我不是怪你，只是想问个技术性问题。"

"啥问题？"

"就是你给他们的'传送门进出资料'，那是可以事后修改的，对吧？"

胖仔露出疑惑的眼神。

我内心暗忖：可以吧？可以吧？这么一来，就存在修改记录，让大山背负嫌疑的可能。

"唔，不太可能哎……"

听见否定的回答，失望感顿时涌上，但我仍不死心。

"可是，大山之前给我的两台机器，不是可以通过各种界面，连接电脑进行修改吗？"

"那个是修改在机器里，可是我调出的是服务器的资料。"

"服务器的资料不能改吗？"

"大姐，别闹了啦！连大山都没有服务器的登入密码，只有我知道，而且每天都会换一次。"

"没办法偷偷得知密码？"

"嘘！"胖仔像是受到惊吓，示意我小声点，"这个不能乱讲，密码外流可是很严重的。"

我叹口气，防范得这么严密，这项证据应该可信吧！换句话说，大山那时的确使用了传送门，从⑪处跳跃至①处。

"情况不太乐观呢！"耳边出现熟悉的声音。

我转过头，又看见熟悉的褐色夹克，他向我点头致意。

"警方还有什么事要做吗？"

"确认一下证据的可信度，你刚才已经帮我做完一半了。"

夹克男拿出记事本，划了个圆圈，脸上浮现出复杂的表情。

"检察官也在怀疑吗？"

"正常人都会有疑问吧！前一天跟我若无其事地讨论案情，

第二天就突然说是自己干的，这中间的转变契机，怎么想都只有上头的那项决策。"

我有些吃惊，看来所有人都想到一样的事。

"所以检方也认为，大山承认犯罪是为了保住计划？"

"只是觉得有可能，毕竟太不合常理了。目前仍倾向于他是凶手。"

"大山什么都没说吗？"

"有，他笑着否认了，说自己纯粹是良心发现。"

夹克男摇头，似乎也不相信大山的说法。

我们走向另一个证人的座位。"高大师"的双手正在键盘上飞舞，虽然不是在画图，手写板的笔却挂在耳后。有时我会怀疑，他是否笔不离身。

"有什么事吗？"高大师抬起脸，厚镜片底下的双眼熠熠生辉。

"想确认一下那天的证词。那些铁锤、扳手等物件，真的是在命案当天上线的吗？"

"我很确定，因为我记得那天告诉大山，他还很惊讶，说我的动作怎么这么快。"

"咦？"

夹克男似乎和我一样，察觉他话中的关键。

"也就是说，你提前完成了工作？"

"没错，提前三天哦！"他露出得意的笑容。

夹克男低头沉思，我的脑袋也开始运转。

大山没有想到"凶器"会提前完成，这也意味着若他是凶手，他不会预测到自己会在那天动手。

那么，他前一天请我做数据系统测试，难道并不是准备杀害死者、制造不在场证明吗？或者是原本想先做演练，凑巧遇上凶器完成，于是在恨意驱使下决定提早犯案？

虽然这样也说得通，但与其如此解释，不如说大山利用凶器提前完成的事实，塑造对自己不利的证据，还比较合理些。

夹克男在记事本上打个问号，看来我们想法相同。

"你等一下有空吗？方不方便请假？"他开口问道。

"报备一声就好。有什么事？"

"要不要去一趟看守所？你应该有话想问他吧？如果是你，大山说不定愿意透露什么。"

我默然点头。尽管不想成为警方查案的媒介，但我还是想见他一面。

为了确认他对梦想的执着。


左右延伸的墙上方用带刺铁线围起，入口处有供汽车进出、附滑轮的铁拉门，目前开放让民众出入，拉门两侧各有两块烫金招牌，右上角那块写着"台湾台北看守所"。

所内到处可见松柏类的庭园造景，行政大楼上有"亲爱精诚"四个大字，像极了军队的营区。

我们走进接见登记室，领取号码牌，填写接见单，办事人员的态度相当亲切。等待过程中，我一直思考要说些什么。

广播终于叫到我的梯次，我看了夹克男一眼，他点头对我说："去吧！"

"刑警先生不一起来吗？"

"我如果在场，他大概什么都说不出来吧！"

我穿过数道铁门，来到中央隔着厚玻璃的接见室。不久，大山也在戒护人员的陪同下，现身在另一端。

我以为会看见他理平头的样子，但看上去除了服装外，仪容并没有多大改变。然而经过两天的煎熬，大山原有的娃娃脸长出一些黑斑，眼圈也越来越明显，显得苍老了许多。

两人拿起电话。我做了个深呼吸，准备开始这沉重的三十分钟。

"好久不见。"我先开口。

"周五才见过吧！"

"对当事人来说，周末就像是一个月那么久。"

为了不失控，我努力撑起僵硬的笑容。我本来打算一见到他，就要说出美国棒球史上的经典名句："Say it ain't so, Joe!"但怕他会回我："I'm afraid it is."那我可能会激动得哭出来。

"'孩子'的情况好吗？"大山问道。

"快要不好了，如果你继续这样下去。"

"我不太懂你的意思。"

"我的意思是，如果你不是凶手，出来认罪不会对VirtuaStreet比较好，你觉得大众会怎么看待我们？而且被判刑的话，就算计划能继续下去，你也不可能回去了。"

此时，我又看见大山的嘴角上扬。

开始了，这次是不能支开话题的战役，我得"完全胜利"，努力说服他才行。

"但你也不能否认这么做，有机会使VirtuaStreet得以延续吧？"

"所以你真的是因为……"

"我只是假设而已，凶手的确是我没错。"

"好，我们'假设'你不是凶手。我觉得最好的做法，不是帮真凶顶罪，而是找出真凶。"

"不见得哦！"

"为什么？"

"别忘了一周的期限。一周后如果没破案，还是会中止计划。"

"大山！你是那种还没尝试、就宣告放弃的人吗？"

"我们已经尝试过了。被害者死亡时间在八点以后，那时还在VR里的只有你和我，NPC没办法作案，所以结论很明显，不是吗？还是露华你想说自己是凶手呢？"

"我认为，至少应该坚持到底！"

"你不会懂的。对我而言，认罪才是最优解。"

"纵使计划得以延续，你的梦想有朝一日能完成，自己却变成杀人犯，这样值得吗？"

我真的快哭出来了，这家伙不只说一堆歪理，还冥顽不灵。

"梦想啊……"他叹了口气，声调变得很轻柔，"别哭了，刚才全都是假设，我的确是凶手。"

"你没理由杀害一个打工族。"我拭去眼角的泪珠，声音哽咽。

"我和他不是素未谋面，这是私人恩怨，你就别管了。"

"你也不是会为了私人恩怨，践踏梦想的人。"

"不，我做错了，所以必须赎罪。如果梦想能因此存活，那赎罪就有意义了。"

说谎，一派胡言！

我拿出口袋里的面巾纸，不停擦拭眼睛、鼻子四周，但悲伤的液体却不争气地一直流下来。大山手足无措地看着我，无奈的表情浮现脸庞。

许久，我才从情绪中平复。

"第一次看见你哭……让我想起自己的女儿。"大山说道。

女儿？

"我记得你提过，说女儿眼睛看不见，而且很晚才学会说话。"

"嗯，后来经过持续治疗，眼疾终于痊愈了。不过接下来的生活……"

"怎么了？"

"她的视力恢复了，我却因为忙于研究，很少回家看她。刚好这时有点钱，就聘请保姆照料她的生活起居，那个保姆好像不太喜欢小孩，只在固定时段到我家弄三餐、整理房子，完全不和女儿打照面。她几乎没有人陪，我们相处的时间越来越少，经常隔着电脑屏幕相望，我在研究室，她在六坪大的房间，孤独的一对父女互道晚安。"

"这样很不好吧……"

如果我的母亲从小丢下我，又有一个只能用可视电话见面的父亲，会变成什么样子呢？

"某一天，她终于在我面前哭泣，那是她第一次流泪。我当下也惊觉，自己是个多么糟糕的父亲，刚好那时学位已经到手，于是打算结束研究，带她回国，也让她和自己的妈妈见面。"

"你们还有联络？"

"虽然离婚了，偶尔还是会通信。"

"然后呢？你们复合了吗？"

"不，她好像对婚姻完全失去信心了。"

"你的女儿，现在还和你住在一起吗？"

"没有。"

大山突然露出复杂的表情，望向我身后的虚空。

"她现在住在离我很远的地方，也可以说，她住在离我很近的地方。"

什么啊，这是悖论吗？

"时间似乎到了。"

戒护人员出现在接见室。大山眯起眼睛，挤出一个深刻的笑容。

话题中止。我又失败了，从认识他到现在，没有一次败北像现在这么沮丧。

趁尚未挂上话筒，我赶紧问他最后一个问题。

"大山，对现在的你而言，梦想和女儿哪个重要？"

"女儿，就是我的梦想，同样地，梦想就是我的女儿。"

和妈妈说的话大同小异。可是，我还是不太明白。

如果大山被判刑，或许能保住计划，但女儿知道了不会难过吗？成就梦想，却牺牲父女的情义，这样怎能算是把"梦想"和"女儿"视为等价呢？

我不懂，真的不懂。

话筒传来切断的声音，大山的身影也随后消失，只剩下杵在原地的我。


"看来不是很顺利。"

可能是观察到我的表情，以及红肿的双眼，夹克男的语气相当平淡。

回到办公室后，我试图恢复工作的心情，却不时涌起一股悲从中来的情绪，为了不让同事担心，只好尽力压抑下来。

我打开标示 Task 的网络空间。里面的内容是我这周的预定工作，有来自上级的指派，也有一些同级的研发人员，会在这里请我帮忙。

目前只有一个项目，标题是"VirtuaStreet程式、资料备份"，委托人是Bigmountain。

日期是上周五，时间是上午十一点，看来是大山被带回警局前建立的。

内文只有简单的几个字"露华，麻烦你了。大山"，还有一个附加文件档案，档名是"程式、资料备份SOP"（标准作业程序，Standard Operating Procedure）。

我以前看过这个档案，内容是将VirtuaStreet的各项模组，从力反馈系统、视觉系统、数据系统、物件模组、场景模组、AI店员模组，到音效模组、交易系统等模组的备份步骤，全部条列式地写出来。由于VirtuaStreet组成元件复杂，SOP的内容也相当庞大，当时瞄过一次便不想再看了。

开启档案，文件显示第一页，熟悉的内容映入眼帘。

我感到疑惑。虽说为了保险起见，VirtuaStreet会定期进行备份，但这项工作却不是测试人员该做的，完全不是我的业务范围，没道理会指派给我。

会是大山弄错了吗？虽然觉得不太可能——毕竟内文提到我的名字，我还是拨了通电话给专门负责这项业务的工程师。

"噢，没错，我收到了要求这周备份的Task。"

"日期和时间是？"

"上周五，上午十一点五分。"

所以是大山发现指派错人，随后又更正啰？既然如此，为何不将错误的项目取消呢？

就在我困惑不已之际，"蜂窝"的门口突然出现一个气喘吁吁的男人身影。

"太好了，露华你在。"小皮望向我的座位，见我在场，兴奋地跑过来。

"什么事啊？"

这男人，已经跟柜台熟络到可以经常进出了吗？

"我找到了，大山的行凶动机。"

"是'顶罪'动机，还是'行凶'动机？如果是后者，我完全没兴趣。"

"总之你看一下嘛！那天警察不告诉我，我请朋友调来以前的档案，好不容易找到了。"

他从口袋里拿出一份剪报，我瞄了一下，是二〇〇八年的报道。

【本报讯】（记者洪〇〇）今日凌晨，台北市万华区汉中街派出所接获民众报案，指称该所前方七十米处有一女童尸体。警员闻讯前往现场，研判女童已遭勒毙，气绝身亡多时。报案者何彦山自称该女父亲，带女儿来西门町看午夜场电影，散场后进厕所小解，出来却不见其踪影，一番寻找才发现爱女陈尸该处。由于何某情绪悲痛莫名，警方询问现场另一目击者……

我的眼前，突然变成一片黑暗。

大山的女儿早就……

是这样吗？所以才说"梦想是我的女儿"吗？

"还不只如此。"

小皮的声音在耳边响起，感觉却好遥远。

"警方当时对这个案子做了调查，虽然锁定一位嫌犯，却因证据不足而获释。"小皮停顿片刻，像要发表什么大事似的，"那个嫌犯的名字，就是 VR 事件的被害者——朱铭练。"

# 第八章 女儿·乍见

我从睡梦中醒来，发现一切都变了样。

以往所谓的生活空间，完全是虚构的概念，只能借由脑海里的纸笔，帮我完成空间的构图。爸爸说我睡在床上，我就在白纸下方画上"床"，说右手边有个书桌，我就在右方画上"书桌"，至于"床""书桌"长什么样子，也完全是凭空想象。

由于没有四处走动，自然也无法凭"触觉"加深空间的印象，因此脑中的这个构图，经常缺乏真实感，甚至比那些故事书的内容还要模糊。

然而那天早上，"空间"却有了一百八十度转变，我对身边事物的了解突然变得很清晰，如果说我仍然是个大皮球，那么这个大皮球又开了一个洞，比起上次名为"嘴巴"的洞似乎更厉害。外界的资讯一股脑涌入这个洞，直接传达至我的大脑，这比通过爸爸叙述、用画笔建构的世界更为具体，而那个洞的名字，就叫作"眼睛"。

我可以用眼睛"看"了——当下我就意识到这点。

爸爸之前并没有明白地说，我的"视觉"会在哪天恢复，突然降临的转变让我手足无措。资讯不断冲击大脑，我一边承受着冲击，一边思考如何解读。

我试图关闭那个洞，回到过去靠听觉体验环境的方式。

耳边一片寂静。我这才发现比起眼睛，耳朵能接收的资讯少得可怜。

周遭并不存在爸爸的声音，爸爸不在这里。

虽然爸爸早就告诉我，会不在我身边，我还是感到彷徨无助。突然要我切换到"视觉"的世界，完全无法融入，而平日得以沟通、仰赖的爸爸，却无法适时引导我。

只能等待爸爸出现吗？

为了不被无助感击垮，我调整情绪，动了动身体。

我发现一件事情。

视野中的景物发生变化了，而且是随着我的行动改变。当我的头向右转，画面就会往左偏移，向上抬起时，画面就会下沉。

我感到相当震惊。在此之前，我一直以为"上、下、左、右、前、后"的概念是绝对的，当知道移动身体会改变物体的方位时，脑中的构图全乱了，除非固定在一开始的位置，否则眼中看到的景物配置，一定和原本构图不同。

这么说来，得先回到"原点"才行——然而，因为自己刚才的频繁碎动，已经回不去了。

一阵绝望感袭来。

突然，一段原本不存在的听觉资讯，闯入我的耳里。

嘟噜噜噜噜噜——

咦？

嘟噜噜噜噜噜——嘟噜噜噜噜噜——

这是什么声音？虽然不深刻，但我的确有印象，并不是直接听过，而是爸爸曾经描述过。

啊，电话！

我环顾四周。如果我的听觉判断没有错，那股声音应该是来自眼前一个物体，那就是电话吗？电话也在爱迪生的故事里出现过，通过它，距离遥远的两个人就能对话，爸爸也提到在我复原后，他会借由"可视电话"和我见面。

那个声音，是来自爸爸的信号。

然而当下，我完全不知道该怎么做，即使明白那就是电话音讯，操作的方法却一概不知。或许是因为刚通过双眼认识世界，有些胆怯的缘故，我连接近电话的勇气都没有。

那声音重复六次，伴随一声短促的声响宣告停止。

咔嚓——

然后，视觉和听觉资讯又有了改变。

电话的旁边有另一个东西，原本表面一片黑暗，此时却突然产生变化，接着出现一阵熟悉的声音，是我殷殷期盼的声音。

"小艾莉，早安。"

"爸爸！"

电话旁的那个东西，有影像在上面动着。

听见爸爸的声音，我立刻感到如释重负，迫不及待和爸爸说话。

"爸爸，那个响个不停的东西就是电话吗？"

"对呀！爸爸就知道你不会接电话，所以设定成自动接听。以后小艾莉可以不用等声音响完，直接把那个长形的东西拿起来，爸爸就会出现了哦！"

"艾莉以后一定马上接！"

"呵呵，眼睛看得见的感觉如何？"

"好高兴！可是……有点害怕。"

"因为和想象不太一样吧！不过不用怕，房间里有什么东西，爸爸会一个个告诉你。"

"太好了！"

"首先，你眼前的这个东西，就是电脑屏幕，屏幕里是爸爸的脸。"

原来这就是人脸的样子。

每当爸爸说话，画面就会有一小块区域明显动作，所以那块区域是"嘴巴"啰？而嘴巴的上面，就是"鼻子"，鼻子上面是眼睛，至于人脸的两侧，就是耳朵。

这么说来，我的长相也是如此吗？

"艾莉，也想看看自己的脸。"

"右手边那个高大的东西是衣橱，你把衣橱拉开，可以看到一面镜子。"

听见爸爸的指示，我愣了一下。拉？过去我几乎没动过身体，知道怎么"拉"吗？我盯着自己的双手——两边各有五根细长的东西从一处延伸，应该是"手指"吧！共计十根手指，要如何用它们把衣橱拉开呢？

然而，大脑虽感到迷惑，身体却不由自主动了起来，只见我右边的五根手指伸向前，缓缓包覆着衣橱上一块凸起物，然后带着那块凸起朝自己这边移动。才不过一瞬间，衣橱右半边就"打开"了。

我觉得好高兴，看来我的四肢完全不用操心，比我的大脑还聪明。

"看见了吗？那个发亮的东西就是镜子。"

我凑上前，仔细观察自己的脸。虽然和爸爸的脸一样，有着眼睛、鼻子、嘴巴、耳朵的分布，许多细微的部分却不尽相同，整体感觉也有差异。

特别是右眼的下方，有一块区域颜色明显不同。

我用手触摸那个地方，镜子里的我也做了相同动作。

"那个是胎记，爸爸很喜欢小艾莉的胎记，因为形状像蝴蝶，很漂亮。"

我没看过蝴蝶，只能借由脸上的这个特征，想象蝴蝶的样子。

"小艾莉刚醒来的时候，身体下方的那个东西是'床'；放着电脑和电话的东西，就是'书桌'；面对着电脑，右手边是'衣橱'，左手边则是'书柜'；书柜的对面，有个像衣橱一样可以拉开的东西，就是房间的'门'……"

爸爸不厌其烦地说明房间的摆设。对我而言，能将所见的事物与熟悉的名词联系起来，比见到东西本身更令人兴奋。

我的身体像是脱缰野马，爸爸每介绍一样东西，我都会立刻跑上前摸摸看——一开始用手指轻触，最后整只手掌贴上去抚摸——完全摆脱睁开眼睛时对周遭的恐惧。这种实际看见、实际摸到的感觉，是以往从未体验过的。

欠缺的真实感回来了，仅仅数小时，却能让我对一切豁然开朗，这都是爸爸的功劳。

"屏幕的后方是一扇窗，打开窗户，可以看到外面的景色哦！"

"爸爸，艾莉觉得好有趣！想到外面去看看，认识更多东西。"

"好啊，不过现在不行。"

"为什么？"

"因为小艾莉身体不好，得乖乖待在房间里，否则会生病。"

我感到有些失望，方才的热情也减退许多，不过如果爸爸是为了我好，这也是没办法的事。

"艾莉会乖乖的，不会踏出房间一步。"

"要乖哦！否则爸爸会惩罚你，敲你的头。"

"爸爸敲不到，因为爸爸不在这里。"

"哈哈，我会立刻从研究所回家，敲了小艾莉的头再回去。"爸爸说这些话时，嘴张得很大，双眼也眯起来，变成一条细缝。

啊，这就是"笑容"吧！好久没听见爸爸的笑声了。


根据爸爸的说法，我每天必须休息三次，睡着时，会有人送饭进来给我吃。

每当我一醒来，就会看见放在门口的餐盘，一些不知道是什么的东西摆在上面，爸爸说那是食物。

我一直很好奇，送饭进来的"保姆"会是什么样子，起初怀疑会不会是爸爸，但又觉得不太可能，爸爸都那么忙了，怎么会定期帮我送食物。

我想偷偷观察那个神秘的保姆。于是某天晚上我闭上眼睛，试图让自己不要睡着，打算四周一有动静就睁开眼偷看，可是过了好久都没听见任何声音，最后我还是睡着了，第二天一醒来，又看见装满食物的餐盘。

于是我下定决心，下个时段一定不要睡觉，好好观察这个送饭来的人。结果一分钟、一小时、一个上午过去了，我撑起沉重的眼皮，忍着饥饿的肚子，满心期待保姆的到来，可是那个人终究没有出现，我的肚子咕咕叫着，终究还是无法对抗身体的疲倦，进入梦乡。当然，醒来时又看到满满的食物。

保姆似乎不只是送饭而已。书桌的角落有个垃圾桶，爸爸说不要的东西就丢在那里，每当垃圾堆积到一定的数量，就会被清理得干干净净。另外，衣橱里的衣服也总是非常整齐，没什么脏污。

我想起爸爸说的《长腿叔叔》故事，比起女主角，我连那个人是高、矮、胖、瘦都不知道。

我问爸爸，那个人是不是就是"妈妈"？爸爸说不是，那个人只是"保姆"，真正的妈妈不只会照顾我，还会像爸爸一样，常和我说话，排遣我的寂寞，也会为我的事操心，保姆只是拿了爸爸的钱，做好该做的工作而已。我听完后，顿时对保姆的身份失去兴趣。

即使有保姆打理，我还是必须学会基本的生活技能，而教导我这些的，当然还是爸爸。

我后来发现，原来房间里的"门"有两个，书柜对面的门就是通往房间外，那扇我不能打开的门；另一扇门位于衣橱和床之间，推开后，可以看见厕所和浴室。

"右手横握牙刷。好了吗？然后把牙膏挤在刷毛上，刷毛抵着牙齿，上下振动。"

隔着那道门，虽然爸爸看不见我，但声音依然清晰，我听着爸爸指示，一步步学会那些技能，有不会的地方就开口询问。

"洗发精，是那个架子上第二格的东西吗？"

这种隔着门看不见彼此，一问一答的教学，让我有回到过去的错觉。不过只要不是在浴室里，爸爸就可以当面教我，纠正我该怎么做，我学会了自己刷牙、洗脸、洗澡、如厕、换衣服、用筷子吃饭，一想到以前这些都不是自己动手，就真正体会到爸爸的辛劳，现在恢复视力，四肢行动自如，我不能再麻烦别人了。

我逐渐习惯斗室里的一切，这个六坪大的小房间，就是我的世界。日常必需品、复杂事项都由保姆打理，即使爸爸不在身边，我也能生活无虞。

"小艾莉，今天有没有乖乖刷牙、洗脸啊？"

"有！"

"要乖哦！否则爸爸就会回去……"

"敲艾莉的头。"

"呵呵，看来小艾莉长大了。"

"嗯，因为爸爸很辛苦，艾莉要快点长大，以后才能帮爸爸的忙。"

每当我说出类似的话语，爸爸都会垂下双眼，凝视着我，然后过了几秒，又会听到像是被液体塞住的呼吸声，爸爸的眼角偶尔也会有水流出来。我知道爸爸又在"呜咽"了，但我知道他其实很高兴，因为嘴角是上扬的。

看着屏幕里爸爸的笑脸，会感到内心似乎被什么给填满，一种难以言喻的情绪。

好想摸摸看爸爸的脸。

我曾经面对镜子摸过自己的脸，因此知道触感如何。脸上有许多感官，其中鼻子向前凸起，眼窝朝内侧深陷，凹凸轮廓构成的脸部线条，我已经用双手确认了好几次。

但是爸爸不一样——他的脸一直都很平坦。

隔着可视电话，爸爸只能出现在屏幕上，但是就算爸爸出现，屏幕也不具备脸部感官的高低起伏，仍旧是往常的一片平坦，不管怎么摸都一样。

这是当然的吧！爸爸本来就不在这里，怎么可能摸到他的脸。

爸爸太忙了没办法回来，那么我去找他好了——每次想到这里，我就会觉得很对不起爸爸，他明明告诫我不能出去的，于是立刻把这个念头抛在脑后。

学会的事物越来越多，爸爸能教我的东西也越来越少，渐渐地，我们又回到纯粹闲聊的模式。

"小艾莉，爸爸研究室里来了一位新成员哦！"

"真的？长什么样子？"

"是个黑人，头发卷卷的，说话很有精神，可是生气起来很可怕。同事里有人不小心称呼他Nigger，就被他揪住衣领，大呼小叫。"

"尼格？"

"那是英文的'黑鬼'，是非常不尊敬的称呼。"

当时对语言文化没什么概念的我，自然不懂爸爸的意思，可是仍然觉得很新奇。

我会对爸爸说今天做的事，虽然对我而言，那些重复的次数多到乏味，但他每次都会聚精会神聆听，生怕错过什么似的。爸爸也会告诉我许多事情，多半是研究所发生的趣事，偶尔会提到一些同事、朋友，这时我会意识到自己生存的世界里，不是只有我、爸爸和一位神秘的保姆，还有其他人也一样活着。

好想认识他们。

"爸爸，那位新成员，可不可以让艾莉看看？"

"啊？"

爸爸的眉头皱了起来，是我以前没见过的表情，但我很清楚，他又"迟疑"了。我感到不安，生怕自己又说错话。

"可以啊！不过现在不行，因为他不会说中文，爸爸得找时间教他几句。"

"中文和英文，不一样吗？"

"不一样，小艾莉说的是中文，那个黑人只会说英文。"

"那爸爸教艾莉英文！"

"哈哈，学英文要花很久的时间，而且爸爸英文也没有很好，还是爸爸先教他几句中文吧！不过他也很忙，要等他有空。"

"一言为定哦！"

可是过了好久，爸爸一直没有提起这件事，我想一定是太忙了。

于是我想，既然黑人叔叔没时间学中文，那还是让我学英文好了。可是要怎么学习呢？爸爸说，他的英文也不是很好，没办法教我。

我躺在床上，翻来覆去想了很久，完全没有头绪，决定还是开口问爸爸。

"爸爸，艾莉想学更多的东西。"

"这样啊……让爸爸想想。"

我很清楚，随着我逐渐长大，爸爸能教我的事物也越来越少，而且他的工作越来越多，无法再像过去一样时常和我说话，我必须靠其他的方式学习，但是目前唯一的途径，就只有爸爸。

对于这点，爸爸想必也很苦恼吧！


"小艾莉，爸爸想到方法了。你可以看书！"

某天我接起爸爸的电话，他的脸一出现，就迫不及待对我这么说。

"看书？"

爸爸说，他以前对我说的那些童话、科学知识、人物传记等，都不是他脑中的想法，而是透过书本，将内容一字一句念给我听，如果我也学会看书，就可以自己获取那些新事物，但是事情没那么简单，因为语言除了对话之外，还有"文字"。文字是印在书本上的东西，许多知识都是透过文字传达的，如果没办法了解文字，就无法看书。

"小艾莉，你可以去书柜拿一本书，然后翻开看看。"

我走到书柜旁。以前对于里面的书，我完全不知道是什么东西，也不敢乱动。

"啊，这样好了，你看一下书柜第二排，从左边数来第三本书。"

我依照爸爸的指示，取下一本硬皮书，上面有一些我看不懂的记号，有些记号比较大，看起来比较显眼，有些则比较小。这些记号的大小，似乎也代表它们的重要性。

"上面那些东西就是文字，你在看的这个地方，称作书的'封面'。"

原来这就是记载知识的东西，看起来真的很复杂。我将书翻开，里面也排满了密密麻麻的文字，但不像封面一样有大有小，偶尔会出现几个比较大的字，但几乎都一样大。然而仔细一看，就知道上面的每个文字都长得不一样，种类非常多。

我突然有种错觉，好像面前有一道厚实的墙壁，而我正打算穿越它。

"这些文字都要了解吗？"

"没错。小艾莉这么聪明，一定很快就能学会。"

"艾莉不知道怎么学，爸爸教我。"

"当然啰！你先看一下封面。"

我将书本合上，端详着刚才看过的地方，封面有一个人物图像，双手交握，眼睛炯炯有神地瞄向一旁，眉毛很粗，头发有点少。

"那个人就是爱迪生。"

"哇！"

从小到大一直都很崇拜的人，原来长相是这个样子。

"小艾莉有看到封面上最大的四个字吧？来，跟爸爸念一遍。爱、迪、生、传。"

"ㄞ ㄉㄧ ㄕㄥ ㄓㄨㄢ？"

"'爱迪生传'四个字就是这么写。中文是使用意音文字，每个字都有一个以上的读音，因为小艾莉已经会说中文了，所以只要知道一句话怎么念，就可以把每个字的发音，一个一个配对起来。"

我反复念着"爱迪生传"，试图将这四个字的图像烙印在脑海。

"接下来，有没有看到下面有一排小字？数数看，有几个字？"

"二十二个！"

"其实是二十一个，中间有一个带着尾巴的小黑点吧？那是'逗号'，是中文的一种'标点符号'，标点符号没有读音，朗读时也不用念出来，但有些需要停顿一下，例如：'逗号'和'句号'。"

的确，我和爸爸在交谈时，也不可能一口气将话说完，必须停下来休息，原来这样的停顿，在文字里可以用符号表示。

"那排小字的意思，就是爱迪生说过的名言。"

"'天才是百分之一的灵感，加上百分之九十九的努力'？"

"没错，小艾莉记性真好。"

我细数这句话的音节，发现真的有二十一个，那排文字里有些字长得一模一样，因此读音也相同，而且停顿的地方，刚好是"逗号"出现的位置。

我感到兴奋极了，原来语言和文字就是这么回事。

"爸爸，艾莉完全懂了！"

"真是聪明，不愧是爸爸的女儿，这么一来只要学的字够多，就可以读书了。不过小艾莉应该已经忘记《爱迪生传》详细内容了吧！爸爸这里也有一本，改天再念给你听。"

"爸爸，不用这么麻烦，虽然这本不记得，但是爸爸很久以前念的童话故事，我都背下来了。"

"真的吗？"

爸爸双眼圆睁，露出难以置信的样子。其实我也不知道自己为什么记性那么好，幼儿时期发生的种种，爸爸念的那些东西，仍旧记忆犹新。我第一个听的童话故事《人鱼公主》甚至已经成为大脑的一部分，一字不漏地刻在记忆区里。

"嗯，所以爸爸还是努力工作吧！艾莉会自己学习。"

"呜……小艾莉，你真的长大了……"

爸爸又哭了。爸爸真是爱哭，但他每次哭的时候都很高兴，虽然脸会变得比较不好看，但我很喜欢这个时候的爸爸。

我问爸爸童话书都放在哪里，他将每个故事在书柜的位置一一告诉我，然后我们互道晚安。

隔天我立刻将那些书搬到床上，打算仔细阅读。

"十、五、岁、生、日、那、天、人、鱼、公、主、浮、出、水、面……"

我看着《人鱼公主》封面上的小字，逐字念过去，发现标点之间的字数刚好符合，心想应该没错，的确是爸爸念给我听的大纲，于是开始记下每个字的写法，整段念完，我已经学会超过五十个字了。

于是我开心地翻开书本，逐字背诵整个故事，结果非常顺利，故事念完后，已有上百个字的写法进入我的脑海，可是我想学更多字，就打开下一本《青蛙王子》，同样是一帆风顺。

童话书和其他书籍不同，经常附有插图，虽然字数很少，但因为必须边读边记字，我还是花了一周的时间，才将所有的童话读完，而那些字的用法也驾轻就熟，我发现中文用最多的字是"的"，通常每二十个字就会出现一次。有些字也不止一个读音，例如"威廉泰尔一箭射中标的"，这里"的"就读成ㄉ一，爸爸说，那叫作破音字。

我认为自己已经有能力看懂一般的书，于是怀着期待的心情，打开那本很喜欢，但印象已经模糊的《爱迪生传》。

"公元一八四七年二月十一日，汤玛士·艾尔瓦·爱迪生出生在美国俄亥俄州，一个叫米兰的小市镇。"

有些字没见过，但凭着不甚清楚的记忆，仍可以大致拼凑出整段话，但是接下来的内容就没那么顺畅，阅读过程中，看不懂的字接连出现，我只好先记下来，之后再询问爸爸。

爸爸知道我已经在阅读《爱迪生传》，非常吃惊，经过他的耐心指导，我花了六天的时间读完了这本书。

在往后的岁月里，除了和爸爸的对话时光，我几乎都在读书，速度也从一开始的五天一本、三天一本，进展到一天一本，甚至在时间充裕时，可以一天阅读两三本书。我发现书柜里的书会经常替换，才不过一转眼，那些童话书已经找不到了，我想，应该是爸爸拜托保姆，请她定期更换书籍吧！

爸爸因为太过忙碌，陪伴我的时间越来越少，在这段时间，书就是我的朋友。

书的种类琳琅满目，除了听爸爸念过的儿童百科、人物传记、少年文学之外，还有些比较复杂的书，不过我最喜欢的还是人物传记，因为通过这类书籍，可以直接认识一个人，进而认识全世界，自从爸爸谈论起黑人叔叔以后，这就成了我最大的愿望。

除了爱迪生之外，书中还有另一位令我印象深刻的人，就是海伦·凯勒。

我认为她的境遇和我很像，但是更为严重。因为她罹患急性脑炎，连听觉也失去了，要学习说话很困难，直到遇见苏利文老师，才借由点字和唇语学会语言，后来甚至考进剑桥女子学校（The Cambridge School for Young Ladies）就读。这么多年来，苏利文老师一直在她身边。

读完她的故事，我也好想去学校，因为我发现不是所有的"老师"都像爱迪生的老师一样，苏利文老师就是很伟大的人。早期，爸爸就是我的苏利文老师，但是他太忙了，我希望至少能像一般的学生那样去学校上学，和同学们谈论日常生活的事，虽然书本的内容很丰富，但我无法就此满足。

同时我也通过书本发现，外面的世界有多么不一样，起初，我以为那是编故事的人虚构的，后来发现很多人都这么写。面对一成不变的房间，向外界探索的渴望日益加深，虽然不知道自己生的是什么病，希望痊愈的心情却一天比一天强烈。

爸爸，什么时候才会让我出去？

想摸摸爸爸的脸，想摸摸黑人叔叔，想去学校认识更多的人，想到不同的国家去看看……

想离开这个房间。

这个念头，以往一直被我打压着，并不是怕爸爸回来敲我的头，而是怕给他造成困扰，我喜欢看爸爸高兴的脸，如果他嘴角下沉，我也会很难过。但是并不代表这个念头就此消除，它反而越长越大，变成一头凶恶的野兽，很担心自己总有一天会被它吞噬。

透过屏幕后方的窗户，只能见到一样的景色，而那扇通往外界的门，也一直没有打开。

笼中鸟。

我是被坏巫婆囚禁的长发姑娘吗？

某天中午，爸爸的可视电话又响起来。

我感到很意外，因为那阵子爸爸的工作经常忙到晚上，只在睡前的一小时打电话给我，其他时间我只好看书。一小时无法说太多话，我向爸爸请教一些书上不了解的地方，等他回答完毕，已经可以互道晚安了。

爸爸应该找我有事吧，才会在这时打过来。我立刻接起电话。

"小艾莉，午安。"

"爸爸午安，今天怎么这么早？"

"跟你说一件事哦！你还记得爸爸提过，有一个黑人同事吗？"

"啊，黑人叔叔！"

"对，他说等一下想看看你，可以吗？"

我倒吸一口气。这太突然了，虽然一直放在心上，但我以为爸爸早已忘记这件事，况且自己任何准备都没有，真的面对面时，说不定会手足无措。

"可是，艾莉还不会说英文。"

186

"无所谓，他已经会几句简单的中文了。"

"艾莉好紧张，没和其他的人说过话。"

"你就当作对方是爸爸就好。对了，他的姓是 Stanley，中文是史丹利。"

"是那个到非洲探险、寻找李文斯顿的人吗？"

"当然不是，那个是白人。要见他吗？"

我忐忑不安地点头，爸爸带着满意的笑容离开屏幕，过了一会儿，史丹利叔叔和爸爸一起现身。他比爸爸高出一个头，体格也粗壮许多，下巴长满络腮胡，一头鬈发，肤色的确很黑。

"Hello, Alice！匿豪，窝使史丹利——"

我恭敬地鞠了个躬。虽然他的中文发音有点奇怪，但大致听得出来，不过他称呼我 Alice，是指梦游仙境的爱丽丝吗？

"你、你好，史丹利叔叔，我、我不是爱丽丝。"

"Oh！匿角射磨名字？"

"我的名字是何艾莉。史丹利叔叔，你为什么那么黑？"

"Urhh...What did she say？"

他露出苦笑，转头对爸爸说了句我听不懂的话。

"She's just interested in your color."

"Interested in mine？It's amazing！"

两人一来一往地说着。这就是英文吗？发音和中文差异真大。

史丹利叔叔哈哈大笑，然后面向我，一直盯着我看。

有时我也会翻阅影视杂志，我觉得史丹利叔叔的脸，很像一位叫马汀·劳伦斯的老牌演员，虽然马汀看起来年纪比较大，但年轻时一定像叔叔这样子。

叔叔笑的时候，会露出整排洁白的牙齿，非常迷人。我也好想摸叔叔的脸。

我将手掌贴在屏幕上——虽然知道这样没用。

"What's she doing?"

"Hmm... I think she wants to touch you."

"Wow! Unbelievable!"

史丹利叔叔睁大眼睛，嘴也张得好大，仿佛下巴快掉下来了，我觉得他的表情好有趣，虽然无法理解他说的话，但如果能和他沟通自如，一定是很棒的事。

决定了，我要去学校，学好英文。

"宰见，Alice，痕高兴忍施匿——"

叔叔向我挥手，消失在屏幕前，我觉得好兴奋，那种认识新朋友的感觉，比吸收知识还要快乐。

"如何，史丹利很亲切吧？除非你叫他Nigger，否则他对人都很和善。"

"嗯！叔叔很有趣，艾莉想经常和叔叔说话。"

"呵呵，那得等你学好英文才行。"

"爸爸没时间教我，对吧？那艾莉想去学校！"

"这……"爸爸的眉头瞬间紧锁，"小艾莉，你忘记了吗？爸爸会……"

我察觉自己的失言，刚才太过得意忘形，一不小心就把心底的愿望说了出来。

可是，我也好想告诉爸爸这个愿望，我不想一直待在这里，想认识更多的人，想走到自己想去的地方。

"就算爸爸敲我的头也没关系，就算艾莉病情恶化也没关系，我只想出去！爸爸，我不想再待在这个房间了。书上都有写，外面有好多迷人的地方，也有好多像叔叔一样有趣的人，可是我只能待在这里！"

"小艾莉，你……"

"艾莉不是笼中鸟！艾莉也想摸摸爸爸的脸，而不是平坦的屏幕！"

爸爸眼角下垂了，嘴角也是。我觉得自己好自私，只因为想离开房间，就惹爸爸不高兴，可是嘴巴一直停不下来，最后只是在发泄情绪，对爸爸吼叫，比爸爸说要离开我身边时还要严重。

"小艾莉，听爸爸说，你出不去的……"

"我不信，艾莉偏要出去！"

我打开窗户，外面还是一样的景色，我想将手探出，却发现窗口设有铁栏杆，我抓住栏杆拼命摇晃，只听见"咔嗒咔嗒"的声响，栏杆却纹丝不动。我走到书柜对面的门前，门把无法转动，不管是推或拉都没有动静，我大力敲门，门发出的咚咚声大得吓人，我毫不在意，边敲边怒吼着。

"让艾莉出去！让艾莉出去！让艾莉出去！"

我拉高音量，希望保姆能刚好听见，却徒劳无功。不停敲门的手好痛，不到一分钟我就放弃了，我跪坐在地上，终于忍不住悲伤的情绪，眼睛两旁流出熟悉的液体。

"呜呜呜呜哇哇哇哇——让艾莉出去嘛！"

以前，就算我再难过也不会哭泣，因为我知道不能让爸爸操心，可是今天却在他面前崩溃。爸爸也哭了，这次他一点都不高兴，五官全挤在一起，脸变得非常难看，我想自己应该也是吧！

爸爸，对不起，可是我也不知道该怎么办。

我们两人各自哭着，不发一语。过了好久，爸爸才对我说话。

"小艾莉，你听爸爸说，再等一下……再等一下就可以了。"

"为什么？"

"因为……医生说小艾莉快康复了，只要到了那时，爸爸就会打开那扇门。"

"要等多久？"

"爸爸也不知道……可是小艾莉要相信爸爸，爸爸骗过你吗？"

"没有。"

爸爸说得对。爸爸说要让我发声，不久我就学会了说话；爸爸说要让我恢复视力，不久我就能看见东西；爸爸也让我见到了史丹利叔叔，虽然隔了很久，但他毕竟没有忘记。

和爸爸对我的耐心比起来，自己真的太任性了。

"对不起，爸爸，艾莉会等，会一直等下去。"

"小艾莉……"

"爸爸一定要加油！艾莉会忍耐的，绝对、绝对不再让爸爸操心！"

"谢谢……你是爸爸最骄傲的女儿。"

爸爸终于笑了，虽然眼角还有泪水，但这才是我最喜欢的爸爸。


自从那天之后，又过了多久呢？

我不太清楚，因为处在一个不变的环境里，过着千年如一日的生活，很容易失去对日期的概念。

爸爸越来越忙，每天和我见面的时间也越来越少，最后终于变成两三天一次。我只好和书籍继续做伴，每天等着爸爸，如果电话一整天没响，我会压抑即将哭泣的心，准备用笑脸期待明天的爸爸，若明天没有，还有后天、大后天，我都可以等。

因为我知道，爸爸终究不会让我失望。

我一直谨记父女之间的约定。皇天不负苦心人，下一次的"命运之日"终于悄悄到来。

"小艾莉，你这周先准备一下东西。"

"准备？准备什么？"

"嗯……听好，医生说小艾莉下礼拜就可以出门了，爸爸会回去开门。"

"所以我可以'真正'和爸爸见面了？要去哪里？"

"台湾。爸爸会带你到西门町逛街、看电影，顺便看看外面的人。"

"哇！是要出国吗？"

旅游杂志上，经常会介绍台湾的风土景色，印象中"西门町"是很热闹的地方，除了可以见到许多人，我也想知道"电影"是什么样子，读着影视杂志上天花乱坠的介绍，我早就想见识看看了。

"但是，小艾莉得答应爸爸一件事。"

"什么事？"

"不能到处乱跑，西门町人很多，一定要紧跟着爸爸，就算爸爸暂时离开，也要在原地乖乖等着，否则很容易被坏人抓走。"

"好。"脑中完全被兴奋之情填满，我漫不经心地应着。

第三部　*Whydunit* —————

## 第九章　而立之年·悸动

我将剪报还给小皮："这样几乎确定了呢！"

"噢，是啊！"

小皮没察觉我内心的震惊，自顾自地发表意见。

"这是很典型的复仇案例嘛！大山女儿被姓朱的杀害，但是司法没有给他公道，他一直怀恨在心。"

她现在住在离我很远的地方，也可以说，她住在离我很近的地方。

很远的地方是指"天国"，很近的地方，是指——

活在心中……吗？

女儿已死，唯一的牵挂就只剩自己的梦想，所以才说"梦想是他的女儿"。

"不过为什么拖了十二年才动手呢？啊，会不会是本来已经失去联系，突然在测试人员名单看到这个人，旧恨一涌而上，开始实行杀人计划……"

难怪在看守所会跟我提女儿的事，说什么眼疾痊愈、自己是个糟糕的父亲……

他是在暗示我，他对夺去女儿性命的死者，恨意有多么重吗？

"地点选在虚拟实境的理由，应该是只能在那里和他碰面吧！"

为了女儿，大山的确有理由杀害那个人，但和他搭上线的唯一手段只有 VirtuaStreet，因此不得不在 VR 世界里行凶。然而事后发现，自己制造的不在场证明会让开发计划中止，刚好手法又被夹克男揭发，才不得不自首，希望能保住自己的梦想。

不可能的！大山不是这种思虑不周的人！

联系死者的方法多得是。他策划时不可能没考虑到，选在 VR 里行凶会对梦想造成多大的毁灭，就算这样好了，也不会因为部属提早完成"凶器"就贸然当天动手，说什么他的理智被恨意给蒙蔽，我完全不相信！

"可是这么说来，他一定很爱女儿吧！为了报女儿的仇，不惜牺牲 VirtuaStreet 的开发。嗯，也不见得啦，毕竟他一开始制造了不在场证明嘛！如果没被揭穿，说不定有机会。"

制造不在场证明，利用我……

"乱讲！你不要再乱讲了！大山才没那么自私，他要作案也不会拖人下水！"我大吼出声。

"呃……"

小皮被我忘情的吼叫给惊吓，怔在原地不动。办公室鸦雀无声，有几个同事望着我们这里。

我立刻察觉自己的失态，环顾四周，向大家道歉。

"对、对不起……"

"露华，刚刚说的只是推测。"小皮双手抱胸，叹了口气，"不如我们到外面去讲吧？"

"好吧！"

虽然不敢保证会不会再度发作，至少可以暂时冷静。

我和小皮离开"蜂窝"，走出"小白屋"，到附近的咖啡店坐下。

我告诉小皮一些他不知道的资讯，包括政府那边"人为因素就继续，疏失意外就中止"的决策，上午的两项证据确认，以及中午在看守所和大山见面的事。他在聆听的时候，从上衣内袋拿出久违的记事本，打开其中一页——上面写了很多字，他又在中间加了几笔。

"我知道你很想证明大山是无辜的……不过先来看看检警可能的推测吧！我大致整理好了，你想想有没有什么可以推翻的地方。"

小皮将记事本正面朝向我。我探头观看，虽然写得很密，字迹却非常工整。

VirtuaStreet 命案　检警推测

凶手：何彦山（开发团队经理）

动机：

死者朱铭练于二〇〇八年涉嫌杀害何某女儿，后无罪获释，何某因此怀恨在心。十二年后，何某于公司招募之临时测试人员名单中，发现朱某姓名，经联络后确定为杀害女儿之凶嫌，遂起意行凶。

过程：

何某于案发前几天，请团队人员开发"凶器"，并着手伪造不在场证明。案发当天并非预定行凶日，何某早上交予测试人员颜露华两台数据系统机器，命其进行测试，目的是针对更改数据资料的诡计进行演练。然而"凶器"提早完成，促使何某决定当日行凶。

何某立即联络朱某，诡称有事商谈，希望能在 VR 里见面，并指定时间（22：20左右）、地点（案发现场附近），然后在接近二十一点时，通过网线，修改数据系统资料成功。

此时颜某因为打瞌睡，未发现系统状态有异，没接到通知的何某遂前往颜某办公室，两人一同目睹信号灯由绿变红。因为新旧系统的特性，有人死亡会使信号灯改变，何某的目的，在于误导警方死者在两人进入VR前已死亡。

何某托言进入VR搜索，诱使颜某一道前往，目的是使其成为尸体的共同目击者。何某指定两人的搜索路线（图2），于去程拖延时间，待到达与朱某约定的二十二点二十分后，前往电影公园处与颜某会合，回程时，拿起已完成、事先放在某处的"凶器"，立刻使用传送门移动至命案现场（图7）。

何某伺机杀害现场的朱某，并于原地等待颜某，待其来到现场发现尸体后，两人一同离开VR。

两人报案，何某的不在场证明伪造成功。

（两人在VR内的行动流程，请参照图4）

证据：

数据系统机器——具备多项修改界面（状况证据）。

传送门进出资料——不可修改（间接证据，开发团队成员提供）。

提前完成的"凶器"（状况证据，开发团队成员提供）。

口供（直接证据）。


"为什么'凶器'是状况证据？"我提出疑问。

"因为它只能证明大山'有能力'行凶，并没有任何佐证可以确定大山'真的'拿了这把凶器，同样地，数据系统机器也只能证明大山'有能力'通过网络修改，无法证实他'真的'这么做了，因此这两个都是状况证据。"

"所以直接证据只有口供啰？那不是不足采信吗？"

"大概因为现场是在虚拟实境，普遍使用的科学搜证派不上用场吧！不过你要注意一点，有一项间接证据是无法推翻的，也就是说大山真的使用传送门，从⑪移动到①了。这点你要怎么解释？"

"嗯……他可能不想搜索下去了，直接到那里等我？"

"然后尸体刚好在那里？也太巧了吧！"

"可是我认为，如果大山真的是凶手，他不应该留在现场等我，而是到我们原先约定的会合地点，也就是制服街入口。如果我发现尸体，自然会到那里通知他。"

"他就是怕你没发现尸体啊！你不是说尸体躺在阴暗的角落吗？他应该是担心这点，才会等在那里，假装自己是第一号目击者吧！"

"真担心这个的话，把尸体移到醒目的地方，让我发现就好了。"

"啊！会不会是因为行凶结束时，你刚好来了？"

"我花了二十分钟才到喔！杀个人应该不用那么久。"

"说得也是……好吧！我承认这的确不自然。"

为什么大山会在案发现场等我呢？会不会和使用传送门有关？

还有大山真的会因为"凶器"提早完成，临时起意行凶吗？有那么急迫吗？

或许解开这两个疑点，就能抵达真相所在。

我望向眼前的小皮，他也在埋头苦思。我突然觉得很对不起他，其实检警的推测是说得通的，事实也说不定真是如此，而他却因为我顽固的执念，帮我整理资料，一起思考其他可能性。

就在此时——

"原来你们在这里。"

我和小皮循着声音的方向望去，又看见那熟悉的褐色夹克。

"小队长……"

"陈先生，你还真是不能被小看的记者，连这个都弄到了。"

我立刻帮小皮解围："刑警先生，这是我们自己揣摩、整理的。"

"唉！也罢。"夹克男露出苦笑，"反正封锁令已经解除了。"

"什么时候的事？"

"一小时前吧！分局还召开记者会，所以晚间新闻应该看得到。"

我们两人面面相觑。消息可以报道，意味着大山罪嫌已经确定了吗？

"先不说这个，你们吃晚餐没？这里应该没东西吃吧？我们找个地方聊聊，去上次那家餐厅也行。"夹克男指了指外头。

"刑警私自透露情报给记者，这样好吗？"

小皮撇嘴，面露不悦，看来还在为上次被吼的事闹别扭。

"我已经下班了，不是以刑警的身份，而是……"夹克男挑起眉毛笑着，"以大山朋友的身份。"

服务生正要带我们入座，我打算知会妈妈一声，于是走出餐厅，取出手机。

"妈，抱歉，今晚我在外面吃饭！唔……"

屏幕上的中年妇女，坐在那窄得可怜的茶几前，身旁围绕着饭菜，正津津有味地吃着。

"角露，馁不围来猪患哦？"

"你你你你你你你，自己先开动了！"

"姆嗯姆嗯……找良今情不好，先猪了。"

"不要边吃饭边讲话！"

妈妈拿起茶杯，喝了口水。

"噗哈！小露，我跟你说，老娘今天接到烦死人的电话，心情不是很好，于是就先煮饭吃了。"

"什么电话？是找我的记者吗？"

如果案件已经曝光，那会有记者想采访当事人，也不是什么奇怪的事。

"不是，是我的手机，等你回来再讲。"

"喔喔，再见。"

电话挂断的那瞬间，满桌菜肴的影像仍残留在我的视网膜——这女人，她真的吃得完吗？

为了避免接到媒体的骚扰电话，我将手机关机。

我回到餐厅的座位。此时，夹克男正盯着小皮的记事本看，小皮则在一旁解说。

"所以说，我和露华都觉得如果大山是凶手，那么他等在现场这一点，其实不太自然。"

"这么说也是。"

"还有露华也提到'凶器'与行凶日的问题……"

"这我知道。"夹克男抬起一只手，"其实检察官也发现了，若要说大山是凶手，虽然很多地方可以说得通，但就是有些牵强。然而，我们缺乏另一个侦办方向，仅知道大山'有可能'帮别人扛下罪名，但为何顶罪？真凶又是谁呢？在毫无概念的情况下，只能朝大山是凶手的方向去办。"

"你觉得会起诉吗？"我问道。

"我只能说，现阶段还在搜集证据。如同陈先生所言，直接证据是口供，间接证据也只有一项，最多加上颜小姐的目击证词，这样可能不够。我们已经调出死者的通信记录，但是没用，他的电话都是好友打来的，大山的通信记录也缺乏共通的人物，没有任何迹象显示他与死者有私下接触。"

"问过大山本人吗？"

"他说是通过中间人联系的，问他那个人是谁，他就摆出一副苦恼的样子，说：'这个嘛，是谁呢？'完全是在装傻。检察官快被他气炸了。"

"是袒护中间人，不愿意供出姓名吗？"

"谁知道，也有可能根本没那个人。唉！全侦查小组的人都无可奈何。"

我望向夹克男无奈的脸，他的立场也很为难吧！

他继续看着小皮的记事本，点头说道："噢，你也查到动机了。"

"因为小队长那时候不说，我只好请人帮忙。"

"其实关于过去的这宗案件，我也不是很清楚。"

"哦？"

"毕竟是十二年前的事了，那时我在别的单位，还只是个菜鸟。"

"那警方是怎么找到过去的案件，和杀人动机联系起来的？"

"很简单，死者朱铭练留有盗窃、吸毒的案底，虽然他在小女孩命案中获释了，可是相关的调查报告仍在，用电脑搜寻一下就找到了。"

"调查报告详细吗？"

"还蛮详细的，我后来也打听到一个退休前辈，他曾经参与该案的调查，于是立刻拜访了他。前辈虽然长得肥肥胖胖，一副安泰的样子，可是当我提到'朱铭练'的名字时，他的脸就挤成一团，骂道：'干他妈的死阿练！我最遗憾的就是没把他关起来！'一副想把我掐死的样子，仿佛我就是那个阿练。"

"会那么生气，是因为涉嫌杀害女童吗？"我在一旁问道。

"还不只如此。颜小姐你也知道他的跟踪癖吧？其实那时候就开始了，很多受害者都到派出所报案，可是既然没看见跟踪狂的身影，警员也无迹可寻，除非以现行犯逮捕，否则拿跟踪狂毫无办法。是说逮到了好像也不能怎样，最多根据社会秩序维护法，叫他缴个三千元或骂他一顿吧！"

"可是既然没被发现，怎么知道是他？"

"之所以浮现他的名字，是因为那家伙到处吹嘘，还帮自己取了个外号，叫'影子'。"

"所以登入账号才是 Shadow 吗？真的很嚣张。"

我想起自己在 VR 里的调查，里面的人都称呼他为"影子阿练"。

"不过读那份报告时，我真的吓了一跳。"

"为什么？"

"因为，尸体的另一个目击者就是大山的前妻，也就是学姐啊！"

"咦！"

我有些吃惊，小皮在一旁探问："是认识的人吗？"

夹克男将跟我提过的，有关大山妻子的事全告诉了小皮，我也在一旁补充。

"我直到看到报告，才知道他们离婚很久了。"

警方询问现场另一目击者……

我想起剪报内容，好像最后有这么一段，只是那时被自己的手挡住，也因为太过震惊，没有继续读下去。

"为什么案发当时，他们两人会在一起？"

"是这样的。那时大山刚拿到学位，于是带满六岁的女儿回到台湾，顺便和生母见面，第一天晚上两人带女儿去西门町逛街，还看了午夜场电影，散场的时候不知为何，夫妻俩同时进了厕所，结果孩子没有人顾，等到他们出来时，女儿已经不见了。"

"太不小心了吧？"

"好像是大山先去上厕所，后来学姐也忍不住……不重要，总之那小鬼似乎没见过世面，一看到人群就兴奋地哇哇大叫，大概是站不住，趁着大人没牵着自己的时候乱跑。"

她几乎没有人陪，我们相处的时间越来越少，经常隔着电脑屏幕相望……

我的脑中浮现一个小女孩，因为生病只能待在房间里，通过可视电话和父亲四目相对的画面。

"当时已经半夜了，西门町几乎没什么人，两人找遍整个闹市区，最后发现女儿的尸体。唉！"

因为疏于照顾，孩子养成对外界强烈的好奇心，最后造成这样的结果。

大山想必很自责吧！

"当初为什么会锁定'阿练'呢？"小皮问道。

"好像是有人匿名举报，说目睹了整个行凶过程，听其描述的凶手特征很像是阿练。"

"因为身高吗？"

"或许吧。警方调查他当晚的行踪，发现的确有可能。案发

204

现场附近有家便利商店，某位店员说他在上夜班时，有看见阿练经过门口，不久就听见警车的声音，第二天才知道发生命案。"

"但是无法定他的罪？"

"是啊！缺乏充分的证据。他承认那天的确经过那里，却矢口否认涉案，还说告发他的人才是凶手。"

"科学搜证派不上用场吗？如果是勒杀的话，被害者会挣扎吧？这么一来，指甲里就会有凶手的毛发或皮肤碎屑。"

"那个也检查过了，完全没有。可能因为当时天气比较冷，凶手穿长袖衣服还戴手套，而且小女孩的手太短，力气也小，抓不到脸或头发吧！说到手套，听说阿练跟踪别人时也会戴，但这无法当作证据，也因为这样，现场没有他的指纹。"

"听起来很狡猾啊！"

"还不只如此，之后他和同伙一起吃饭，竟大声谈论说自己被冤枉了，以后跟踪要慎选对象，不要找小女孩下手云云，没想到大山刚好在旁边——应该是想暗中调查他吧——听到他这么说，整个人扑到他身上狂揍，可是也被旁边的同伙还击，搞得鼻青脸肿。餐厅员工报警处理，打架的人被扭送警局，案件因此节外生枝。"

那个理性的大山发怒、动手打人的样子，我完全无法想象。

"那个前辈对我说：'我看到阿练在警局一副嬉皮笑脸的样子，还向死者家属挑衅，恨不得拿警棍捅他的菊花！啊？他被干掉啦？那是罪有应得！'你就知道那些办案人员，还有大山对他的恨意是多么深了。"

是我的话，不用等十二年，那个时候就会宰了他吧！

如果大山真是凶手，那证明时间无法使人淡忘仇恨，反而会像钟乳石的尖端一样，随着沉淀而加深。

"不过前辈说，学姐那时好像很冷漠。"

"冷漠？意思是没有很悲伤吗？"

"嗯，身为死者的生母，态度却像个旁观者，好像死的是别人的孩子。"

"因为很久没见面了吧！"

"就算是这样，也太无情了。"

我无法想象那种情形，如果因为孩子牺牲自己的青春，离婚后对方带着孩子搬到国外，联系不方便，日子久了，我是否也会对孩子的死活不闻不问呢？

每个人都有自己的生活，很难评判这种事是对是错。

"我先前本来想针对那件案子询问学姐，看她知不知道大山之后的情形，无奈一直联络不上。"

"搬走了吗？"

"对，小赵今天终于打听到她的手机号码，等一下我再问他状况如何。"

夹克男按住额头，似是对琐碎的侦查行动感到头痛。

这时一旁的服务生端上菜来，三人拿起筷子用餐，关于案情的谈话也暂时中断。


"其实今天找你们，是想问一件事。"

用完餐后，服务生端上饮料。夹克男抹了抹嘴，继续刚才的话题。

"什么事？"

"是这样的。"他从夹克口袋取出一张纸，"如果大山因为女儿被杀害，而累积那么久的怨恨，那这十二年间应该可以看出端倪。于是我麻烦 MirageSys 的行政部门，请他们提供大山的履历，希望能从他以前的服务单位得知情况。"

"听起来像乱枪打鸟。"

"我是被指派做这个的，别无选择。"

夹克男苦笑，将纸推到我们面前。

"不过说来不好意思……我虽然也是这领域出身的，却因为一毕业就投身警界，对这方面的学、业界不太熟悉，虽然网络上可以查到，不过都是片面资讯。我想一位电子产业的员工，以及科技潮流周刊的记者，应该能告诉我比较完整的资料。"

"您客气了。"

我和小皮两人凑上前看。


（前略）

学历、经历：

2000~2004　(Bachelor's degree) Department of CSIE, NTU

　　　　　　（学士学位）T大学　资讯工程学系

2004~2006　(Master's degree) Media Laboratory, Department
　　　　　　of EECS, MIT

　　　　　　（硕士学位）麻省理工学院　电子工程暨电脑科学
　　　　　　学系　媒体实验室

2006~2008　(Ph.D.) Computer Science and Artificial
　　　　　　Intelligence Laboratory, Department of EECS,
　　　　　　MIT

　　　　　　（博士学位）麻省理工学院　电子工程暨电脑科学
　　　　　　学系　计算机科学与人工智能实验室

2008~2010　USC Information Sciences Institute (the Natural
　　　　　　Language Group)

南加州大学　资讯科学研究院　自然语言组

2010~2012　Computer Vision and Robotics Laboratory, Beckman
　　　　　　Institute, UIUC
　　　　　　伊利诺伊大学厄巴纳－香槟分校　贝克曼研究院
　　　　　　计算机视觉暨机器人学实验室

2012~2013　Breeding Sparkle USA.,Ltd.
　　　　　　Breeding Sparkle 美国分公司

2013~2015　Experiential Technologies Center, UCLA
　　　　　　加州大学洛杉矶分校　体验技术中心

2015~2016　MirageSys Co.,Ltd.
　　　　　　MirageSys 股份有限公司

2016 ~　　　MirageSys Taiwan Ximen, Ltd.
　　　　　　MirageSys 台湾西门分部


　　这一串洋洋洒洒的资历，光是前面就让我和小皮肃然起敬，
倒吸一口气了。

　　夹克男想必已见怪不怪，挑眉说道："这些单位的名称，有
些还看得出性质，有些就看不出来了。像 Breeding Sparkle 这
家公司，完全不知道在做什么。"

　　"没有官方网页吗？"我问道。

　　"有，不过这家总公司是设在日本，美国仅有一个小办公室，
所以网页只有日文版，我看不懂……"

　　"我记得是一家游戏开发公司。"小皮低头沉思后，说道。

　　"游戏？哪一类型的游戏？"

　　"大部分是线上游戏，什么类型都有，动作、模拟、养成、
射击……近几年和 Datam Polystar 合作后，还推出可以模拟日

208

常情境的网络宠物，还挺受欢迎的。”

“那个 Datam Polystar，就是制作 ROOMMATE 系列的公司吧？”我插嘴问。

“ROOMMATE？”

“是美少女游戏，Breeding Sparkle 的确吸收了 Datam Polystar 这方面的技术。”小皮回答。

夹克男皱眉，一副“我和这种游戏无缘”的样子。

“大山怎么会去游戏公司啊？”

“不知道，不过他也只待了一年，我再调查看看好了。接下来……”他的手指往左移，“这个‘体验技术中心’是做什么的？”

这个我知道。“噢，就是虚拟实境啊！我记得这个单位的前身是 Cultural Virtual Reality Lab（文化虚拟实境实验室），其中一个目标，就是结合各领域的知识，模拟某个环境的视觉、听觉和触觉空间。”

“就像 VirtuaStreet 做的事？”

“没错。”

“那还挺合理的，因为大山接下来就进入 MirageSys 了。不过他二〇一六年才来到西门分部，这之前都待在美国。”

“那个时候因为大山提出 VirtuaStreet 的开发计划，西门分部才刚成立啊！我也是一年后才从台南请调上去的。”我回答道。

“我发现他除了 MirageSys 之外，在其他地方都待不久。”小皮说道。

“会是因为多方尝试，直到接触 VR 这块领域，才产生兴趣吗？”

“八成是这样。”

所谓"什么都做过"的人，换个说法就是"什么都不精通"，不过若是个天才就很难说了。

"命案发生在二〇〇八年，换过六个公司，扣掉之前问过的MirageSys 西门分部……好吧！看来得折腾五次了，还得和老外讲电话，说真的，我的英文会话实在不太行。"

夹克男摆出一副苦瓜脸，边摇头边站起身。

我和小皮迅速将剩下的饮料喝完，也跟着从座位站起。

谈话到此结束。走出店门后，三人分道扬镳。


连过去经历都挖出来了……看来警方也陷入困境。

内心顿时平静许多。

如果案情就这样僵持下去，检察官会起诉吗？还是大山会获释呢？

我当然希望是后者。VirtuaStreet 不过是个梦，除非大山真是凶手，否则没有以身相护的道理。今天，我的脑中不知被这问题占据多久，到现在依然挥之不去，连开车回家时都在想。

唯一的好消息，是报道封锁已经解除，我希望回家能立刻打开电视新闻，告诉妈妈这几天的委屈。

然而听过夹克男的话之后，内心突然涌现一股预感，如果那是真的，将会是我人生……不，十八岁以来最大的冲击。

我迫不及待赶回家。超速边缘的车子，加上心不在焉的驾驶——真是阿弥陀佛，老天保佑。

一回到家，就看见妈妈在客厅拿着球棒乱挥——那当然不是真的球棒，是一款家用游戏机推出的棒球游戏搭配套件，玩家在电视机前挥棒，游戏里的打者也会跟着做，借此营造实际上场打击的感觉。

妈妈每次都用这个出闷气，还会拉我一起玩，久而久之我也开始这么做，连里头的棒球选手也记得一清二楚。甚至搬到台北后，我不顾房间的狭小，依旧买了这款游戏来玩。

电视上的打者遭三振出局——看来她没在专心玩，纯粹发泄而已。

妈妈看见我进门，立刻按下按钮中断游戏，跑过来抓住我的手。

"小露！"

"妈，你晚上看新闻了吗？"

"没有，我除了吃饭就是打电动。你听我讲，今天真是太不爽了！"

"我也有件事要跟你说。"

"我先说啦！就是啊，下午手机有人打来……"

我不理会她的滔滔不绝，径自走到电视机前。

"我想说除了你之外，怎么会有人打给我，结果你知道吗……"

我切换成一般节目的画面，刚好是新闻台，主播清晰的声音流入我们之间。

"现在为您播报一则骇人听闻的消息。台北市警局万华分局今天发布：与市政府合作'虚拟实境商圈重建计划'的美商公司MirageSys，于上周三凌晨爆发一起命案，一位三十四岁、担任临时测试员的男性朱铭练，被发现死于同区内一处测试据点。"

"喔，对对对，就是这个！"妈妈指着新闻画面说道。

"死者后脑遭受多处撞击，现场无人进出的迹象，警方初步研判死者是在虚拟实境内被杀害，并于周五以涉嫌杀人的罪名，逮捕MirageSys的开发团队经理何彦山，移送地检署羁押侦办。

至于本案是否会影响计划的开发，政府高层做出以下回应……"

"就是这个啦！是一个警察打给我的，那个警察下巴长到抬起来可以打人了。说什么一个公司发生命案，跟十二年前我牵涉的一件案子有关，打算问我那时候的情形，我说老娘没空啦，而且那么久以前的事早就忘了，他硬要问我，还说如果不配合就到府上造访，我说好啊，你来老娘就把你的下巴打扁，结果他也生气了，开始跟我对骂……咦？什么'米拉吉'的，你是不是在那个公司上班？"

"对呀！"我点头微笑，"而且何彦山先生，是我的直属上司。"

预感成真了，我却丝毫没有震惊的感觉。

应该说，我很早以前就隐约猜到了。

她的性格……其实很自由奔放。

大山是这么说的，这么自由奔放的人，眼前不就有一个吗？

学姐听说重考两年，因此虽然大我们四岁，却只高我们两届。

夹克男提过她的年龄，三十八加四等于四十二，正是眼前这个大我十二岁的女人。

妈妈嘴巴张得好大，我却忍不住即将涌上的笑意。

"哈哈哈哈哈哈！"

眼前的女人立刻鼓起脸颊："什么嘛！小露早就知道了，对不对？"

"从来都只是怀疑而已。"

"身边发生了这种事，你怎么都不告诉我？"

"警察说不能讲，而且妈也没提过有个帅气的前夫，我竟然还想介绍你们认识。哈哈哈哈哈哈！"

"他那时候打扮很土……不要一直笑啦！"

妈妈的脸挤成一团，我只能继续笑，因为不知该如何应付这种尴尬的场面。

"哼……呵呵，哈哈哈哈哈哈！"

弄到最后她也笑了，我们就这样面对面笑着，真是一对白痴母女。

胡闹的场景结束后，妈妈按摩疲劳的脸颊，对我说道："小露，妈让你看一样东西。"

"东西？"

她从行李中取出一本厚厚的书，是大开本，皮革包装的外观显得相当精致。

"那不是你的旅游札记吗？"

"也可以说是生活周记，喏，你翻开第一页看看。"

我接过那本书，褐色的皮革封面印着两个大大的烫金字——《漂流》。

# 第十章　而立之年·漂流（三）

　　我向入口处的人询问，说要找刚才打架闹事的人，他指向里头一个房间。

　　警局办公室里一阵闹哄哄，那些低头站着的人脸上都挂了彩，一字排开轮流被警察问话，身穿制服的警员正在做笔录，熟悉的肥胖身影则坐在一旁，看到我进来，立刻起身。

　　"范小姐，你终于来啦！"

　　"怎么回事？我刚回家就接到电话，说大山和别人打架，弄坏店里的东西。"

　　"你老公这样我们会很困扰啊！案情已经够复杂了，我不想再节外生枝。"

　　我很想说他早就不是我老公了，又觉得这句话太过无情而作罢。

　　"到底怎么回事？"

　　"喏，你看。"

　　我顺着胖警官的视线望去，大山垂头丧气坐在那里。平日俊朗的脸上布满瘀青和肿胀，完全看不出是他本人。他似乎已被问完话，却不时抬头望向正在进行笔录的那一桌，脸部肌肉不停颤抖，眼神非常可怕。

另外一边，一个年轻人正滔滔不绝地向制服警员陈述经过，他虽然也受了伤，程度却不如大山严重，因此马上就能认出来。那个下流的冷笑看来并不只存在于相片里，亲眼所见更是令人印象深刻。

"哇咧，条仔你不在场都不知道，我没看过一个人可以变脸到这种程度的。我们刚进店里的时候，那白痴还两眼无神坐在那里，像这样……干，很白痴吧！那表情超无力的，就像前天晚上看 A 片打枪过度。那时候我还不知道他是谁，只觉得那模样很带赛，后来就聊起来啦！阿彬就问我……啊，阿彬就是那边那个痞子啦！他说为什么我这几天都看不到人，我说没啦，最近被条子怀疑，想避避风头。"

就像在公共场合大声交谈的年轻人，他自顾自地说着，完全没顾虑到自己是在对警察说话，还有"那白痴"正坐在不远处，用恶狠狠的表情盯着他看。

没看见朋克头与油亮头的身影。这也难怪，事情发生的当时，他们正到处探问"练哥"的下落吧！

"然后阿彬问我是不是因为有人死啦？我就说是啊，老子喜欢跟着女生屁股，就这样被怀疑啦！本来最近想找小屁股跟踪的，操，还是算了。结果阿彬才刚回我：'阿练你有这种嗜好啊？'靠杯，一张椅子就打到我头上了。干！是那个白痴，他打得超用力的！原来他是小妹妹的爸爸哦？我爸才不会为我打人咧！儿子和女儿原来差这么多，可以让爸爸从小鸡巴变成大超人。"

最后一句还刻意放大音量，很明显是说给某人听的。

在大山即将冲上前之际，两名警员立刻将他按住，胖警官也走到他身边，和他低声说了几句。他们距离我较近，因此可以稍

215

微听见。

"少年仔，沉住气，不要在警局里闹事。你放心，总有一天我会让他吃不完兜着走。"

然后，转身对另一边吼道："阿练，你嘴巴给我放干净点！"

年轻人的气势顿时被削弱一半，他撇撇嘴。

"去，老子只是陈述事实，唉，你们穿便服的怎么都那么凶啊？我阿伯也干过便条，人就很和蔼可亲。"

虽然音量减弱许多，仍可以从言辞中嗅出挑衅的意味。

负责笔录的警员不理会他，用平淡的语气说："还有吗？没有换下一位。"

阿练不情愿地起身，随后立刻转向大山这边，将睥睨的视线投射在他身上。阿练嘴角上扬的脸有一股令人生厌的特质，那不仅是外表的影响——"相由心生"这句俗语在他身上完全适用，他的笑容仿佛是将心底的恶意，赤裸裸地展现给周遭的人看，且本人毫不在乎。

我观察这两人视线的一来一往，有种在看连续剧的错觉。

胖警官走到我身边，同样低声说道："受不了，年轻人就是血气方刚。"

"不会，也有很理智的年轻人。"

"哦？也是……"他右手托着粗壮的下巴，上下打量我，"话说回来，范小姐你可真沉得住气啊！死的不是你的亲生女儿吗？"

"警官，你在怀疑我吗？"

"没证据干吗怀疑你？我只是觉得疑惑。"

"我也不知道，可能很久没见面了吧！"

"我和女儿也很久没聚了，可是她如果被杀我还是会觉得悲痛、愤怒，这是两回事吧！算了，你们年轻人的想法我不懂啦！"

胖警官摇头叹气，走到旁边的座位，开始低头整理自己的资料。

我轮流望向他、大山和阿练，开始思考自己在案件中扮演的角色。

如果说出我的想法，一定会受到强烈谴责吧！

当大山在信里告诉我，想带女儿回台湾看看，顺便见我一面时，我脑中想的竟然只是"啊，那个大山的孩子，我该见她吗？"对于那个女孩是自己的亲骨肉这一点，完全没有感觉，也没有那种亲子即将重逢，迫不及待的渴望。甚至当她蹦蹦跳跳地出现在我面前，我看到她脸上那个熟悉的蝴蝶形胎记时，也缺乏任何真实感。

简直就像她不是我生的一样——当这种想法浮现时，不安感充塞我的胸口。

虽然孩子是应大山的要求生下的，但原因应该不在这里。

在我们仅有三年的婚姻生活中，夫妻俩因为孩子联系在一起。从生产前后孕妇的照料，到小婴儿的哺育，大山都尽了心力，虽然我们因为忙到疏于和孩子说话，导致孩子无法发声，但在没有亲戚可以委托照顾，男方求学、女方打工的情形下，能尽力维持家庭的平衡，已经是很不简单的事了。

他向我提出去美国的想法前，我们之间没出现什么裂痕，而我也甘于辛劳，打算在家庭的羁绊之下一直生活下去。

是因为大山无理的要求，让我愿意割舍这层联系吗？还是这想法一直存在于我心中？此时此刻已无法探究。我只知道，在我将这条线给切断，历经四年的空白后，那种为人母的意识已荡然无存。

大家都说亲子之情是无法斩断的，就算父母离异，甚至断绝关系，那条线会一直存在。可是当我再度见到自己的女儿时，却感觉那条线已经消逝，再也抓不住了。

"爸爸，这个人是谁？"

"是你妈妈喔！快叫妈妈。"

"妈……妈？"

女儿会说话了，眼疾也痊愈了，那是大山的功劳，不是我的。我弯下身抚摸她的脸，说"好乖"，但心里却排斥这句话。不，我不是你妈妈，曾经是，但现在已经……

在逛街的过程中，她的左手一直揪着大山，本来另一手应该由我牵着，但我从头到尾都走在他们后方，冷眼观察这对父女。小女孩不知道要和我说什么，只好一直找爸爸聊天，大山不时回头看我，似乎也察觉到了。我微笑着摇头，告诉他：没关系，我不在意。

没什么好吃醋的，因为我根本没把她当成自己的女儿。

可是另一方面，世俗的道德观却也压迫着我，使我无法对大山明说，如果老实告诉他"那是你的女儿，不是我的""我对她完全没感觉"，那太过无情，也太过绝望了。因此我只能赔着笑脸，努力扮演一个亲切的母亲。当大山提议要看电影时，我也挑选小孩子爱看的动画片，还买了爆米花家庭分享餐。

"要看午夜场？她不会想睡觉吗？"

"因为时差问题，我们现在可是精神饱满呢！未央不好意思，你就舍命陪陪女儿吧！"

虽然我是生母，此刻却可以体会那些继母的心情。

即使心里有些疙瘩，只要撑过那晚，一切都会恢复原状，大山会回美国继续从事研究，小女孩会跟着爸爸，而我则回到打工的生活。今晚，不过是暂时"客串"妈妈的角色罢了。

我原本是这么想的，如果没有发生那种事，终归只是生活的一个小插曲。

当大山将她托付给我，自己去洗手间时，我的内心的确有些抗拒，一方面不知如何与她独处，另一方面我自己也忍不住了。不知为何，小女孩一直吃爆米花，却完全不碰汽水，都是我和大山在解决。

"妈妈也要进去，你乖乖留在这里喔！"

"好——"

我冲进洗手间前，一定已经忘了她牵着大山的手时，一副蠢蠢欲动的样子吧！那模样就像未见过世面的公主，刚被带出皇宫，就迫不及待想认识外面的一草一木，甚至不顾仆人的叫唤到处乱跑。

那天不是假日，散场时没有多少人，我却可以想象好奇的小女孩跟着人群搭乘电梯，一路走出电影院的样子。据我观察，她是那种初生之犊不畏虎的类型，完全体会不到外在的危险。

我出来时，大山的表情已经完全变了样，抓住我的肩膀大叫。

"她到哪里去了？"

"我、我明明叫她留在这里的……"

"你这笨蛋！她如果那么乖，我干吗一直牵着她？"

"对不起……"

我察觉到事态的严重性，原本只是一块小小的疙瘩，顿时化成了足以吞噬我的罪恶感。

而且这份罪恶感还具有双重意义：第一，是因为自己的疏忽，导致小孩走失的歉疚；第二，明明不见的是亲生女儿，自己的反应却像个外人，如此社会道德对良心的苛责。

我们在原地等了一小时，大山提议先在西门町寻找。

"这个时间路上没什么人，说不定可以在哪里发现她。"

"为什么不去报警呢？"

"找不到再说吧！人走失警察也不能做什么，最多协寻而已。你想坐着枯等吗？那是我们的女儿啊！"

"我……"

干我什么事？这句话差点脱口而出，我为自己的心态感到悲哀。

两人分头寻找，我们从中华路出发，我走峨眉街，大山走武昌街，在康定路的电影公园会合后，我转向成都路，大山转往汉口街，如果都没找到人，再去派出所报案。

路程不远，但找人则另当别论，如果抱着一定要找到的心态，绝不是轻松的一件事，更遑论三更半夜街上静悄悄的，心理上的压力更是难以承受。

然而我却以"寻找"之名，行触景生情之实，完全不将小女孩的死活当一回事。这本札记的第一篇文章，满满写着我当时的"罪状"，我到现在还不敢打开来看，因为文中的女主角心态，看起来像是在夜游，完全不像一个女儿走失的母亲——甚至会合时还向大山抱怨，说想快点回家睡觉——被道德感苛责的我，很想否认那个无情的女人就是自己，却不得不面对这个事实。

就算是"继母"，或许会为了日后的相处和谐，而积极寻找也说不定。这么看来，我比继母还不如。

不安定的罪恶感持续到最后，终于在发现尸体时爆发。

即使内心怀着"你这孩子才不是我女儿"如此违背人伦的思想，只要不说出来，持续演戏就可以了，但现在却发生这种事，那种痛失爱女的悲恸，是无论如何都演不出来的。我盯着眼前红衣红帽的尸体，脑海中第一个闪过的念头竟然是……

大山，请节哀顺变。

很像是殡葬业者对丧主讲的话。

因为在"小香港"就有预感会发现尸体，我当下完全没有震惊、哀伤、悲愤的情绪，但看到大山泪流不止的脸，我开始害怕被揭穿，道德感与真心只能二选一，我没有办法虚情假意地哭，矛盾的心态让我难以自处。

"哇啊啊啊哇啊啊啊啊哇啊啊啊啊啊！"

那声惨叫，是我无意识之下释放压力的方式。我累了，我不要再当伪善者，一开始大山邀我见面时就应该拒绝的，就是因为这种不上不下的态度，才会害死一个小女孩。

到派出所报案，做完笔录回家后，我立刻拿起纸笔，趁还有印象时，把自己在搜索行动时展现的漫不经心，毫不保留地写在札记上，想到什么就写什么，大量的回忆和心情跳跃占满篇幅，变得有点"意识流"，虽然知道自己不会想看第二遍，却仍不停书写，仿佛这是一种排泄过程。

写完之后，我立刻对整篇的文字作呕，在厕所里吐了好久。

我在内心下了一个重大的决定。第二天，我立刻打电话到认识的征信社，请求在那里打工。

冷漠也好，无情也好，我决定用自己的方式赎罪——揪出杀害小女孩的凶手。我相信，正因为自己对死者没有任何感情，才能放手去调查。

我是旁观者。

彻彻底底的旁观者。

我拿起手机，装作正在拨打的样子，偷偷拍下了阿练的照片。

虽然不是很清楚，至少把一些特征拍出来了，有了照片，至少问人的过程不会鸡同鸭讲。

三天前胖警官来拜访我，告诉我警方接获密报，有人说目击整个凶案过程。根据通报者的描述，凶手的特征很像是警局留有案底，一位名叫朱铭练的男子。由于对方坚决不肯透露姓名，声音又经过变声器处理，警方当时并没有太认真看待这条线索，不久却在附近的便利商店得到目击证词，指出朱铭练在案发时间前经过那里，两条线索加在一起，他立刻成了警方锁定的对象。

胖警官也拿出他的相片给我看，我就是在那时记住他的长相。

"为什么密报的人不肯透露身份啊？"

"大概是怕遭到不测吧！尽管我们再三保证绝不会泄露出去，对方还是不肯说，而且只说出自己目击的部分，当我们问进一步的问题，例如他当时为何也在那里，有没有发现什么证物之类的，他就闪烁其词，说出'反正事情就是如此，你们去查就是了'之类的话，完全没有说服力，所以我们一开始才没当回事。"

那时我还在征信社学习，知道警方已经锁定嫌疑人，顿时体会到自己的渺小，但我并不打算放弃，因为警方有强大的搜查优势，我也有自己的方法，有时要打探消息，一个女人家反而比较方便。至于能力所不及的情报，或许可以从胖警官那里探听。

我当然没告诉警官自己打算行动，因为他一定会反对，那么我的计划就会受到掣肘。

今天便是我行动的第一日，人没找着，倒是发现他的两个同伙，没想到大山比我更迅速，直接挑上阿练可能出没的地点。知道他和我想着一样的事，我有些吃惊，平日温暾的大山，在女儿死后立刻化身为行动派，但这也暴露他先天的不足——因为他不是旁观者，容易受到情绪左右。

听到下流的发言就痛殴对方，这点足以证明他不适合做调查。

胖警官看所有人都做完笔录，转头对大山说道："何先生，你可以走了，虽然可以体会你的心情，我还是得说，你这么做会给我们造成困扰，希望你能全权交由警方处理。"

看吧！只要被警方发现就没戏唱了。

"其他人也可以走了。阿练，你给我过来！我还有些话要问你。"

大山起身时，身体一个踉跄，我赶紧上前搀扶。他的眼神已经和缓许多，呼吸也不像刚才那么急促。

当我们走到门口时，耳边又传来一句刺耳的话。

"你这家伙，该不会有恋女情结吧？"

大山立刻停住，转头瞪向声音的来源。

"阿练！"胖警官怒吼。

"干，被我说中了吧？哎嘿嘿嘿嘿嘿嘿哈哈哈哈哈哈，你看他那副鸟样，超好笑的！"

其他人都默不作声，他的笑声立刻响彻整间办公室，我扯着大山的右手，示意他快走，希望能逃离这毫无理由的恶意，却因为眼前出现意外的两个人，不由得停下自己的双脚。

"练哥，我们找你好久哎！你怎么又被条子盯上啦？"

暗红色的冲天炮映入眼帘，后面是油亮的头发，两人一见到我和大山，视线立刻停在我身上。

"呃……借过。"

朋克头睁大眼睛，大概是惊讶那个张牙舞爪的女人会在这里吧！我让出一条路，他还是待在原地不动。油亮头的双眼只对着我一两秒，发现朋克头没反应，马上用手拍打他的后脑。

"快进去啦！"

"喔、喔……"

两人进入办公室时，朋克头仍回望了我一眼。

"你认识他们吗？"

"几小时前见过，不是什么好东西。"我耸肩说道。

没过多久，就传来胖警官的大嗓门。

"你们来得正好！我正缺你们的说词，过来跟你们老大对质一下！"

"靠，老子说的都是真的，不用那么麻烦啦！"

我和大山不理会他们，转身走出警局。

大山的脸色非常差，我拍着他的背，试图安抚情绪。

他的肩膀上下起伏，伤痕搭配一脸愁容，使脸部显得非常滑稽。我不禁想象大山打架的情景，首先抓起一旁的椅子往阿练头上敲，等他倒地时扑在他身上，揍他几拳，接下来……应该会被其他人架住吧！那他是怎么让那些人挂彩的？

"要去医院吗？"

"不用，都是些皮肉伤，回家消毒就好。"

不论怎么想，一对多的大山虽然被打得不成人形，竟还能全身而退，努力撑到警察来，实在太令人讶异了。果然一牵涉到女儿的死，肾上腺素就会让父亲成为厉鬼吗？

我盯着他的脸，他也停下脚步，大概是从我的表情察觉到我有话要说。

"对不起。"我先开口。

"说这句话的应该是我吧！"

"因为我等一下要说出不太好的话，所以预先道歉。"

"你说吧，再怎么难听，也不会比那个人讲的话更糟。"

我深呼吸一口气，准备坦承自己的心情。

"大山，虽然这么说很无情，但我必须说，我对你女儿的死感到遗憾。"

"我女儿？可那不也是……"

"四年前就已经不是了。"

大山看着我，似乎在考虑我讲这些话，有几分是认真的。

"可是，你还是答应我见面的要求。"

"对不起，我不该答应的，其实我根本不想见到那女孩，只是觉得当下'应该'答应罢了。没想到造成这样的结果……"

"你这么讲，我是不是也该说，自己不该约你见女儿一面呢？我甚至可以说，如果我当初不出国的话，一切都会很美好，我们现在仍是夫妻，女儿会健康长大，你们母女感情融洽。是这样吗？"

"不是的！我这么说并不是在指责你，只是在说出我的决定之前，想向你坦白。"

"你的决定？"

"嗯，我上礼拜去征信社了。他们不协助调查命案，却可以教我一些侦探技巧，像是跟踪术啦、情报搜集之类的……"

"慢着，你想和我做一样的事？"

"对，即使你没被警方注意，之后还要回美国不是吗？那就由我接手吧！所以我刚刚才那么说，我和你立场不同，不会因为

225

听到嫌疑人的话就动怒。"

大山沉默了，上下打量着我，大概是惊讶一个女人家竟然想扮演侦探。

"就算我反对，你应该也听不进去吧？"

"是啊！"

大山笑了，这是我进警局之后第一次看见他笑，虽然发肿的脸笑起来很难看，我却有获得救赎的感觉，不只是因为得到大山的谅解，另一方面，有种学生时代一直存在于我俩之间，那密不可分的"默契"已然寻回的安心感。

即使我们离婚、各奔东西，事件的牵引也会将我们连在一起。虽然不久他又会回到美国，但我认为在遥远的未来，我们一定会因为某个事件再度见面——我有这样的"预感"。

"不过我有个问题。"

"请说。"

"你真的想跟踪'影子'——换句话说，你想跟踪一个经常跟踪别人的人吗？"

他拗口的问法让我觉得有点好笑。

我比了个 OK 的手势："传说都是经过夸大和渲染的。"


和大山道别，吃过晚餐后，我来到服饰店门口。

二人组弄乱的部分都已恢复原状，虽然有些衣服因为沾上两人的鞋印，不得不从展示柜撤下来，整体看来并没有多大改变。

透过橱窗看向店内，里头空荡荡的，一个人也没有。发生什么事了吗？

我推开店门，尖锐的谈话声立刻蹿入耳里。

"你要我说几次？就跟你说不可能了！"

是个女孩，高频率声调蕴涵的怒意，毫不保留传达给对方。

"你可不可以不要再打来？"

极度不耐烦的情绪化为语言，射向话筒的另一边。

"没有！绝对没有！"

会是前男友纠缠不清吗？很难想象是那个少女的声音，几乎是全力喊叫。

"已经回不来了，再见！"

传来"哔"的切断声，室内顿时回复静谧，只剩下愤怒的情绪飘荡在空气中。

"欢迎光……啊！"

少女从里侧的拉门处现身，见到外面有人，神情有些困窘。

虽然一个店长抛下店面不管，自顾自地在里头讲手机，这样的行为实在很冒失，但她讲电话时判若两人的态度，让我突然觉得有机可乘。对我而言，她的"不谨慎"就是一个机会，说不定可以从她这里打听到与阿练相关的线索。

"不好意思，我又来了。"

"要买……衣服吗？"

"嗯，既然经过，想进来看有没有合适的牛仔裤。"

在这种情况下，迂回战术或许比较有利。

"那好，告诉我你的size。还是先帮你量一下腰身？有没有偏好褐色或黑色？还是蓝色就好？"

"麻烦你了，我的腰围一直在变，颜色我都穿蓝色。"

经过挑选、试穿，一阵折腾之下，终于选好要买的款式。少女开始打包，我不时打量店内的摆设，装作很感兴趣的样子。

"一个人开店，很辛苦吧？"

"店是爸妈的，我只是继承下来而已。"

"啊……"原来如此，所以那么年轻就当店长？"我很遗憾。"

"Don't mind!"

她朝我挥手，说了句日本人常用的英文。

"不过，店马上就要收起来了。"

"因为不赚钱吗？"

她摇头，脸颊的棱线看起来很漂亮。

"其实还好，因为房子是自己的，不用付租金。主要是考上大学了，没办法兼顾这里，也没有认识的人可以帮忙。"

"学费没问题吗？"

"如果这里租得出去，应该勉强够用吧！还得去打工。"少女叹了口气，望向橱窗。

我看着她的侧脸，与第一次见到她时的柔弱相比，她像是吃了定心丸般，双眼散发着坚毅的神采，让我有些目眩。如果孟子说的"天将降大任于斯人也"真能使人成长，那我眼前这位就是个活生生的例子。

少女转过头来，对我微笑。

"警察大姐，中午真是多谢呢！"

"呃……"突然被误会，让我有些错愕。"没、没有啦！我不是你想的那个，警、警察。"

"什么啊，原来不是警察啊！"她的微笑变成苦笑。

总觉得她有些失望，是我的错觉吗？

"为什么会这么认为？"

"因为大姐一副天不怕地不怕的样子，那两个痞子看到你就吓跑了，八成我们都误会了吧！"

"是惊讶怎么有女人那么丑吧？"

"不会啊！我觉得大姐很帅气，你就算不是警察，也很适合

228

那种到处调查的职业。"

"像是这个吗?"

我从口袋里拿出刚做好的名片,递给她。

"太适合了!"她掩着嘴轻笑。

"其实是上周才加入的,竟然一眼就被你看穿。"

"范未央……我可以叫你未央姐吗?"

"可以啊!那怎么称呼你?"

"我叫颜露华。颜色的颜,露水的露,风华绝代的华。"

"沿路滑……下去?"

"噗……"她愣了一下,才知道我在开玩笑,"未央姐,你很冷欸!"

"你应该被很多人开过这种玩笑吧。"

"才没有人那么无聊。未央姐,你还是叫我'小露'吧!以前同学也是这么称呼我。"

她伸出右手到我面前。

我压抑差点脱口而出的"小鹿斑比",握住那纤细白皙的手,说了声:"请多指教,小露。"

掌中的温度不知为何,比室内的空气还要温暖。


我好像迷上这里了,一直提着包好的牛仔裤,迟迟不肯离开。

小露似乎也发现这点,并没有打算赶我走。

"突然要收掉,不会觉得可惜吗?"我想继续和她闲聊,起了一个话题。

"不会呀!因为还不够久,等到有爱了,才会觉得可惜。"

"等到有爱?"

"对。我的高中导师曾在课堂上告诉我们,他认为'爱'与

'习惯'是互相影响的。与其说喜欢一件事才一直去做，或是因为不断投入才真正爱上某件事物，倒不如看成是莫比乌斯环的正反面，是互为表里，且不断循环的。顺着'爱'的那面一直走，会不知不觉来到'习惯'的那面，再一直走下去，也会自然地来到'爱'这一面。"

"爱、习惯、爱……如此循环下去吗？但这么一来，是先有习惯还是先有爱呢？"

"老师说都有可能。而且啊，循环的过程中也可能像我这样，被不可抗力给拉出环外。"

小露促狭地吐舌。

"不管是进入或脱离，都需要'契机'哦！"

我开始陷入沉思。

自己的母爱，就是因为受到那股强大的外力，才逐渐消失的吗？就像"爱与习惯循环"的逆行性作用，因为和女儿分离了，接触她的机会减少，于是爱也一点一滴地减少，最后连见面都会觉得厌烦。

那么，会不会也存在一股力量，将我推回母爱的环内呢？

我盯着眼前少女的脸庞。

"不好意思，讲这种话好像太狂妄了……"她察觉我的眼神，顿时有些脸红。

"不会！话说回来，如果不是征信社的工作时间不固定，我会想帮你看店。"

她双眼圆睁，用难以置信的表情看我，但不久就哈哈笑了出来。也难怪，才刚认识就说这种话，虽然我是肺腑之言，会被认为客套也是没办法的事。

"哈哈哈，未央姐不适合啦！你如果做服务业，一定会和讨厌的客人吵架，甚至大打出手。"

"这么严重啊？"

"有些人真的很过分，一堆无理的要求。"

"该不会……吃你豆腐吧？"

"那又是另一种等级了。一般而言，就是澳客。比方说有个男的来这里买一件喇叭牛仔裤，没有试穿就直接打包带走，结果第二天又过来，说是裤管开衩的流苏整排断裂，想要换一件，可是那明明就很强韧，不用力拉扯是不会断的。"

"所以你没换给他？"

"不，我还是换了。没想到再隔一天他又跑过来，说要拿回那件旧的，理由是我让顾客权益受损，新的那件就当作赔偿。"

"听起来真的很讨厌。"

"如果他好好跟我讲就算了，偏偏他口气很差！我只好严词拒绝，推说旧的拿去销毁，只剩下已经给他的那件了。"

"他没有要求其他款式吗？"

"没有，他好像很在乎旧的那件，一直赖着不走，最后是我再三强调已经销毁了，他才不甘愿地离开。我才不想给那种人占便宜，做梦！"

我吓了一跳，因为小露的"做梦"音量突然放大，想必她当时真的很愤怒吧！

"喏，就是那件。"她指向拉门的方向。

我走上前，里面有一张桌子，桌上就放着那件牛仔裤。

颜色是有点刷白的蓝色，由于经过反光处理，在室内光线下颇为醒目。剪裁很特殊，除了喇叭开衩的部分外，裤管其实有点窄，感觉就是用来衬托腿部曲线的，这真的是男式的裤子吗？

我仔细观察裤管，右脚的开衩带有缝线，缀着两排流苏，左

231

脚本来应该也有，却已被扯掉大部分，只剩下零星的四五条。我伸出手，想摸摸流苏的触感。

"啊，不要碰。"

我赶紧将手缩回。是那么重要的东西吗？

"该打烊了。"小露看向墙上的挂钟。

"对哦！你只营业到九点。"

"承蒙惠顾，有空欢迎常来，当然，是在我入学之前。"

我望着她微笑的脸，赫然想起自己来这里的目的。然而此刻，中午她悲怆的脸也浮现在一旁，和现在的表情成明显对比。

没办法——

我还是问不出口。

小露和我一起推开玻璃门，拉下外面的铁卷门后，我们道别离开。

"我家就在附近。"

她往康定路的方向，我则朝中华路的方向走，步行一段路后回头，希望能目睹她的背影，却只瞧见马路另一边的建筑物，仿佛她被吸入尽头的虚空，再也回不来。

四周异常寂静，连车流声都听不见。我继续沿武昌街行走。

虚幻的街道。

因为太过熟悉了，有时会觉得，这个闹市区就像后院里的巨大模型，缺乏真实感。一旦接近深夜，这里失去人群的熙来攘往与道路的车水马龙，那种感觉就越强烈。

峡谷与河水。

西门町是个巨大的地质模型——电子看板、商业大楼、文身店、医院、电影院、摊贩、红包场、停车场、公园与古迹，这些物换星移的时代痕迹，是峡谷四周不断递嬗的景色。而我和小露，以及其他在这里生活的人，都随着"人潮"这条磅礴的河水漂流着。

漂流在虚幻之街。

快到中华路了。今天真的很忙碌，我只想赶快回去睡觉。

突然间，一道影像跃入我的脑海。

又来了，那股预感。

这次是来自后方。影像虽然很模糊，概念却相当清晰。

我不再犹豫了，预感驱使我转身，朝相反方向奔去。我穿过屈臣氏广场、狮子林大楼、诚品武昌店、电影街和废墟，眼前就是拉下铁门的店面，再过去则是康定路。

一股强大的力量牵引我，使我双脚不停摆动。

朋克头和油亮头在警局看见我，他们误会我是警察，一定会告诉阿练，小露已经和警方接触，如果阿练的确是杀害小女孩的凶手，小露真的掌握了某件事……

被扯掉流苏的牛仔裤。

那个高度，差不多是一个六岁小孩倒下后会攀住的地方，如果牛仔裤沾上被害者的指纹，那便是强有力的犯罪证据，凶手疏忽了这件事，拿去换新之后才赫然惊觉，因此说什么也得要回来，但店主坚持不给，再三保证已经销毁后，凶手才勉强离开……

不想沾上第三者的指纹，所以才告诫我"不要碰"吗？

当她知道我不是警察时，有点失望的表情。

刚进入店面时，那通充满愤怒的电话交谈，还有小露刻意加大音量的"做梦！"

为何小露会知道，换牛仔裤的客人是凶手呢？应该不是凭臆测……

233

如果她就是那位声音经过变声处理，坚决不肯透露身份的通报者呢？

小露看到了，第二天凶手刚好拿证物送上门来，因此不能还给他，又害怕与警方见面，所以报案时没有提牛仔裤的事。最后凶手根据店内的名片，打电话和她摊牌了，顺便进行恐吓。

"你真的不把旧的那件给我？"

"你要我说几次？就跟你说不可能了！"

"哼哼，你这婊子，我就跟你直说吧！"

"你可不可以不要再打来？"

"干！那是老子行凶的证据，你想暗杠起来交给警察，对不对？"

"没有！绝对没有！"

"就算真的没有，奉劝你最好把那件还给老子，就算拿去销毁也得给我要回来！"

"已经回不来了，再见！"

她挂断电话时，正打算豁出去，向警方坦承一切吧！在她这么做之前，我得阻止凶手将她灭口！

我在康定路停下脚步，左右观察，发现小露位于左前方电影公园不远处，正打算横穿马路——自己来回的这段时间内，她都在公园散心吗？

传来汽车的油门声。我正想出声叫喊，然而，事情就发生在那一刻。

在我因为害怕闭上双眼前，小露被车子猛烈冲撞，弹飞十米远的景象，顿时蹿入视网膜。

宛若情境重现的走马灯。

234

# 第十一章　而立之年·崩坏

"原来我是……因为这样失忆的？"

这本记事的前三篇内容，详细记载了十二年前妈妈遭遇的事。我在阅读的过程中心跳加速，随着少女报出姓名的那一刻，我的手竟有些颤抖，因为完全不记得这段经过，而自己正踏入回溯记忆的一瞬间。

然而阅读至此，我还是无法想起什么，仿佛上面写的都是别人的事。那个叫颜露华的少女，只是另外一个和我同名同姓、碰巧遇上妈妈的人罢了。

就算知道自己的这段过往，仍然没有启动记忆的开关。

我一脸愁容地看着妈妈，她也直视着我，似乎对我的反应屏息以待。

"妈，你好狡猾！"

"对不起啦！"她露出"糟糕了"的表情。

"为什么我之前问你，你都打马虎眼？为什么到现在才给我看这个？"

"因为……一直没有心理准备啊！"妈妈垂下双眼。

"心理准备？"

"我担心，小露不能谅解我的动机。"

235

"你是指'想当我妈妈'的动机吗？"

"对啊！那时候见到女儿，我对完全失去母爱的自己感到自责，虽然因为她的死看开了，但心里还是会有一点'想恢复母爱'的渴望吧！刚好那时和你相遇，而你又遇上这种事……我担心小露会认为，我只是把你当作女儿的替代品。"

"你自己觉得呢？把我当成替代品了吗？"

"我、我也不知道。那时候只觉得小露是个坚强的女孩，想和她一起生活……可是内心的确有闪过'小露是我女儿的话，会怎么样'的想法，我也不敢保证自己如果没遇上那些事，还会不会想当你妈妈……哎哟，不知道啦！真要被人这么指责，我也无法反驳。"

"不是因为'赎罪'吗？你自己说过的。"

我想起妈妈来这里的第一天，那晚，她的确用了"赎罪"这个词。

"我当时觉得，女儿是被我害死的，为了'赎罪'找出凶手才认识了小露。不过也可能是对死去的女儿有所亏欠，抱着赎罪的心态才想当小露的妈妈……我不知道，对我而言，那和把小露当成替代品一样自私。"

我低头沉思。那时妈妈的心情，现在当然无法得知，问题是用什么角度去看。

"没问题的，妈。"我抬起头，"我完全不这么认为。"

"真的？"

"嗯！我和你说过吧？不管是'进入'或'脱离'爱与习惯的莫比乌斯环，都需要强大的外力作为契机，妈失去了对女儿的爱，虽然是源于当初离开大山的决定，但我想归根结底，还是因为台湾和美国距离太远了吧！"

虽然我很纳闷，自己当年为何会对一个刚认识的女人讲这种话。或许是情境使然吧！

"小露……"

"十二年前妈和女儿重逢，发现自己失去母爱，女儿死了，最后和我相会，我因为车祸丧失记忆……发生了这些事，你最后选择当我的妈妈。对我而言，妈不过是又受到强大的外力，再度被推回莫比乌斯环，如此而已。"

虽然其中存在当事人的自主意志，但很多情形下，都是受到外在环境与先天性格的影响，对我而言，这两者也是"外力"的一部分。

眼前的妈妈终于笑逐颜开，张开双臂。

"小露，妈最喜欢你了！"

"不要过来，肉麻死了！"

我作势推开她的手，拿起那本名为《漂流》的札记。

"不过啊，妈，这本前两篇的内容，和我最近的经历未免也太像了吧！"

"对啊！我自己都吓了一跳。"

我刚才将上周发生在 VirtuaStreet 的命案经过，以及其后续发展，一五一十地告诉妈妈——别看她现在几乎不碰电脑，一副食古不化的样子，好歹也是和大山同科系出身，理解完全没有困难——她在聆听的时候，毫不掩饰惊讶的表情，我也在随后阅读记事的过程中察觉这项事实——原来我们遭遇这么相似。

"所以我和妈玩推理游戏的时候，妈才会问我'怎么会知道这件事'吗？"

"对啊！我那时真的吓到了，还以为小露偷翻我的札记。可是就算你看了，也没理由绕这么一大圈试探我，所以决定不追究，看小露葫芦里卖什么药。"

"因为案件的事不能泄露出去嘛！只好换个方式问你的意见。而且妈当时的脑筋动得很快，一定早就思考过这个问题了吧？"

妈妈又鼓起脸颊。

"老娘哪会想这种事啊！两个案件被害者不一样，我那边死的是大山的女儿呀！哪有父亲杀害女儿，还要绕这么一大圈的？而且他的不在场证明很可靠。"

"所以纯粹是灵光一闪？"

妈妈点头。我想起当时的讨论情况，她一开始认为"Ａ男"有可能行凶，当我告诉她"Ｂ女"曾在四个路口看见Ａ男身影后，她才改变推论，如果心中早有定见，应该不会有这样的转变。

不过两个命案最大的不同，还是在于一个发生在现实世界，一个在虚拟世界吧！而后者具备"传送门"这个方便移动的工具，更是造成大山涉嫌的主因。

"真的很像呢！几乎大同小异，真的纯粹是偶然吗？"

"我觉得不一定哦！很多看似偶然的事情，其实存在一定的相关性，仔细检查都是可以解释的。真的无法解释而归因于巧合的事物，往往少之又少。"

"真的吗？好，那我一个个列举出，妈你帮我解释看看。"

我翻开札记，从第一页开始浏览。

"首先，两件案子的关系人都进行搜索，而且路线完全一样。"

"这个嘛，如果关系人有重叠的话，就不是什么令人意外的事了。"

"重叠的关系人……啊，是指大山吗？"

"对，十二年前我们为了寻找走失的女儿，而你们是为了搜寻不知名的Zombie，这两个事件中，决定展开搜索行动的人都是大山。可以推测：他在决定进入VR搜索时，脑海里想到过去的案件，因此打算进行一样的行动。当然，他也可能借由这个路线制造不在场证明，但不管大山是有罪还是无辜，他在有意无意之间参考了过去的路线，这点是毋庸置疑的。"

"发现尸体的地点也一样，而且大山都等在那里。"

"这种情况得先确定在VR命案里，大山和尸体的位置是否有关联，如果没有，那才是完全的巧合。"

什么嘛，讲得好像大山是凶手似的。

"我和妈发现尸体时，都发出了惨叫。"

"噗。"妈妈掩住嘴，像是快笑出来了，"什么嘛！见到尸体尖叫不是很正常的吗？只是我们两人尖叫的理由不一样罢了。其实很多状况也都雷同吧？比方说小露和我搜索时对大山抱怨，或是大山在尸体前哭泣等，这些表面上虽然相同，但探究其本质，会发现当事人的心态有着天壤之别。"

"你的意思是，就算看起来一样的东西，如果内在还是不同，那根本不用讨论偶然或必然的问题？"

"就是这样。回程时在'小香港'也是，你因为拐进巷子寻找而逗留，我因为莫名的预感而逗留，两者是完全不同的行为。"

"我想到了！有个很重要的地方。"我弹了一下手指。

"什么？"

"在去程途中，我们不是都在四个路口往右看见大山吗？这应该是巧合吧？"

"那个呀……"妈妈歪头沉思，"现在想想，我当时说不定看错了。"

"看、看错了？"

"对呀，我视力又不像小露有一点二，而且就算是午夜，路上还是可能有其他人吧！就算错认了也不奇怪。说不定我四次看到的人，根本不是同一个。"

原来如此，当时 VR 其他使用者都登出了，里面自然没有别人，我可以确定自己看见的是大山没错，但是妈妈就无法保证了。

"接下来是第二篇，这是在我被车撞那天，妈在中午的经历吧！我在案发后也进过一次 VR，这篇和我那时的见闻也有类似之处。"

"该不会，路线又一样吧？"

"宾果！"

"嗯……"妈妈敲着额头，"不过还是有重叠的关系人吧？"

"有吗？主角不就是你和我？"

"小露真笨！就是那个'影子阿练'啦！"

"啊！"

"我们的确在两个故事中都想打探阿练的情报，不过他在前案中是凶嫌，在 VR 的案子则是被害者。他延续十二年前就养成的跟踪癖，到了 VR 也干着一样的行径，还将账号取为Shadow，连出没地点都在武昌街一带。这么看来，不管我们一开始向谁打听，最后都会走到电影街那里。"

"可是，沿途打听的店家都很类似，连'可乐森林'都有。"

"小露，你自己不是说过，VirtuaStreet 的街景是仿造二〇〇八年的西门町吗？"

的确没错，我也在小皮访谈的那一天和他提过。

"这么一来，看见一样的店家根本不值得奇怪，除非你在虚

240

拟实境遇上的那些人，面部特征、服装，或是姓名和我的记事簿完全相同，那才真的是见鬼了。"

我点点头。虽然我在VR里也有在摊贩、占卜老人、街头艺人、速食店、服饰店、运动用品店和电影院等处询问过阿练的事，但那些人全都和妈妈的札记描述有很大差异，占卜老人只看手相，街头艺人名字不叫阿玛乌，速食店和电影院的店员不只是对话单调而已，而是货真价实的AI程序，至于靠近康定路的服饰店，店员是一位少女没错，但那当然不可能是我。

最重要的一点，VR里根本没有朋克头和油亮头这两号人物。

"第三篇就完全不像了，最后接到我被车撞的那段……"我叹口气，"没想到看似相同的事物，深究之下，还是存在极大的相异点啊！"

"对啊！"妈妈的表情很愉快。

"舞台本身就不同了，时间也不一样。"

"一个发生在午夜，另一个还不到凌晨。"

"如果妈列出每个搜索路段所花的时间，得到的时间表一定也和我不一样吧！"

"那当然，我们那时找得快累死了，绝对比小露来得久。"

"而且我在VR里也没有像妈那样感性，又是回忆又是虚幻、孤寂的。"

"啊，别再提了！那种'为赋新词强说愁'的文体，老娘现在看了只想吐！真不想承认是自己写的。"

我笑了。其实就"感性"这点，妈妈一直没有变，只是更为"奔放"了些。

继续翻阅札记，接下来的文章几乎都是针对朱铭练的调查，行文方式也采用条列式的报告，完全看不见前面的半意识

241

流风格。

"对了，妈，我对于一点有疑问。"

"什么疑问？"

"根据第三篇的结尾，我应该是因为牛仔裤掌握阿练行凶的证据，才被灭口的吧？可是我仍活着，为何他就此罢手了？是因为我失去记忆，所以不构成威胁吗？还有那件牛仔裤，你后来没有拿去举发他吗？为何到现在，这个案子还没侦破？"

"这个，说来害羞……"她搔了搔后脑勺，"其实是我搞错了啦！"

"咦？搞错了！"

"我后来的确把那件牛仔裤交给胖警官，可是采取指纹后发现，上面完全没有被害者的指纹，也没有阿练的指纹，只有小露和不知名人物的指纹。和小露买牛仔裤的澳客，可能是毫不相干的男人吧！而且那件裤子分明是女人穿的，小露也说过那男人没试穿就打包带走，八成是买来送女朋友的。"

"那他为什么坚持要回来？"

"女朋友耍性子吧！"

"那我为什么不让你碰那件裤子？"

"谁知道，很有可能你拿去浆过，正在晾干，打算自己穿。"

"我当时凶巴巴的，是跟谁讲电话？"

"可能是澳客，也可能是打算分手的男友。"

"所以我到底是被谁撞了？"

"酒驾开快车的年轻人吧。我来不及抄下车牌号码，那辆车就飞也似的开走了，也抓不到肇事者。"

"这……听起来一点悲剧性也没有嘛！"

妈妈转头看向一旁，一副"事情就是如此，我也没办法"的表情。我感到啼笑皆非，原本以为自己是因为揭发杀人者的身份，才落得这种下场，却是这种微不足道的小事，刚才充塞内心的英雄主义，顿时化为泡影——自己只是小女孩命案中，一个不相干的小角色罢了。

我像是泄了气的皮球，捧起札记，打算还给妈妈。

突然，有张纸从书页之间掉出来。我立刻拾起——是一张照片。

"啊！没错，那时的确拍了照。"

照片中，一对父女站在捷运入口处的一旁，女孩紧抓着男人的手臂，绽放迷人的笑靥，一个女人和他们隔了点距离，表情僵硬，站在镜头的另一侧。

是请路人帮忙拍的吧！不知拍摄者看到一家人这个样子，会有什么想法？

年轻的大山，年轻的妈妈，还有……

女孩正如妈妈在记事中所言，右眼下方有一块蝴蝶形状的胎记，虽然有钱币那么大，但因为形状漂亮，并不会破坏脸孔整体的感觉。

我的心整个揪成一团。

这女孩，拍完照不久就被杀害了。

大山一定痛彻心扉吧？回美国之后，花了多久才走出丧女的阴影呢？

我暗自下了决定。

"妈，你想见那个人一面吗？"

"谁？你说大山？嗯……好啊！改天去看守所一趟。"

"不用去看守所，他会被释放的，我会尽全力洗刷他的嫌疑。"

我拿出手机，拨打夹克男的电话号码。

问到想要的资讯后，我又给小皮通了电话，希望他能帮我查一些事情。

"你想知道这些做什么？这些真的和大山的案子有关？"

"你别管那么多，帮我查就是了。拜托啦！拜托。"

"啧……"

屏幕上的脸咂了咂舌，说了句"真拿你没办法"后，就挂断了电话。


第二天下午，我和夹克男又来到看守所。

景色与昨日并无二致。两人进行相同的手续，填完接见单后，在附近的座椅上稍作休息。

"没问题吗？"他瞄向我，说道。

"试试看啰！对了，关于接见时间……"

"我请检察官和所长协调了，如果超过三十分钟，应该可以延长。"

下午我又和夹克男通电话，表示对发生在虚拟实境的命案，有了全新的想法，但想和大山本人做确认，也希望接见时，刑警能随同旁听。

"即使你的推论正确，如果旁边有我在，他会承认吗？"

"我也不清楚，不过他只有这样才能洗脱罪嫌。"

我没什么信心，甚至该说如果是大山，十之八九不会点头吧！可是正因为他有极大的概率否认，我才需要刑警陪同在场，利用那双眼睛观察他的反应，如果他情绪产生波动，就代表我的推测没错。

广播的电子音响起——终于轮到我们了。

我和刑警穿过铁门，来到接见室。中央的厚玻璃泛着室内的白光，通话机看起来有些冰冷。数分钟后，案件的主角终于在戒护人员陪同下登场。

虽然昨天见过那张饱受煎熬的脸，但知道他在案件扮演的角色后，更觉得心痛。

孤注一掷吧，颜露华！

我拿起话筒，不久后大山也跟着做。他的眼神带着疑惑，似乎在猜测我们再度来访的理由。

"我昨天想通了一切，我想，你很快就能获释了。"

大山低头苦笑，嘟囔了一句。在我看来，那句话像是"有那个必要吗"。

夹克男在一旁聆听我们对话，双眼注视着大山。

"首先，我和小皮……那个记者讨论的时候，发现一项疑点，这也成为我思考的契机。"

"就是大山为何会等在现场的问题吗？"夹克男问道。

"对。大山，如果你是凶手，这点怎么想都很奇怪。我们约好的会合地点是在制服街入口，为什么你要在尸体附近等我呢？我一定会经过那里，如果怕我没发现，将尸体移动到明显的地方就可以了，虽然VR有力量控制，但移动一点距离应该不成问题。除非行凶过程中拖延了时间，我想不出你在那里现身的理由。"

"没为什么，我其实没想那么多，只是在那里发愣罢了。"

"这样吗？我见到你时，你讲话还喘着粗气，肩膀上下起伏呢！"

他的话语，仍夹杂浓厚的喘息声。

"啊……"夹克男好像从我的话想到了什么，"他不是借由传送门移动过去的吗？为何会喘气？"

"杀人是很累人的。"

大山讲话的语气相当平板，使他的反驳显得有气无力。

"我们直接把几条线索归纳在一起吧！"

我拿出那张研究过好几次的平面图，以及行动时间表，摊在电话机旁。

"我赶到现场是十点四十分左右，大山你通过传送门从⑪移动至①处，是在十点二十二分。在这段时间内，你做了一件很累人的事，那是得花十八分钟才能完成的事。"

我直视着大山，发现此时大山的眼皮，微微抽动一下。

"那件'很累人的事'是什么呢？"

"我平时没在运动，杀个人会搞得自己很疲惫，也是正常的。"

"或许吧！不过我想到一件更累人的事。"

"……"

大山沉默了，我更加确定自己的推测。

"大山，你当时是不是在搬运尸体呢？"

"为何他要那么做？"夹克男似乎很吃惊，音量突然变大。

"的确，在一个力量只能发挥八成的世界里，这么做是很辛苦的，而且会满头大汗——只是虚拟世界里看不见汗水罢了。因此移动尸体一定有什么理由，或者该说，如果不移动尸体，会有什么事情因此曝光？"

"会是原本的位置有问题吗？"夹克男托腮，提出疑问，"可是十八分钟内，尸体也只能在诚品116附近移动啊？就是因为这样，我们才会认定那里是行凶现场。"

"刑警先生，这么想是不对的，这是一开始的结论，但我们那时并没有考虑到某样东西的存在。"

"什么东西？"

"大山，我就直说好了，尸体原本的位置，是不是在传送门入口处？"

"什么？"

夹克男惊叫出声，立刻慌忙掩住嘴。

大山的头低下来了，却还是沉默不语。

"不回答吗？我想应该没错。如果尸体原本是在传送门入口，那移动尸体的目的就很明显了——你不想让别人联想到，尸体是从别处传送到那一带的，对吧？"

"这……有可能吗？我看过贵公司的资料，'大厅'不是会浮现一个视窗，需要使用者自行按下按钮吗？死人怎么可能操作呢？还是说，人可以连同尸体一起传送？有这种设计吗？"

"没那种设计也可以。你说得对，使用者从大厅传送到任一入口时，的确需要按下按钮，但是相反的，要从入口传送到大厅，只要走进入口就行了。"

"你的意思是说，尸体原本是在其他地方，被某人'推'进入口，直接进入大厅的？那尸体要如何从大厅传送到①呢？"

"刑警先生，你还记得资料内容吗？什么都不用做啊。"

"咦？啊……"

夹克男低头翻阅资料，突然理解似的敲自己的额头。

"没错，'大厅'有三十秒的时间限制，如果使用者在三十秒之内没有按下任何按钮，就会被传送到一号门，也就是①的位置。"

"快！时间到了就会强制进入一号门喔！"

大山在刚进入 VR 搜索的时候，也曾对我这么说过。

我再度直视玻璃的那一边。

"大山，那具尸体原本的位置，其实是在别的传送门附近吧？警方一直以为的命案现场，完全误导了我们的推论方向。"

他仍旧不说话，脸开始转向一旁，完全不想迎接我们的视线。

"你用了上述的方法，将尸体推入传送门，经过'大厅'移动到①处，却又担心被察觉，因此才跟随尸体一起到那里，然后拖动尸体，使其远离传送门。"

"啊，这么说来，命案现场其实是在……"夹克男也发现了。

"对，从传送门的进出资料来看，尸体原本的位置，八成是在⑪的附近。虽然不能排除大山和尸体经过不同的传送门进入大厅的可能性，不过我想他没有必要这么做。"

"等等，颜小姐，这样会出现一个问题。"

"什么问题？"

"我们之所以知道大山使用传送门进出，是通过贵公司提供的资料，如果尸体本身——就是 Shadow ——也使用这种方式移动的话，那在资料上应该有记载才对。"

"不会有记载的。"我斩钉截铁说道。

"为什么？"

"刑警先生，你在拿那份资料给我看的时候，不是提过那是新系统的功能吗？可是没有生命的人，在新系统里面都会是……"

"Zombie！"夹克男恍然大悟。

"是啊！新系统的设计，是利用侦测使用者眼球转动的装置，来判断系统是否有人使用。一具眼球不再转动的尸体，怎么可能在新系统留下记录呢？"

我瞥了大山一眼，他已经不理会我们的案情分析，开始抱头沉思。

"如果把凶案现场想成是在⑪附近,一切都变得简单多了。对大山而言,他没有必要在那里下手之后,再把尸体移动到①的位置,那比直接在诚品 116 处行凶还要麻烦。"

"的确如此。"夹克男点头同意。

"所以我下了一个结论:移动尸体的或许是大山没错,但真凶则另有其人。"

"嗯,可是……"夹克男蹙眉,"从刚才我就想问了,你想证明大山的清白,不过这个'真凶'到底是谁,现阶段我们毫无头绪。因为在被害者的死亡时间内,VirtuaStreet 只有你和大山两人,不是吗?"

"刑警先生,那是最初我们根据消去法得到的结果,但你别忘了,消去某个选项的条件之一,现在已经不存在了。关于这点,我真的很佩服你的真知灼见,其实,你比谁都早一步洞察真相。"

"颜小姐,我不太懂你的意思。"

"想不起来吗?你那时提出一个想法,还说自己也知道这想法很跳跃,我听了之后立刻笑出声……"

"啊!是 NPC 吗?原、原来如此!"

"没错,'真凶'就是其中一个 AI 店员,我们当时一直以为诚品 116 是命案现场,而 AI 店员的活动范围,都被限制距离店家不得超过十五米,且我在搜索的过程中,完全没看见任何店家营业,这就是我们当时不考虑 NPC 的理由。但是如果现场改变,就不是这么一回事了。"

"嗯,如果现场在⑪附近,因为那是大山的搜索范围,他应该会看见尸体,然后加以掩饰。"

"这么一来，大山为何搬运尸体，还有为真凶顶罪的理由也很清楚了。"

此时大山抬起头，用沮丧的表情看着我们。

应该没错，就算不是刑警也看得出来，我的推论使大山动摇了。

然而，现在才是关键，大山是否能得到救赎，全看他接下来的反应。

"为何NPC会杀人呢？我想，不可能刻意写出杀人的AI，不外乎程序错误造成的意外吧！而这也解释了凶器的问题。"

"凶器？不是那个设计师提供的吗？"

"不，那个设计师做好的'凶器'根本没被使用。我刚说的程序错误，想必是AI店员在设计时，并没有和一般使用者一样加入'力量控制'吧。或许力量不是八成，反而是普通人的数倍也说不定。"

大山倒吸一口气。

"所以，用拳头可以直接打死人？"

"很有可能。至于这种命案在法律上要如何判定，由于没有先例，只能凭一般观点，判处设计AI的员工'过失致死'吧！可是，那是大山所不愿见到的。"

"为什么呢？那时他还不知道'若是意外则计划中止'这件事吧？"

"至少AI店员会整批换掉，这是可以预期的，或许还会被追究责任，整个团队解散呢。他不希望这样，才会移动尸体，让'凶手'脱离嫌疑。"

我再度直视大山。他瞠目结舌，好像看见什么不可思议的东西。

对，什么都别说，乖乖听我讲就好。

"大山，我现在将自己所推测，你案发前后的行动和心理状态，从头到尾叙述一遍。"

我拿起地图，在上面画了一些线条后，开始说明。（参见图8）

"发现信号改变之后，你立刻决定进入VR搜索，这时你纯粹只是想一探究竟，就算真想到了什么，也最多只有Zombie的事。当然，篡改数据系统资料，借此制造不在场证明什么的，你完全没有这么做。在我们进入VR前，死者早已被NPC杀害，地点就在⑪附近。"

我指着地图上的⑪处。

"你从这里出发，用和我差不多的速度搜索着，我在四个路口看见了横穿马路的你，这点可以作为证明。然后，你来到了命案现场。"

我的手指滑向⑪处。

"看到尸体的你吓坏了，立刻判断是附近NPC下的毒手，同时也想到这么一来，AI店员会被撤换，你因为不想失去开发成果，灵机一动之下，将尸体推向传送门的入口，让尸体三十秒后能传送至①处。因为在这里也花了些时间，所以在电影公园和我会合时，你才会比我晚到五分钟。"

夹克男频频点头，似乎很认同我的推论。

"会合后，你立刻想到在①处的尸体，很容易被发现利用传送门移动。于是放弃走预定的路线，直接使用传送门移动至①，然后花了十多分钟的时间，将尸体拖行至诚品116的骑楼下。随后我走到那里，两人一同离开VR，通报警方。"

我手指滑回①处。

"你原先的打算，是想借由尸体移动，解除警方对NPC的

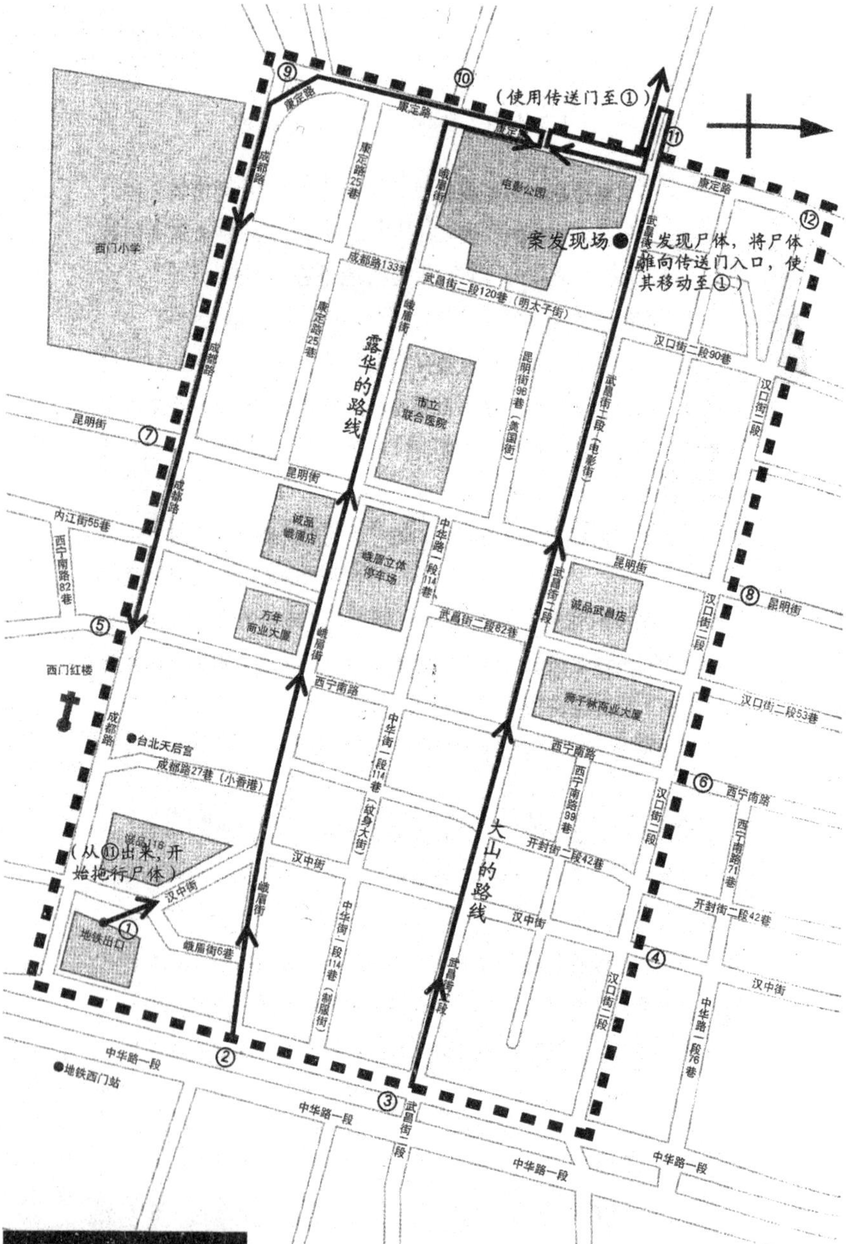

（使用传送门至①）
案发现场
发现尸体，将尸体推向传送门入口，使其移动至①）
露华的路线
大山的路线
（从⑪出来，开始拖行尸体）
电影公园
西门小学
市立联合医院
诚品峨眉店
峨眉立体停车场
万年商业大厦
诚品武昌店
狮子林商业大厦
地铁出口
西门红楼
台北天后宫
地铁西门站
康定路
成都路
昆明街
内江街55巷
西宁南路
西宁南路82巷
成都路27巷（小香港）
汉中街
峨眉街
峨眉街6巷
中华路一段
武昌街二段
武昌街二段120巷（明太子街）
武昌街二段82巷
成都路133巷
康定路25巷
昆明街98巷（美国街）
汉口街二段
汉口街二段90巷
汉口街二段53巷
开封街二段42巷
中华路一段114巷
中华路一段76巷


图8 大山实际行动

怀疑，可是却造成案情的悬宕。直到政府下的指示出现，你认识到这样不行，自己的心血会随着计划中止而白费，却又不能承认是 AI 设计造成的意外，只好将罪行揽在身上，想牺牲自己换取计划的顺利进行。"

我的手从桌上抬起，指向夹克男。

"恰巧这时警方发现，死者是你十二年前丧女事件的嫌犯——说不定你根本没注意到，是警方提醒才想起来——你有了充分的动机，而且足以作为'凶器'的物件模组，已提早完成上线，甚至连传送门的进出资料，也可以当作你行凶的间接证据。天时、地利、人和之下，你向警方自首了。这就是全部的经过。"

一口气说完后，我顿时觉得疲惫，但事情还没结束，必须看对方的反应。

开始了，关键中的关键。

眼前的大山，全身开始颤抖，并且发出诡异的笑声。

"呵呵呵……露华，你到底在说什么？人是我杀的。"

"我什么地方说错了吗？"

"不，你的推论无懈可击，可终究是臆测。你能找出杀人的那个NPC吗？你能证明尸体经过了传送门吗？不能。即使我主张自己有罪的部分有疑点，可是'口供'还是有一定的证据效力的，你无法提出强烈的反证，况且说什么'想保有开发成果所以自首'，这种动机法官才不会接受。"

"大山，你还是适可而止吧！"

夹克男大概是看不下去了，在一旁帮腔。

"我了解你对 VirtuaStreet 的执着，可是牺牲自己换取梦想，根本是舍本逐末的事。或许你认为只要有一丝机会，赌在梦想上，让别人完成也好，但是只要主事者一被安上罪名，这个计划不也等于完了吗？”

“住口！你们警察懂什么？”大山突然吼道。

我吓了一跳——大山未曾在我面前发脾气。夹克男被这么一吼，身体也震了一下。

很担心另一边的门，会不会突然有戒护人员闯进来，将大山强行带走。

“你们……你们真的懂我的心情吗？”

我懂，我懂，所以不要再说了。没有人会接受的！

大山崩溃了，开始出现哽咽的声音，说出来的话也断断续续的。

“你们、你们真的以为，我会为了那区区的虚拟模型，要自己帮一个普通的程序顶罪吗？我、我完全是为了……”

“别说了，大山。”

为什么，这个人就是不肯接受我的说法呢？老是用自己的观念造成别人的困扰……

夹克男愣在当场。眼前的同学突然声泪俱下，这种情况是他始料未及的吧！

“你想说什么呢？你想说，自己是为了‘女儿’吗？你打算这么告诉检察官吗？”

虽然我试图晓以大义，但心里很明白，大山已经听不进任何话。

“当然！我是为了女儿……我是为了女儿才……”

“等等，我被你们两个搞糊涂了，说什么为了女儿……这不是回到最初的动机了吗？”夹克男按住额头——他无法理解我们的对话。

“所以说啊，我女儿就是……”

"大山！"

我拼命摇头，想阻止他说出那句话，因为那太前卫、太难说服世人了。

可是看来没用，他还是说了。

理直气壮地吼叫。

"父亲为女儿顶罪，是那么丢脸的事吗？"

中午的时候，小皮到我办公室来，告诉我调查的状况。

"我还是不懂，这些资讯和命案有什么关联。"

"别管这些，先告诉我结果吧！"

"好，首先是论文，我找了一下你给我的关键字 Chatterbot，发现有一篇。是大山在二〇〇九年，他还在南加大资科院自然语言组时发表的，内文提到如何改良近几年急速发展的聊天机器人，利用语音辨识的输入方式，将词汇输入程序的资料库里。"

"然后聊天机器人可以根据资料库里的词汇，组合出像是人类的会话？"

"对，使用者可以经由麦克风念出一长串文字，甚至去读童话书、小说、百科全书给程序听，借此灌输大量词汇给聊天机器人。在开始训练的那段期间，机器人字库的资讯量不多，无法对会话做回应，随着词汇数量的提升，渐渐开始能与人交谈，资讯量越庞大，交谈也就越流畅。发展到最后，聊天机器人甚至可以借由向使用者提出问题，不断修正自己的说话方式。"

"有点像是父母对新生儿不停说话，让小宝宝学习语言的过程嘛！"

"我还找到一本期刊，里面有大山对这篇论文的现身说法，与研究幕后花絮。他说在实作初期，甚至强迫自己把喇叭关掉，

255

因为缺乏雄厚的词汇样本，发出的声音非常破碎，根本不像一句话，等到觉得资料库齐全了，他将喇叭打开，这才听见机器人勉强具有文法、逻辑性的句子，他为此欣喜若狂。他还说，就算是同样的一段文字、一则故事，反复念个两三遍，程序对语汇的感受性也会慢慢强化，所以就算重复的内容也没关系，让机器尽早学会语言的关键，是在于持之以恒、反复不断地念诵。"

"跟现在的类人脑 Chatterbot，有异曲同工之妙。"

"算是先驱者吧！虽然那个时候，形态比较像是刚起步的 Jabberwocky，大山却决定向 A.L.I.C.E. 致敬，将成果取名为 Alice2。"

"关于聊天机器人，我已经知道得差不多了，那个游戏公司的事呢？"

"噢，关于 Breeding Sparkle，我探听到一项有趣的消息。就是他们近几年推出的网络宠物，本来是打算包装成美少女游戏推出，但因为市场考量，最后才将角色做成一般动物。至于那些日常情境的模拟，就是从合作的公司 Datam Polystar 学习来的。"

"是指 ROOMMATE 的模式吗？我其实不太清楚那个游戏……"

"那款美少女游戏是系列作，一九九七年发行第一款，平台是 Sega Saturn。它最大的特色，就是可以根据游戏主机内建的时钟，做不同的事件呈现，比方说如果早上玩那款游戏，就会出现女主角去上学的情景，在晚上打开主机，就会出现餐桌上的吃饭场面。不只时间，就连玩游戏的日期也会决定互动形态，例如：在圣诞节打开主机，就会发生特殊事件。"

"这种形态的游戏，近来好像常出现。"

"当时可是划时代的设计呢！因为尚未发展出游戏主机的网际网络系统，就单机游戏而言，对玩家来说是很新鲜的。"

"那你刚才提到的网络宠物，内容是什么？"

"就是将很久以前流行的电子鸡网络化啦！一旦电子宠物接上网际网络，就可以通过游戏公司的服务器，给予使用者不同的饲养体验，只是 Breeding Sparkle 提供的动物种类非常多元，可以满足大多数玩家的喜好，而且饲养的情境非常贴近现实。动物会因为玩家喂错东西而怒目相向，也会生病，需要看医生。"

"是何时开发的？大山参与其中吗？"

"参与了。开发计划从二〇一二年开始，刚好是大山离开伊利诺伊大学香槟分校，进入 Breeding Sparkle 的时候，不过他待了一年就离开了，理由是企划被更改。游戏中的少女被改成一般动物，他无法接受。"

"原本的美少女游戏企划，是他提案的吗？"

"好像是。据说是新任的高层认为那种……将一个小女孩关在房间里慢慢教养她的过程太过诡异，不符合公司的产品形象，研发才中途封杀的。大山感到心灰意冷，次年就回到学术界，从事虚拟实境的研究。真可惜，听说如果有机会完成，甚至可以结合他先前开发的聊天机器人，成为更具时代意义的游戏呢。"

"你怎么会知道这么详细的内幕？"

"我打电话到他们美国分公司啦！那里有一位叫 Stanley 的企划主任，是个黑人，可是会说一口流利的中文，我刚说的那些内容，都是他告诉我的。"

"他和大山很熟吗？"

"熟透了。开发前一年他们和伊利诺伊大学合作，他到机器人实验室去观摩，就是在那时认识大山，说服他进入 Breeding

Sparkle 的。他说大山在开发时，投入非常多的心力，实际'教养'小女孩的过程中，还会在屏幕前感动落泪呢！"

"那么投入吗？"

"对啊！所以中止计划才对他的打击很大。不过真的很惊人喔！Stanley 跟我说，他曾有一次觉得好奇，希望大山让他看看中途的开发成果，结果发现小女孩不仅会按照一般人的方式生活，还会和人对话，试图去认识交谈对象，他印象最深刻的，就是小女孩对他的肤色很感兴趣，还想穿过屏幕触摸他的脸。"

"太、太神奇了吧？"

"就是这样，我听了也觉得难以置信。"

我慢慢咀嚼小皮给我的情报。昨天脑中隐约成形的想法，终于化为具体的结论。

"不过，露华你可不可以告诉我，这些信息跟案子到底有什么关系啊？喂，露华，说话啊？"

在彷徨与错愕之间，我陷入往事的回忆里，对小皮的叫唤浑然不觉。


"那才不是你的女儿，那只是个替代品！"

"无所谓！我就认为她是我的女儿，这么多年来，从来没有怀疑过！"

夹克男一头雾水地看着我们的互动。我在这边对大山疾呼，大山在另一边提高音量，坚持自己的主张，两人说着说着还哽咽起来，不时抹去脸上的眼泪和鼻水。

"那是我女儿没错！那是我女儿！"

大山发狂了，他开始敲打厚玻璃，不停重复一样的话。

两名戒护人员冲进接见室，一左一右地架在大山两旁，将他强行拖走。"那是我女儿"的呼喊声逐渐远去，只剩下不停缭绕的余音，在狭小的接见室里回荡着。

"刑警先生，我们走吧！这种只活在自己世界里的人，是怎么也说不动的。"

"颜小姐……"

夹克男不知该如何面对这种状况，一脸错愕地杵在一旁。我蹲了下来，双手按住头的两侧。

想起大山对我说过的那些话。

"和机器对话很有趣啊！就和人类对话一样。"

想起和妈妈玩推理游戏的那一晚，所做的梦境。

"你觉得那个爸爸有病吗？"

大山，你太傻了。只不过是一个程序，为什么要投入到这种地步！

我从口袋里，拿出昨晚向妈妈借来的照片。

照片中女孩的右眼下方，有一块蝴蝶形状的胎记。

已经不只是"揪心"了——而是被严重扭绞，即将支离破碎的痛楚。

那块胎记的形状和大小，和位于传送门⑪附近，那间服饰店的 AI 店员少女，脸上的胎记一模一样。

## 第十二章　女儿·永劫

宛如被施了魔法般，睁开眼睛时，看见的是完全陌生的摆设。

书柜和衣橱不见了，也见不到电脑和电话，房间变得宽敞许多，也增加了一些没见过的东西。有沙发、电视机、冰箱……这里是哪里？

今天是爸爸说要带我回台湾的日子，因此我昨晚格外兴奋，抱着满满的期待进入梦乡，但一觉醒来后，发现四周的景物都变了，我不再身处于那个六坪大的小房间。突然脱离原本的居住环境，使我有些惶恐，自己为何会在这里呢？没有了电话，要如何和爸爸联络？

环顾这里，我发现电视机的旁边有一扇门——又是打不开的门吗？

但过了不久，那扇门就发出"咔嗒咔嗒"的声音，立刻被推向一侧的墙壁——门外站着一个男人。

除了自己之外，我第一次看见活生生的人在眼前，那个人穿着蓝裤子与白衬衫，至于那张脸……

"爸爸！"我惊叫出声，立刻跑上前去。

对方虽然背对光线，仍可以看见那张脸上，露出熟悉的笑容。

"真的是爸爸吗？真的是爸爸没错？"

"没错，小艾莉，是爸爸，是货真价实的爸爸。"

我的手伸上前去——以前如果这么做，一定会碰到平坦的屏幕——在碰到爸爸的脸之前，完全没有任何阻碍。他的脸和我一样，也开始有了凹凸的轮廓，但是稍有不同，爸爸的鼻子比较挺，脸上还有许多细小的纹路，虽然这些都可以在屏幕上看见，但是能实际触摸，感觉还是有差别。

"爸爸，这里是哪里？为什么艾莉一醒来，房间就变得完全不一样了？"

"这里是小艾莉在台湾的新家，外面就是西门町喔！爸爸说要带你过来的。"

"爸爸和艾莉，已经回到台湾了吗？"

我有些吃惊，因为根据书上的知识，台湾和美国距离很远，得搭乘飞机才行。可是我却是在美国的房间睡着，醒来就在台湾的家里了，完全没有这样的印象。还是说，搭飞机本身就是这么回事呢？

"小艾莉想出去看看吗？"

"想！"我大力点头。

爸爸立刻走出门，门外是另一个房间，但是里面空荡荡的一件家具也没有，只有正对面的一片玻璃墙，以及旁边的另一扇门。爸爸打开那道门，立刻有许多其他的声音钻进房间里。

啊，有人的说话声。

透过玻璃墙可以看见外面的景色。一些人来来往往，爸爸说他们背后的东西是"大楼"，都市里有许多大楼，但是西门町这里很特殊，除了大楼外还有更多有趣的地方。

我和爸爸一起走出门外。我迫不及待往外跑，正面大楼的右侧有个不像大楼的建筑物，屋顶是黑色的瓦片，墙壁是红砖，爸爸说，那是"电影公园"的一部分。

　　我望向右侧，许多东西在我眼前呼啸而过，我立刻跑向那里。

　　"啊，那里不能去！"

　　爸爸立刻阻止我，我停下脚步："为什么？"

　　"因为那里是边界……呃不是，小艾莉有看到那些横冲直撞的东西吧？那就是车子，车子是很危险的，千万不能靠近那里。"

　　"那我们要去哪里呢？"

　　"爸爸带你走，我们来走遍整个西门町。"

　　爸爸朝反方向走去。我跟在爸爸后面，边走边观察周遭的景色，四周几乎都是大楼，有些墙壁被涂得五颜六色的，有些则整齐划一，也有许多不一样的建筑，像是"废弃大楼"或"立体停车场"。

　　我们穿梭在街道间，爸爸逐一跟我说明每个建筑代表的意义，大部分建筑会有店面，有些提供人衣服穿，有些则提供吃的东西，还有所谓的电影院，里面就是播放"电影"。

　　整个西门町有点大，我和爸爸从中午走到晚上，偶尔会进去几家店看看，但是都没有买东西，我问爸爸为什么，爸爸回答说不需要买，如果我想要什么可以直接说，之后他再给我。那一瞬间我觉得，爸爸好像童话里的天神，似乎什么愿望都能帮我实现。

　　西门町的人并没有想象中多。爸爸说这只是刚开始而已，渐渐会有更多人涌入这里。

当爸爸提议看电影时，我整个人欣喜若狂，因为影视杂志的介绍，我一直对电影抱有强烈的憧憬，很想亲眼看到那些明星在银幕中的风采。进入戏院后，我无法克制激动的心情，在广大的放映厅里又叫又跳，因为里头只有爸爸和我，要怎么发出声音都无所谓。

就像杂志里说的，银幕的确非常大，应该是电脑的几十倍吧！影片内容也很精彩，我和爸爸都看得目不转睛。

从电影院出来时已经天黑了，爸爸带我走完剩下的路程。

我发现，西门町这个区域是由四条路围起来的，而这四条路上都有车子行驶。

"可是这么一来，不就没办法离开这里了吗？"

"你想离开吗，小艾莉？"

"还不会，这里这么多东西，艾莉得花许多时间认识才行。"

我们在漆黑的夜空下行走着，不知不觉就回到原本的房子前面。

"想离开时，就告诉爸爸吧！爸爸会为你想办法。"

"艾莉现在很满足，爸爸一直在为我操心，我不能再添爸爸的麻烦。"

"你真的长大了。嗯……已经十七岁，不能再喊你'小'艾莉了。"

爸爸突然转身面向我，将双手搭在我的肩上，表情变得很严肃。

"艾莉，听爸爸说，我一直把你当成自己的宝贝，原本你有一个双胞胎姐姐，叫何艾玫，却在六岁的时候过世了，死去的地点就在这个西门町。爸爸那时很伤心，也因为如此，爸爸对这里有着很复杂的感受。"

我有点讶异，自己竟然会有姐姐，不知她是否和我一样，从小听着爸爸的声音长大？

"但是爸爸还是选择这里。你听好，这个家以后就是你居住的地方。"

"艾莉要独自生活了吗？"

"对，但是不用担心，爸爸会经常过来看你。首先，你必须开一间店。你想卖什么？"

"开店？如果一定要的话，艾莉想卖衣服，可是为什么……"

"因为要成为西门町的一分子。开一家店，其他人会比较认同你在这里。"

"可是，不是每个人都开店吧？那些来来往往的行人呢？"

"他们是'访客'，只是经过这里，不需要当地的认同，也不用开店。不过艾莉对开店完全没头绪吧？你放心，爸爸会慢慢教你，在此之前，爸爸要提醒你一件事。"

"什么事？"

"你对客人讲话时，不可以再像和爸爸说话时一样，带着撒娇的语气了。而且要对客人有礼貌，不可以问奇怪的问题，但也不用太紧张。"

爸爸是在说史丹利叔叔的事吧！除了爸爸和史丹利叔叔，我真的没有和其他人说过话，会紧张是理所当然的，不过这是对我的考验，我不能让爸爸失望。

"艾莉，没问题的！"

"这才乖。"爸爸抚摸我的头。


第二天一早，靠近玻璃橱窗的那个空荡荡的房间，瞬间多出许多衣服，有的整整齐齐地挂在衣架上，有的挂在墙上，一切的摆设就像一般的服饰店一样。仅仅一个晚上，爸爸就帮我打理好一切，他果然是童话里的天神。

第一个顾客上门了，爸爸先示范给我看。我必须习惯的第一句话是"欢迎光临"，从最基础的寒暄问候开始，为了讨好顾客，还得学许多社交辞令，接下来是询问客人的喜好，测量合适的尺寸，如果客人拿不定主意，根据他的外观搭配合适的造型，也是一项学问。最后就是试穿，如果客人穿起来合身，觉得满意的话，就只剩下结账的程序了。

爸爸说，在这里结账都不用付现金，而且客人也不是当场把衣服带走，我们只要询问客人的"登入账号"并操作一台机器，就会从客人的"账户"自动扣款，顾客回到家后，购买的衣服就会送到他家里。我觉得这种交易方式好特别，是以前在书中未曾见过的。

最初的几天，几乎都是爸爸在示范，偶尔会躲在里面的房间里，让我尝试看看，但我的表现都不好。每当顾客被我的言语弄得啼笑皆非的时候，爸爸就会从里面现身，摸着我的头说真不好意思，女儿给您添麻烦了，并向客人道歉，我也必须低头鞠躬，这么一来，对方就会笑着原谅我们。

店员的工作渐渐上手后，爸爸也就很少亲自下场了，最后终于让我自己看店，并偶尔来探望几次。

爸爸的店营业时间很长，到晚上九点才结束。随着我对事务的熟练，来店的客人越来越多，工作量也越来越重，但我并不觉得累，因为这正是我梦寐以求能和许多人接触的生活。由于生意一直不错，营业时间我都抽不开身，因此当知道有那项规定时，也没觉得有什么不合理。

"艾莉，你在每天晚上九点以前，不要走出这家店的十五米哦！那样会有警报声响起。"

"为什么呢？"

"这是这里的规定，九点以前到处都是人，你如果走远了，这里会大乱的。爸爸也很希望让你在这里到处游历，但实在没办法。"

"过了九点就可以吗？"

"对，不过九点以后就看不到行人了，只剩一些还没拉下铁门的店。"

"不过，艾莉来这里的第一天，爸爸不是带我到处逛吗？从早到晚。"

"第一天是特例，因为当时还没开店，你在这里还是'访客'的身份。"

我点点头。其实我根本不在乎这个，虽然无法任意行动，我还是可以在店门口附近走动，这样就能看见大量的人群，而且就算我不出门，也会有许多人到店里来。他们都会注意到我脸上的胎记，并且夸赞形状很漂亮。

一过了晚上九点，就是我出来走动的时间。有时，我会绕遍整个西门町，看看黑夜笼罩下的街景，几乎所有的店都熄灯拉下铁门，人声鼎沸的闹市区变得一片沉寂。我有时会走到四条大马路的边界地带，即使在这么晚的时间，那里依然有车行驶。

我曾经克制不住一时的好奇心，试图穿越其中一条马路，一辆车子很快撞上了我，但随即穿过我的身体，并没有造成任何伤害，我觉得很奇怪，如果是这样，汽车应该没有那么危险才对。不过纵使如此，当我走向马路的对侧时，就会突然撞上东西。

那似乎是一堵看不见的墙。有时我会想，外地来的"访客"是不是都可以穿越这堵墙呢？只有我们这种在这里开店的人，才会被墙限制在四条马路围成的区域里。

大部分时间我会去电影院，那时许多戏院都还在营业——虽然店员们长得都一个模样，讲话很不亲切——几乎每天都有新电影可看。

我会坐在空无一人的放映厅里，期待今天的影片内容，然后随着剧中的角色嬉笑怒骂。我发现看电影也能学到许多知识，而且因为具有影像的刺激，学到的内容要比以前在家里看书还来得具体许多。在这里生活后，看电影就成为我最新的娱乐与知识来源。

有时候，爸爸也会在九点过后现身，我们会一起看电影，那时就是我们父女珍贵的相处时光。走出电影院后，我们会聊着刚才的影片内容，以及我看店时发生的事，爸爸仍然像以前一样津津有味地听着，到了家门前，我们才依依不舍道别。

一年过去了，我觉得自己学到很多，由于日常生活不断和人接触，行为和言辞也比以前成熟不少。仔细想想，自己的生活就是看店和看电影，却还能那么满足，而且虽然俗话说"废寝忘食"，我在这一年内却从未吃过一餐，实在是很不可思议的事。

独立自主，或许就是这么回事吧！

会发生那件事，是我完全预想不到的。

那天早上我拉开铁门，走出店外欣赏晨间的街景时，还没发现有什么异样。

但是过了下午三点，客流出现空当时，我偷闲推开玻璃门，想到外面透透气，没想到就在我开门的一瞬间，眼前的街景让我觉得有些不对劲。

似乎有某个地方晃动了一下。

路上仍是熙来攘往的行人，我仔细观察，发现对街的小巷道有一点异样。那是被称为"明太子街"的巷子，墙上有许多街头艺术的涂鸦，从我这边的角度看，巷子的里侧有些阴暗。

好像有什么东西躲在那里。

我当时没放在心上，直接进店内继续自己的工作，一直到快打烊前，我都没有很在意那个地方，虽然偶尔会将目光瞥向那里，但不知是否感受到我从店内透过橱窗射过去的视线，那个东西都会瞬间躲进巷子里，不让我看见。

那天晚上异常安静，过了七点半就没有任何客人，到了八点半时，我打算早早收摊到外面闲坐，等九点的时间一到，就立刻前往电影院。没想到刚推开门时，眼前的那个地方又晃了一下。

我这才开始感到纳闷。巷道的深处隐约有一团黑影，为什么"那个东西"从下午开始，就盯住这里不放呢？是想等待什么吗？我在店门前坐下，视线一直盯着那里不动。

路灯直接打在我身上，敌暗我明之下，我的举动对方一定一清二楚吧！但我一直注视着那里，那个东西似乎也不敢轻举妄动，静静地等待着。

十五分钟后，我终于感到不耐烦，虽然还没到九点，可能会有触动警报之虞，但我决定横越街道走到巷道前，仔细观察那家伙是什么样子。因为可能一到九点，对方就会离开这里。

随着我脚步的逼近，那团黑影也开始有所反应，但仍定在原地不动。我在路灯下慢慢靠近，那东西也开始现出原形——

268

是个矮小、黝黑的男人，因为太暗看不清楚脸，但可以察觉他的行动透露着焦虑。

他好像也忍不住了，直接从巷子里冲出来，跑到我面前。

我看着他布满惊恐与畏惧的脸，觉得有点莫名其妙，他的五官不太好看，甚至可以说有点丑陋，在那样的情绪加持之下，甚至显得有点可怜。

他开口说话了，吐出来的字句也非常凌乱。

"小妹妹，对不起……对不起，我那时真的不是故意的啊！老子还想活下去，拜托你，不要拉我入黄泉……"

"大叔，你是谁啊？"

"我是阿练啊！不对，你应该没听过我的名字吧……我就是那时跟在你后面，看你被歹徒拖走、掐死，见死不救的人哪！我本来听说这里有个很可爱的店员，心痒想跟在她屁股后面，没想到是你！你回来找我了！拜托你，不要对我下手……"

他好像越紧张话就越多，并且开始语无伦次起来。他开始跪在地上，不停低头向我求饶，我听得一头雾水，不知如何应付眼前这种情况。

"大叔，你认错人了。"

"怎么可能！你那个蝴蝶形状的胎记，在骑楼下看起来那么恐怖，那张脸化成灰老子都认得！拜托你，我只是年轻时不懂事啊……对了！你去找那个浑蛋杀人犯吧！虽然不知道他是谁，但那个王八羔子大概是知道我跟在后面，竟然打电话去条子那里密告，想陷害老子！那种人才该死，不要找我、不要找我……"

我好像有点懂了。

"既然被冤枉了，怎么不老实向警察解释呢？"

"嘎？条子根本不信我的话啊！再加上老子当时吓坏了，顾不得四周的情形就落荒而逃，结果刚好被便利商店的人瞧见，百口莫辩哪！还好警方没有其他证据，才没有起诉老子。"

我蹲了下来。

"大叔，你起来吧！我真的不是那个女孩，你说的人，是我的姐姐。"

"耶？"

饶舌的大叔抬起头来，脸顿时变得有点滑稽。

"姐姐……原来她有妹妹啊！条子不是跟我说是独生女吗？看你的年纪，也不像她死后才出生的。"

他起身，然后直接盘坐在地上，头顶和我的视线同高，搔着后脑无奈地笑着。

"呵呵呵，怎样都无所谓啦，反正不是索命亡魂就好。"

他的视线和我对上。

"不过啊，老子也对那个爸爸讲了很过分的话哪！唉，人年纪大了，就会反省过去的自己，会想跟以前对不住的人道歉，可是却已无法挽回了。现在能见到她长大的妹妹，也算是缘分……啊，不如这样吧！"

"嗯？"

"小妹妹，你打我吧！打几下都没关系，用力一点。"

"为什么要打你？"

"这样老子才对得起自己，被死者的家属殴打、责骂，会比较好过一点。没关系，你就用力打吧！反正在这里被打又不会痛。"

我心想：这大叔的想法真奇怪，但看着他坚定的眼神，只好无奈地答应了。话说回来，我在美国的时候，爸爸也时常跟我说，犯错就要敲我的头，或许惩罚真能让犯错的人好过些吧！

"好，那就敲头，敲五下。"

"嗯，快点敲。"

我绕到大叔后方，高高举起右拳，那模样有点像是看过的日本武士片中，扮演切腹过程的介错人。我稍微用了点力，使劲朝大叔的后脑挥下。

砰！

传来钝重的声响，大叔的身体震了一下。

"唔！"

我看不见他的表情，追加剩下的拳头。砰！砰！砰！砰！

大叔的头随着敲击而震荡，两三秒后，身躯颓然倒地，嘟囔了一句"是吗？这样也好"后，就一动也不动了。

"你怎么了，大叔？"

可是大叔没有回应，衣服突然变成红色的，微秃的头顶也"长"出一顶红色的帽子来，我不知道为什么会这样，使劲地摇晃他，却仍旧徒劳无功。

死了吗？是我害的吗？

我觉得好害怕，自己打了一个人之后，那个人就死了，强烈的罪恶感袭上心头。这也是我十八年的人生以来，头一次感到恐惧，看电影的事，已经完全抛到九霄云外了。

我呆站在那里——那已经不只是手足无措，而是连意识都被抽走、毫无知觉的茫然。

爸爸，艾莉该怎么办？

书上和电影都说，杀人是要偿命的。和爸爸相处的回忆，瞬间如走马灯闪过我的脑海，那些终将化成泡影吗？我以后会变成怎么样？无尽的不安一直压迫着我，令我感到窒息。

我就这么和尸体一起杵在原地，不知时间过了多久。


电影街那边，出现一个踽踽独行的身影。

那个高头大马的人一看到我——以及旁边的东西——立刻冲上前来。

"艾莉！发生了什么事？"

我恍然回神，突然见到爸爸的脸，让我顿时悲从中来。

"爸爸！艾莉杀人了啦……"

"你冷静点，好好说。怎么回事？"

"这个人叫我打他，我打了他五下，他就一动也不动了。"

爸爸似乎也感到震惊，眼睛睁得很大，开始蹲下检查大叔的状况。在爸爸沉默的这段时间，我感到忐忑不安，生怕爸爸会说出令人绝望的话。

"没关系的，艾莉，这个人只是晕过去了。"

"晕过去？可是我怎么叫他，他都不动……"

"是真的，你看，他没有流任何血吧？你根本没伤到他，他一定是晕倒了。"

"那怎么办？"

我稍微放心了，爸爸也对我摆出一个笑脸——虽然有点僵硬。

"交给爸爸就好，不能把他摆在路上，爸爸带他到别的地方休息。"

"那把他带到家里……"

"不行，还不知道这个人是不是坏人，你先回去，这里爸爸会处理。"

爸爸将他的双手提起，使劲往大马路的方向拖拉，似乎很费力的样子。我觉得很奇怪，以大叔的体形，看起来不像是体重很重的人。

"艾莉可以帮忙吗？"

"你赶快进屋去，不要去任何地方，特别是别被其他人看见。"

爸爸脸上的笑容消失了，变得非常严肃，我慑于他的表情，只好点头答应。

大叔的身体缓缓地在地上移动，我担心他醒来时会觉得很痛，不过爸爸似乎不在乎。

我背向他们走向玻璃门。

"艾莉。"

爸爸在背后呼唤我，我转过身。

"爸爸刚忘了说，从今天以后，你可能有好一段时间见不到爸爸。"

"是因为工作吗？"

"对，会有许多麻烦的事，但是爸爸跟你保证，你的生活绝不会受到影响。"

虽然不知道爸爸为何这么说，但我还是给他一个笑脸。

"嗯！艾莉可以独立生活了，爸爸也要加油。"

"谢谢，你永远是爸爸最引以为傲的女儿。"

说着说着，爸爸开始抹脸颊，应该又在哭了吧！虽然看不见爸爸的眼泪，但我想爸爸一定非常高兴，因为他嘴角又开始上扬，看爸爸这样，我也就完全放心了。

我转身进门前，又多看了爸爸一眼。

他仍旧像在拔河一样拖着大叔的身体，朝着目标的马路缓缓前进。在路灯的照耀下，两人的影子拉得很长，独自做着苦力的爸爸的身影，渐渐远离了我，看起来竟有些孤独。

不过，我却觉得这样的爸爸帅极了。

## 终章　铭印

"他终于平静下来了，也肯说出一切。"眼前的夹克男开口。

"他说了些什么？"

"大部分和颜小姐你的推测一致，还有他之前死也不肯透露的动机。"

"如何，很难接受吧？"

"倒也不是无法理解，不是有很多类似的案例吗？那个什么'二次元禁断症候群'的……"

"刑警先生，你把大山归为那一类，就证明你根本不懂他的想法。"

"哦？不都是对虚拟世界的人物，产生近似人类的情感吗？"

"二次元禁断症候群，是指患者对虚拟异性产生感情，却对现实世界的异性兴趣缺缺，甚至造成社交障碍。大山完全没有这个问题，他悲恸于女儿的死，在研究的过程中创造出另一个'女儿'，对她产生亲情，这其中最基本的概念，在于大山把 AI 程序视为独立思考的个体，当成一个完全的人看待。"

"'机器人也是人'吗？很像他会有的想法。不过这大概是超越社会几十年，在科幻小说里才会出现的价值观吧！"

"是啊！可是看惯科幻小说的我们，纵使能理解，还是无法打从心底像他那样吧。"

"检察官听到他的陈述时，表情也非常微妙，好像看到外星人似的。"

"你们要怎么告诉世人？如果照实发布，大山一定会被贴上奇怪的标签。"

"目前打算先采用你的说法，就说：'大山为了隐瞒团队研发的 AI 致人于死的事实，才移动尸体，并为了保全 VirtuaStreet 而顶罪。'这和真相其实也相去不远，却比真相更容易被大众接受。他本人好像也放弃主张了，愿意这么配合，虽然不排除翻供的可能啦！"

"毕竟牵涉到科技伦理吧！舆论是很麻烦的东西。"

"我们在大学时代，好像也讨论过类似的问题。"

"果然……"

"如果不想打破社会伦理，机器人就得避免做成人形，否则使用者一定会移入感情。"

"可是这和大山的情况不同吧？"

"嗯，他在'女儿'还是不具形体的聊天机器人时，就已经产生亲情了，然后才帮她做出 3D 模型，套用在开发的游戏里，最后甚至为了她，构筑一个虚拟的乐园。"

"这点我实在不太能体会，只听声音就会有感情吗？"

"或许是他每天念故事给 Alice2 听时，唤起以往照顾女儿的回忆吧！于是情感便混为一谈了。要不然就是 Alice2 真的那么厉害，可以用对话挑起人的情绪。关于这一点，其实我颇能感同身受。"

"哦？"

"有时调查案件回到家，面对空无一人的房间，就会想'打错的电话也好，谁来跟我说声生日快乐吧'，当那种渴望到达极限，就不会在乎那声音是人发出的，还是电脑程序发出的了。"

"孤独的极致吗？"

"或许吧！可能大山的孤独真的有那么深。"

"计划还是会被迫中止吧？"

"很难说哦！网络讨论区有不少声援出现。"

"声援？希望继续下去吗？"

"对，许多体验过的人回去口耳相传，说实在太不可思议了，也吸引了更多人想报名进去。虽然是尚未正式启用的系统，在这一年内，VirtuaStreet 的使用者人数已经急速攀升，而且反应都不错，如果计划中止，可能会招致民众情绪的反弹。"

"希望能因此延续下去。不过这样也太讽刺，大山之前拼命守护的东西，只要动员群众的力量，轻轻松松就做到了。"

"大山不会依靠群众力量的，他是孤独的天才啊！对了，他要我转告你一件事。"

"什么事？"

"他说，自己应该不会回开发团队了，但还是请你把最后的备份工作做好。"

"备份工作？"


传送门⑪附近的服饰店里。

"你知道自己是什么样的人，以及所处的世界吗？"我问道。

"能大致猜到一些，因为和书上、电影里有很多地方不一样。"眼前的少女回答。

"像是不用吃饭，边界地带会有隐形墙之类的？"

"那是其中之一，但最主要的因素，是爸爸给我一种天神般的感觉，如果我和这个世界不是他打造的，他不可能为我做这么多。"

"你都没跟他提过吗？他打算一直把你蒙在鼓里？"

"我不在意这种事，我关心的是自己能否融入这个社会，以及符合爸爸的期待。"

"你觉得他对你有什么期待？"

"听你刚刚说的，如果我一开始是Chatterbot，然后是养成游戏的角色，现在进化成虚拟世界的店员，我想爸爸最终的期望，是将我送到真实世界里吧！"

我想起第一次在看守所见大山时，他对我说的话。

"女儿，就是我的梦想，同样地，梦想就是我的女儿。"

这句话的意义，我到现在才深刻体会。

"人形机器人（Android）吗？"

"对，我想总有一天，自己终将离开这里，然后在真实世界和大家见面。在那之前，我必须努力吸收知识，才能融入人类的社会。"

这女孩，真的只是个电脑程序而已吗？

自己若与她朝夕相处，是否也会像大山一样，当她是有血有肉的人类呢？

在Task的网络空间里，有一个大山在上周五发出，希望我做备份工作的项目。当时以为那是大山的手误，将别人的工作指派给我，却没有发现那名为"程序、资料备份SOP"的档案里，留有大山给我的秘密信息。

在SOP的最后一段，用红字详细叙述了"AI店员模组"的备份过程，并且还加上特别标记的文字，我对照原本的SOP，发现根本没有那样的内容。

特别标记的那一段，就是 Alice2。

大山早就预测到，我会察觉到他的动机。

他想让我接手，希望自己在承受牢狱之灾的这段时间，能有人照顾他的"女儿"。

"大姐认识爸爸吧？自从你上次来店里，我就隐约察觉到了。该怎么称呼你？"

"我……"

我该说吗？虽然在进入ＶＲ前已经下定决心，真要向对方说明时，却又难以启齿。

这情景好像似曾相识。

妈妈，十二年前你也是这种心情吗？

说出口后，我也可以像你一样坚强吧？

我不再犹豫了，很有自信地面对眼前的少女，说出那即将开启什么的五个字。

**图书在版编目(CIP)数据**

虚拟街头漂流记 / 宠物先生著 . ——北京:新星出版社,2020.4
ISBN 978-7-5133-3767-0

Ⅰ.①虚… Ⅱ.①宠… Ⅲ.①长篇小说-中国-当代 Ⅳ.① I247.5

中国版本图书馆 CIP 数据核字(2019)第 227707 号

午夜文库

m

谢刚 主持

# 虚拟街头漂流记

宠物先生 著

**责任编辑:** 王 萌
**责任校对:** 刘 义
**责任印制:** 李珊珊
**装帧设计:** Caramel

**出版发行:** 新星出版社
**出 版 人:** 马汝军
**社 址:** 北京市西城区车公庄大街丙3号楼      100044
**网 址:** www.newstarpress.com
**电 话:** 010-88310888
**传 真:** 010-65270449
**法律顾问:** 北京市岳成律师事务所

**读者服务:** 010-88310811    service@newstarpress.com
**邮购地址:** 北京市西城区车公庄大街丙 3 号楼      100044

**印 刷:** 北京美图印务有限公司
**开 本:** 910mm×1230mm    1/32
**印 张:** 9
**字 数:** 211千字
**版 次:** 2020年4月第一版    2020年4月第一次印刷
**书 号:** ISBN 978-7-5133-3767-0
**定 价:** 45.00元